La voz de los árboles

OTROS LIBROS DE
LA AUTORA EN DUOMO:

Las huellas de la vida

TRACY CHEVALIER
La voz de los árboles

Traducción de Juanjo Estrella

Título original: *At the Edge of the Orchard*

© 2016 por Tracy Chevalier
© 2017, de la traducción: Juan José Estrella González
© 2017, de esta edición: Antonio Vallardi Editore S.u.r.l., Milán

© Mapa, John Gilkes
Ilustración de la piña de secuoya de *Kunstformen der Natur*
de Ernst Haeckel, 1889.
Ilustración de la flor del manzano de la colección *Promological Watercolors*
de la biblioteca del Departamento de Agricultura de Estados Unidos.

Todos los derechos reservados

Primera edición en esta colección: junio de 2019

Duomo ediciones es un sello de Antonio Vallardi Editore S.u.r.l.
Av. del Príncep d'Astúries, 20. 3.º B. Barcelona, 08012 (España)
www.duomoediciones.com

Gruppo Editoriale Mauri Spagnol S.p.A.
www.maurispagnol.it

ISBN: 978-84-17761-10-3
Código IBIC: FA
DL B 2147-2019

Composición:
Grafime

Impresión:
Grafica Veneta S.p.A. di Trebaseleghe (PD)
Impreso en Italia

Para Claire y Pascale,
que buscan su camino en el mundo

«El zumo de las manzanas, como las camuesas o las permain, tiene muy buen uso en las enfermedades melancólicas, pues ayuda a procurarse júbilo y a expeler la pesadumbre».

JOHN PARKINSON, *Paradisi in Sole Paradisus Terrestris*, 1629

«Al espíritu doblegado por la aflicción, o atormentado por los cuidados, la peregrinación a estos umbríos santuarios ofrece el consuelo más balsámico. ¡Contemplad las cumbres cubiertas de árboles de hoja perenne que han resistido a las tormentas de más de tres mil años! Abismados en la admiración y el asombro, parece desvanecerse la zozobra de la lucha terrenal».

EDWARD VISCHER, *The Mammoth Tree Grove, Calaveras County, California*, 1862

«Joven, ve al Oeste, y crece con el país».

JOHN BABSONE LANE SOULE, 1851, y HORACE GREELEY, 1865

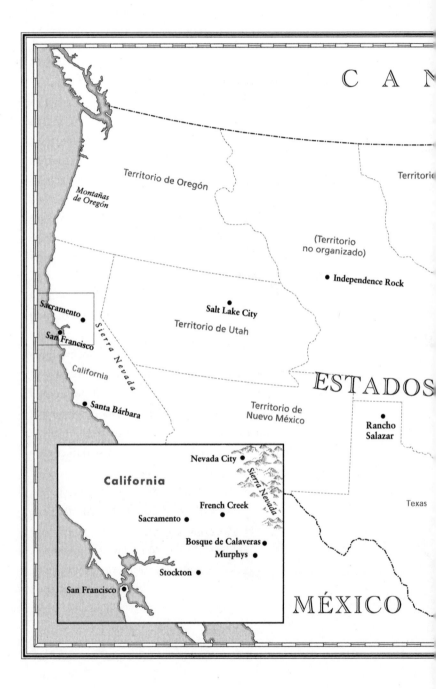

Estados Unidos de
América, 1850

0 100 200 300
Millas

CANADÁ

nesota
Lago Superior
Michigan
Wisconsin
Iowa
Illinois
t Leavenworth
Misuri
Arkansas
Misisipí
Luisiana

Lago Michigan
Lago Huron
Michigan
Racine
Detroit
Toledo
Kingsville
Pantano Negro
Ohio
Indiana
Terre Haute
Kentucky
Tennessee
Alabama
Georgia

UNIDOS

Lago Ontario
Canal de Erie
Lago Erie
Pensilvania
MD
Virginia
Carolina
del Norte
Carolina
del Sur

Maine
VT
NH
Nueva York
MA
CT
RI
Nueva York
Ciudad de
Nueva York
Nueva Jersey
Delaware

OCÉANO
ATLÁNTICO

Golfo de
México

Michigan
Lago Erie
Toledo
Perrysburg
R. Portage
Pantano Negro
Port
Clinton
Indiana
Ohio

Pantano Negro, Ohio

Primavera de 1838

O tra vez estaban peleándose por las manzanas. Él quería cultivar más manzanas de mesa, para comer; ella, de sidra, para beber. Habían ensayado la discusión con tanta frecuencia que los dos ya desempeñaban sus papeles a la perfección. Las palabras, monótonas y fluidas, los envolvían: las habían oído las suficientes veces como para no tener que escuchar más.

Lo que distinguía en esta ocasión la discusión agridulce no era que James Goodenough estuviera cansado; siempre estaba cansado. Entresacar una vida del Pantano Negro agotaba a cualquiera. No era que Sadie Goodenough tuviera resaca; tenía resaca con frecuencia. La diferencia consistía en que John Chapman había estado con ellos la noche anterior. De toda la familia Goodenough, solo Sadie se quedó despierta hasta la madrugada escuchándolo y tirando de vez en cuando piñas de pino al fuego para avivarlo. La chispa en los ojos de John y en su barriga y sabe Dios dónde más prendían en ella como la llama que salta de una viruta de madera a otra. Siempre se sentía más contenta, más atrevida y más segura de sí misma después de cada visita de John Chapman.

A pesar del cansancio, James no podía dormir porque la voz de John Chapman taladraba el aire de la cabaña con la persistencia de un mosquito de la ciénaga. Lo habría conseguido si se hubiera ido con sus hijos al desván, pero no quería dejar la cama que estaba enfrente de la chimenea a modo de invitación. Tras veinte años juntos, ya no deseaba a Sadie como antes, sobre todo desde que el aguardiente de manzana había sacado a la luz su faceta más perversa, pero cuando John Chapman iba a ver a los Goodenough, James se fijaba, aun sin querer, en la forma de los pechos de Sadie bajo el raído vestido azul y lo sorprendía su cintura, más ancha pero todavía intacta después de diez hijos. No sabía si John Chapman también se fijaba en esas cosas: a sus más de sesenta años, aún era delgado y fuerte, a pesar del gris acero de su pelo despeinado. Ni lo sabía ni quería averiguarlo.

John Chapman se dedicaba al negocio de las manzanas y recorría los ríos de Ohio a golpe de remo en dos canoas cargadas de manzanos que vendía a los colonos. La primera vez que apareció, los Goodenough acababan de llegar al Pantano Negro. Llevaba su cargamento de árboles y les recordó con amabilidad que, supuestamente, debían cultivar cincuenta árboles frutales en el plazo de tres años si querían reclamar legalmente la tierra. A ojos de la ley, un huerto era clara señal de que un colono tenía intención de quedarse. James le compró veinte árboles en el acto.

No quería echarle la culpa a John Chapman de las desgracias que les habían sobrevenido después, pero de vez en cuando recordaba aquella primera venta y torcía el gesto. Chapman tenía en oferta plántulas de un año y plantones de tres, el triple de caros que las plántulas, pero que darían fruto dos años antes. Si hubiera sido sensato –¡y lo era!–, James habría comprado cincuenta de los más baratos, habría limpiado un pedazo de tierra para semillero y los habría dejado crecer mientras en sus ratos libres desbrozaba metódicamente otro terreno para un huerto, pero eso habría supuesto pasarse cinco años sin probar las manzanas. James Goodenough no se sentía capaz de soportar esa carencia tanto tiempo, en medio de la miseria del Pantano Negro, con sus aguas estancadas, la peste a podredumbre y a moho, y el espeso barro negro que no salía ni frotando de la piel y de la ropa. Necesitaba ese sabor para endulzar la pena de haber acabado allí. Cultivar plantones suponía tener manzanas dos años antes, así que compró veinte que en realidad no se podía permitir y sacó un tiempo que realmente no tenía para desbrozar un pedazo de tierra donde plantarlos. Con eso se retrasó en la siembra de cereales, de modo que la primera cosecha fue escasa y se metieron en unas deudas que nueve años después aún seguía pagando.

–Son mis árboles –insistía Sadie, reclamando una hilera de diez manzanos de sidra que James tenía pensado injertar en manzanos de mesa–. Me los dio John Chapman hace cuatro años. Se lo preguntas cuando vuelva, que se acordará. Ni te atrevas a tocarlos.

Agarró un cuchillo y se puso a cortar lonchas de jamón para la cena.

–Las plántulas se las compramos. No te las regaló. Chapman no regala árboles, solo semillas... Las plántulas y los plantones tienen demasiado valor para que los regale. Además, no tienes razón. Esos árboles son demasiado grandes para haber crecido de semillas plantadas hace cuatro años. Y no son tuyos. Son de la granja.

James se daba cuenta de que su mujer hacía oídos sordos a sus palabras, pero siguió soltando una frase detrás de otra, sin poder remediarlo, intentando que lo escuchara.

Le fastidiaba que Sadie se empeñara en ser la dueña de ciertos árboles del huerto cuando ni siquiera era capaz de contar su historia. En realidad, no era tan difícil recordar los detalles de treinta y ocho árboles. A él le bastaba con que alguien le señalara un árbol cualquiera para contar en qué año se había plantado, si era de semilla, plántula o plantón, o si estaba injertado. Sabía de dónde procedía: de un injerto de las tierras que poseían antes los Goodenough en Connecticut, de un puñado de semillas de Roxbury Russet obtenidas de un agricultor de Toledo o de otro plantón comprado a John Chapman después de que entrara en casa algo de dinero gracias a la venta de una piel de oso. Era capaz de decir cuántos kilos de fruta producía cada árbol al año, en qué semana de mayo florecía, cuándo estarían a punto las manzanas para recogerlas y si eran para cocinar, secar, prensar o comerlas tal cual. Sabía qué árboles habían tenido moteado, cuáles roya, cuáles araña roja y qué había que hacer para librarlos de cada enfermedad. Para James Goodenough aquellos eran unos conocimientos tan básicos que no entendía que no lo fueran para los demás, y lo asombraba la ignorancia de su familia en materia de manzanas. Debían de creerse que bastaba con sembrar unas semillas a voleo y limitarse a recoger los frutos, sin hacer nada entre medias. Excepto Robert. El hijo menor de los Goodenough era la excepción en todo.

—Son mis árboles —repitió Sadie, con cara de mal genio—. No los puedes cortar. Dan unas manzanas bien buenas, y buena sidra. Uno que cortes, y perderemos un barril de sidra. ¿Les vas a quitar la sidra a tus hijos?

—Martha, ven a ayudar a tu madre.

James no soportaba ver a Sadie con el cuchillo, cortando lonchas desiguales, demasiado gruesas por un extremo y demasiado finas por el otro: sus dedos amenazaban con pasar a formar parte de la cena. Era capaz de seguir cortando filetes hasta acabar con el jamón o perder el interés después de tres y dejarlo.

James esperó a que su hija, un pispajo de pelo ralo y ojos grises, continuara con la tarea de cortar.

Las chicas de la familia Goodenough estaban acostumbradas a sustituir a su madre a la hora de hacer la comida.

–No voy a cortarlos –le explicó James a Sadie una vez más–. Voy a injertarlos para que den manzanas dulces. Ya lo sabes, necesitamos más Golden Pippin. Este invierno hemos perdido nueve árboles, la mayoría de manzanas de esas. Ahora tenemos treinta y cinco manzanos para sidra y solo tres para mesa. Si injerto Golden Pippin en diez de los de sidra, dentro de unos años tendremos trece árboles de manzanas de mesa. Durante una temporada, no tendremos muchos árboles que den fruta, pero a la larga se cubrirán mejor nuestras necesidades.

–Tus necesidades. El goloso eres tú.

James podría haberle recordado a Sadie que era ella la que le ponía azúcar al té, la que se sabía cuándo empezaba a acabarse y no paraba de darle la lata hasta que iba a Perrysburg a por más. Sin embargo, se limitó a explicar porfiadamente los números como ya había hecho varias veces durante la última semana, desde que había anunciado su intención de injertar más árboles ese año.

–Con eso tendremos trece de manzanas de mesa y veinticinco de manzanas de sidra. A eso hay que añadirle las quince plántulas que nos va a traer John Chapman la semana que viene, o sea que nos ponemos en cincuenta y tres árboles, tres más de los que nos hacen falta para cumplir la ley. Trece de manzanas de mesa y cuarenta de manzanas de sidra, y todos empezarán a producir dentro de unos años. Al final tendremos más de sidra que ahora, y siempre podemos prensar las de mesa si no nos queda más remedio.

Juró para sus adentros que jamás desperdiciaría manzanas de mesa para hacer sidra.

Desplomada sobre la mesa, mientras su hija se movía con

ligereza a su alrededor preparando la cena, Sadie observaba a su marido con el ceño fruncido. Tenía los ojos rojos.

—Conque ese es el último plan que tienes para las manzanas, ¿eh? ¿Vas a pasar el número mágico de cincuenta y a ponerlo en cincuenta y tres?

James sabía que no debía haber recurrido a tantos números para explicar lo que quería hacer. A Sadie los números la incordiaban como si fueran avispas, sobre todo cuando iba cargada de aguardiente de manzana.

—Los números son un invento de los yanquis, y ya no estamos en Connecticut —le repetía muchas veces a James—. A los de Ohio les importan un bledo los números. Yo no quiero saber exactamente cuántas bocas tengo que alimentar... Lo que quiero es poner comida en la mesa.

Pero James no podía evitarlo: le tranquilizaba contar sus árboles, pensar detenidamente en el número, añadir otro Golden Pippin, quitar un manzano de sidra híbrido resultado de una de las visitas de John Chapman. La solidez de los números mantenía a raya el bosque, tan espeso que no se podían contar los árboles. Los números le daban una sensación de control.

La reacción de Sadie al argumento numérico que expuso James aquel día fue todavía más brusca:

—A la mierda tus números —dijo—. Nunca vas a llegar a cincuenta, y mucho menos a cincuenta y cinco.

La falta de respeto por los números: eso fue lo que lo obligó a darle una bofetada, aunque no lo habría hecho si Sadie aún hubiera tenido el cuchillo en la mano.

Ella reaccionó abalanzándose sobre él a puñetazos y le encajó un golpe en un lado de la cabeza, pero James consiguió sentarla de nuevo en la silla y le dio otro bofetón. Al menos Sadie no le había alcanzado en un ojo, como había hecho una vez: los vecinos se lo habían pasado en grande burlándose de él por el ojo morado que le había puesto su mujer. Lo llamaban ojo de castaña, porque el ojo le había quedado igual que el fruto de los falsos castaños que tanto abundaban en Ohio. Muchas esposas lucían de vez en cuando un ojo de castaña; maridos, no tantos.

El segundo bofetón le partió un labio a Sadie. Al ver su propia sangre, pareció confusa y se quedó sentada mientras unas gotas brillantes le manchaban el vestido, como bayas caídas.

–Limpia a tu madre y avísame cuando esté la cena –le dijo James a Martha, que dejó el cuchillo y fue a buscar un paño.

Martha era la preferida de James: era amable y nunca se enfrentaba a él ni parecía burlarse como hacían algunos de sus otros hijos. Tenía miedo por ella cada agosto, cuando llegaba la fiebre de los pantanos. Casi todos los años se llevaba a uno de sus hijos, que se sumaba a la hilera de tumbas marcadas con una cruz de madera en un terreno ligeramente más elevado del bosque, no lejos de la cabaña. Tenía que arrancar arces y fresnos para poder cavar las tumbas. Había aprendido que debía hacerlo en julio, antes de que se muriera nadie, de modo que el cadáver no tuviera que esperar a que él luchara contra las enormes raíces de los árboles. Era mejor quitarse de en medio esa tarea cuando tenía tiempo.

Estaba acostumbrada a sus bofetones. Me importaban tres pitos. Pelearnos por las manzanas, eso era lo único que hacíamos.

Es curioso, pero yo no pensaba mucho en las manzanas hasta que nos vinimos al Pantano Negro. Cuando era pequeña teníamos un huerto, como todo el mundo, pero yo no le hacía ni caso menos en mayo, cuando florecía. Entonces me tumbaba allí a oler un perfume muy dulce y a oír zumbar a las abejas que estaban contentas porque podían jugar con las flores. Fue allí donde nos acostamos James y yo la primera vez. Tendría que haberme dado cuenta entonces de que no era para mí. Estaba tan entretenido en inspeccionar los árboles de mi familia y en preguntar qué edad tenía cada uno –como si yo fuera a saberlo– y cómo era la fruta (pues jugosa como yo, le dije) que al final tuve que desabrocharme el vestido yo sola. Así se quedó calladito un rato.

Nunca se me dio bien recoger fruta. Mamá decía que iba demasiado rápido, que se me caían demasiadas piezas y que a las demás les arrancaba el tallo. Iba rápido porque quería acabar pronto. Retorcía dos manzanas a la vez con las dos manos y tiraba de ellas, así que la tercera se caía y se daba un golpe y teníamos que separar las que tenían un golpe y cocinarlas en seguida para hacer jalea de manzana. Al principio de cada temporada mamá y papá me ponían a recolectar hasta que se acordaban de lo de la manzana que siempre se caía y entonces me mandaban a recoger las que ya estaban en el suelo, estropeadas y llenas de golpes porque se habían caído del árbol. Las manzanas caídas no estaban nada mal. Servían para compota o para sidra. O me ponían a cocerlas o cortarlas en aros para secar. Lo de cortar me gustaba. Si partes una manzana a lo ancho en vez de a lo largo, por el corazón, las semillas forman flores o estrellas en el centro del círculo. Se lo conté una vez a John Chapman y me sonrió. Los caminos de Dios, dijo. Eres muy lista si ves eso, Sadie. La única vez que alguien me ha llamado lista.

James tampoco me dejaba tocar las manzanas de sus árboles, sus queridos treinta y ocho árboles. (Bueno, yo sabía cuántos tenía. Se creía que yo no me enteraba cuando se ponía a repasar sus números, pero borracha o no yo me enteraba porque se repetía mucho). Cuando nos casamos en Connecticut se dio cuenta en seguida de cuántas manzanas estropeaba yo, así que en el Pantano Negro mandaba a recogerlas a varios niños, a Martha, Robert y Sal. A Caleb y a Nathan no los dejaba recoger y decía que éramos todos demasiado brutos. Con sus árboles era como una vieja insoportable. A mí me sacaba de quicio.

James se dirigió a la parte trasera de la cabaña, pasó al lado del jardín que habían empezado a arar ahora que ya no estaba helada la tierra, y llegó al huerto. Al establecerse en el Pantano Negro, lo primero que habían hecho los Goodenough después de construir una tosca cabaña cerca del río Portage había sido desbrozar un pedazo de tierra para el huerto y poner los plantones de manzano de John Chapman. Cada roble, cada nogal, cada olmo que talaba le suponía un esfuerzo extenuante. Ya costaba lo suyo cortar y acarrear el tronco y las ramas y apartarlos para hacer leña, o armazones de cama o sillas o ruedas o ataúdes, pero arrancar los tocones y las raíces casi lo mataba cada vez que tenía que dar hachazos, cavar y allanar. Desraizar un tocón le recordaba lo profundamente que se aferraban los árboles a la tierra, la tenacidad con que se agarraban a un sitio. Aunque no era sentimental —no lloraba cuando se morían sus hijos; se limitaba a cavar las tumbas y a enterrarlos—, James guardaba silencio cada vez que mataba un árbol y pensaba en el tiempo que había pasado en su sitio. No le ocurría lo mismo con los animales que cazaba: eran comida, y además, transitorios; llegaban a este mundo y se marchaban, como las personas, pero los árboles le parecían permanentes... hasta que tenía que derribarlos.

Contempló su huerto a la luz del crepúsculo de aquel marzo de deshielo: cinco hileras de árboles y un pequeño vivero de plántulas en un rincón. En el Pantano Negro era raro ver espacio alrededor de un árbol; lo que había normalmente era agua o bosque. El huerto de los Goodenough no era espectacular, pero para James era la prueba de que podía someter un pedacito de tierra, obligar a los árboles a hacer lo que él quisiera. Detrás de ellos aguardaba la confusión, la maraña de matorral y ciénagas imprevistas: uno tenía que andarse con cuidado, si no quería verse metido hasta los muslos en agua estancada y negra. Después de haberse internado en los pantanos para cazar, cortar leña o visitar a un vecino, James siempre sentía alivio al volver a la seguridad y el orden de su huerto.

Estaba contando sus manzanos, a pesar de que ya sabía que tenía treinta y ocho. En un primer momento le pareció que sería fácil cumplir el requisito de sacar adelante cincuenta árboles frutales en tres años para establecerse en Ohio; suponía que los manzanos crecerían en los pantanos como en las tierras de su padre en Connecticut, donde el suelo era fértil y estaba bien drenado, pero la tierra de las ciénagas era distinta: anegada y salobre, pudría las raíces, fomentaba la roya, atraía a la mosca negra. Lo sorprendente era que los manzanos pudieran sobrevivir allí. Había muchos más árboles: abundaban los arces, y también los fresnos, los olmos, los nogales y diversas variedades de roble, pero los manzanos necesitaban luz y suelo seco o en muchos casos no llegaban a dar fruto. Y si no producían, los Goodenough tendrían que prescindir de ellos. El Pantano Negro no era como Connecticut: allí, si los árboles tenían moteado o roya y no daban manzanas, se podía comprar la fruta a los vecinos o hacer un trueque. Aquí había pocos vecinos, estaban muy dispersos –solo los Day, a unos tres kilómetros, llevaban allí casi tanto tiempo como ellos, aunque últimamente habían empezado a instalarse otros por los alrededores– y no les sobraban manzanas.

James Goodenough era un hombre sensato, pero las manzanas eran su debilidad; desde la infancia, cuando su madre le daba unas manzanas muy dulces en ocasiones especiales. Los dulces eran poco habituales, porque el azúcar era caro, pero el sabor dulce de una tarta de manzana salía casi gratis, porque, una vez plantados, los manzanos daban poco trabajo. Se estremeció al recordar los primeros años en el Pantano Negro sin manzanas. Tuvo que pasarse sin ellas tres años para comprender lo importantes que habían sido en su vida y darse cuenta de que le apetecían más que el whisky, el tabaco, el café o el sexo. Aquel primer otoño en que, tras toda una vida de verlas como algo normal, supo que no habría manzanas que recoger y guardar, James se sumió en una especie de duelo que ni él mismo esperaba. Era tal su desesperación que recogió los minúsculos frutos de un manzano silvestre con el que se topó en una antigua trocha; debía de haber brotado del corazón de una manzana arrojado allí por algún colono. Solo pudo comerse tres: el sabor amargo le impidió seguir, y después le dolió el estómago. Más tarde, ya cerca de Perrysburg, y aunque avergonzado, robó en el huerto de un desconocido: se llevó una sola manzana, que además era de sidra y no de mesa, pero se la comió de todos modos.

En los años siguientes le compró más árboles a John Chapman –plántulas– y también plantó semillas para cultivar los suyos. Los árboles que crecían de semillas normalmente daban manzanas ácidas, como le gustaba decir a James a quienquiera que le prestara atención, pero uno de cada diez podía llegar a dar manzanas dulces. Como todo lo que se plantaba en el Pantano Negro, los manzanos tardaban en crecer, e incluso los que parecían sanos podían morir fácilmente en invierno. Aunque los Goodenough empezaron a tener manzanas a los tres años de haber llegado, no siempre podían confiar en ellos. Unas veces la cosecha era buena; otras, las manzanas eran escasas y diminutas. A veces las enfermedades mataban los árboles. James había tenido que luchar años enteros para sacar adelante apenas treinta, ni hablar de llegar a cincuenta. Últimamente le había ido mejor, y el otoño anterior había recogido fruta de cuarenta y siete manzanos. Sin embargo, en invierno dio la impresión de que nueve habían muerto, como si se tratara de un castigo por su soberbia.

Por suerte nunca vino nadie a contar cuántos árboles tenía, porque entrar y salir del Pantano Negro era demasiado difícil y los agentes de la ley no se tomaban tantas molestias. A ninguno de sus escasos vecinos parecía preocuparle la norma de los cincuenta árboles. A Sadie le hacía gracia el número y lo usaba para burlarse de su marido. A veces le susurraba «cincuenta» cuando pasaba a su lado, pero James estaba obsesionado y siempre temía que apareciera alguien por el río, o en una de las trochas que se entrecruzaban en el Pantano Negro, y le dijera que sus tierras ya no eran suyas.

Yo nunca quise vivir en el Pantano Negro. ¿Quién iba a querer? No es un nombre que te atraiga. Más bien te atascas en él, te atascas en el fango y no puedes seguir adelante, así que te quedas porque hay tierra y no hay gente, que es lo que estábamos buscando. James era el penúltimo de seis hijos sanos, así que en Connecticut, en la granja que los Goodenough poseían, había muy poca cosa para nosotros. Nos apañamos una temporada, pero James se me arrimaba todas las noches y los niños vinieron muy seguidos. Hasta que un día, su padre, un viejo aguafiestas al que yo nunca le había caído bien, empezó a soltarnos indirectas para que nos fuéramos al oeste, donde podríamos colonizar más tierras. Hizo que las mujeres de los hermanos de James hablaran con sus maridos, y ellas encantadas, porque yo tampoco les caía bien. No se fiaban de que yo anduviera cerca de sus hombres. Yo tenía algo que ellas no tenían. Así que los hermanos empezaron a animar a James para que fuera más decidido. Al que tendrían que haber mandado al oeste era a Charlie, otro de los hermanos de James. Charlie Goodenough era el más joven y por tradición era él quien tendría que haberse marchado. Además, él sí que tenía sentido común. Charlie no habría consentido que el barro lo atrapase en el pantano. Lo habría atravesado y habría seguido adelante, hasta pisar tierras fértiles, firmes y salubres. Pero a Charlie lo quería todo el mundo, su mujer la que más. Fue ella la que más la tomó conmigo. A lo mejor con razón. Y vaya si no era además la más simpática de mis cuñadas.

Y de repente Charlie también empezó a decir que James debía marcharse, aunque pareció sentirlo de verdad cuando nos fuimos. Cuando abandonamos las tierras de los Goodenough, se quedó más tiempo que los demás viendo alejarse nuestra carreta por el largo sendero. Seguro que pensó que ojalá fuera él quien estuviera a mi lado, empezando una nueva vida.

Lo cierto es que un montón de agricultores de Connecticut habían ido a Ohio antes que nosotros. Demasiados. Atravesamos Nueva York, cogimos un barco en un lago, desde Búfalo hasta Cleveland y empezamos a mirar, convencidos de que nuestra porción de tierra estaría ahí delante, como una cama bien hecha, pero lo único que encontramos fue a otros yanquis, la mayoría veteranos de guerra a los que el Gobierno les había dado una parcela. Rodeamos Cleveland y después oímos que era mejor ir hacia el oeste, al río Maumee, incluso hasta Indiana. Pasado Lower Sandusky nos dirigimos hacia Perrysburg, donde el camino –si es que se puede llamar así– se ponía cada vez peor. Fue en aquel camino donde nos encontramos con nuestro primer enemigo: el fango. Nunca había visto nada que se pegara tanto. Se pegaba a las ruedas de la carreta, que al girar recogían todavía más barro, como una bola de nieve que se hace cada vez más grande. La cosa se puso tan fea que teníamos que parar la carreta cada quince metros para rascarlo. Los caballos estuvieron a punto de romperse las patas. Al final no hubo manera de moverlos, y tuvimos que esperar a que recobraran fuerzas. Al día siguiente, no llevábamos ni un kilómetro cuando volvieron a pararse. En ese trecho de la carretera había posadas cada medio kilómetro, para todos los viajeros que se quedaban atascados. Las abrían los propios colonos que no podían seguir adelante.

Al fin llegamos al río Portage y decidimos que ya estaba bien, que no podíamos seguir, así que fue como si hubiéramos llegado a nuestra Tierra Prometida. A esas alturas ya lo teníamos todo cubierto de fango. Habíamos andado por él y no podíamos quitárnoslo ni de las botas, ni de la ropa ni de las uñas de los pies. Algunas noches los chicos se quitaban los pantalones y por la mañana los encontraban de pie, tiesos por el barro reseco. Había que aguantarse y lavarse en el río. John Chapman sí que era listo, con su canoa río arriba y río abajo, metiéndose por los arroyos tan ricamente sin tocar el fango.

Nos acostumbramos con el tiempo. O a lo mejor dejó de importarme. Cuando oía a los colonos nuevos quejarse del fango, pensaba: pues hay peores cosas que el fango. Y si no, ya lo veréis.

Llegamos al pantano a principios de abril, que es buena época para instalarse, si no fuera por las prisas para sembrar y plantar un huerto y construir una casa. Y para cualquiera de esas cosas, lo primero es arrancar los árboles. Los árboles eran otro de los enemigos que nos estaban esperando en el Pantano Negro. Pero bueno, allí había un montón de enemigos.

Puñeteros árboles. Cómo los odio, que Dios me perdone. En el este no teníamos tantos problemas con los árboles como en Ohio. James y yo nos criamos en granjas que ya existían desde hacía tiempo, y había casas y graneros, campos despejados y jardines. Mi madre incluso tenía arriates de flores. En Connecticut había colonos desde hacía doscientos años, y eran ellos los que se habían partido la espalda arrancando árboles. Habían tenido que crear cada jardín, cada sembradío, cada cementerio y cada carretera a base de descuajar árboles. Hasta que no nos enfrentamos con un trozo de tierra lleno de árboles de Ohio, no nos dimos cuenta de la cantidad de trabajo que teníamos por delante. Bueno, que tenían por delante James y los niños mayores. Yo llevaba a Robert en la tripa y estaba demasiado gorda para coger un hacha, o cargar leña o tirar de los puñeteros árboles. Desde luego, arriates de flores no iba a haber en el Pantano Negro. Allí el bosque se despejaba por cosas más importantes: para poder comer y para librarse del frío o de la humedad.

Desbrozar la tierra era algo que agotaba tanto a mis hijos que a veces pienso que fue eso lo que mató a Jimmy y a Patty, lo que los dejó tan débiles que la fiebre de los pantanos se cebó en ellos fácilmente. Patty murió el primer verano y Jimmy el siguiente. Nunca se lo perdoné a los árboles y nunca se lo perdonaré. Si pudiera, de buena gana prendería fuego a esos bosques.

Incluso cuando creíamos que ya habíamos arrancado todos los árboles que teníamos que arrancar, seguían creciendo, avasallándonos. No podíamos quitarles ojo, porque volvían a brotar por todas partes. Me recordaban a los cacharros sucios o a la ropa sucia: los restriegas a base de bien para limpiarlos y una hora más tarde se te quema harina de avena en el fondo de la cacerola o se te mancha de fango el delantal y te das cuenta de que no se acaba nunca, de que siempre va a haber cacharros y ropa que limpiar. Y lo mismo con los árboles: limpias un terreno y vuelven a brotar. Por lo menos van más lentos que la ropa. Pero te crees que estás pendiente, pasa un año y entonces ves que esa plántula en la que ni siquiera te habías fijado de repente es un árbol, con unas raíces que se empeñan en no dejarse arrancar.

Me enteré de que más al oeste había tierras sin un solo árbol. Praderas. Ojalá el Señor me mandara allí. Intenté convencer a James de que nos fuéramos, pero no me hizo caso, dijo que ya nos habíamos hecho un hueco aquí, como sapos en ese pantano apestoso y podrido, y que aquí nos íbamos a quedar.

Una rama se partió detrás de él, en el huerto. Mi sombra, pensó James. No se volvió; alargó el brazo para pasar un dedo por la rama del árbol más cercano –un manzano de sidra–, y rozar la reconfortante protuberancia de un capullo que apenas despuntaba.

–Robert, tráeme una Golden Pippin del sótano.

Su hijo menor volvió unos minutos más tarde y le dio una manzana amarilla salpicada de motas marrones: la única manzana amarilla del Pantano Negro, al menos que él supiera. Tenía una forma alargada poco común, como si la hubieran estirado, y era tan pequeña que podía abarcarse sin problema con la mano. La apretó, anticipándose con placer al gusto. Podía estar arrugada, blanda y no precisamente en su mejor momento, pero las Golden Pippin conservaban su sabor durante meses, aunque ya no crujieran.

James la mordió y, aunque no sonrió –las sonrisas no abundaban en el Pantano Negro–, cerró los ojos un momento para apreciar mejor el sabor. En las Golden Pippin se combinaba el gusto de las nueces y la miel con un punto de acidez, que, según le habían contado, era como el de la piña. Se acordó de su madre y de su hermana riéndose en la cocina de Connecticut mientras cortaban aros de manzana para ponerlos a secar. Los tres árboles que a orillas del Pantano Negro daban esas manzanas eran injertos del manzano de Golden Pippin con el que se había criado James. Los había injertado al poco de llegar con su familia, hacía nueve años, de unas ramas que se había empeñado en llevar a Ohio. Aunque injertados al mismo tiempo, eran de distinto tamaño: a James no dejaba de sorprenderle que los árboles pudieran salir tan diferentes como sus hijos.

Robert lo miraba con sus ojos castaños, del mismo tono claro que la resina de pino. Estaba tan quieto y atento como un perro de alguna de las razas más inteligentes: un pastor inglés o alemán, por ejemplo. Raramente había que vigilarlo, y parecía entender los árboles como ningún otro Goodenough. Tendría que haber sido, por derecho propio, el preferido de James: un hijo varón, menudo pero sano, espabilado y listo, el más preparado de entre todos sus hijos para soportar la vida en los pantanos. Había nacido justo después de que llegaran allí y tal vez precisamente por ello, porque era nativo del Pantano Negro, los mosquitos lo dejaban en paz y buscaban sangre forastera. Ya de muy niño era Robert quien cuidaba a los Goodenough cuando sufrían la fiebre de los pantanos, porque a veces era el único que no se infectaba. Seguía a su padre a todas partes, observaba y aprendía de él, cosa que ni Caleb, ni Nathan ni sus hermanos mayores se molestaban en hacer. Sin embargo, a James lo desconcertaba la atención que le prestaba su hijo. A sus casi nueve años, Robert era demasiado joven para juzgar a los demás, pero muchas veces obligaba a James a fijarse en sí mismo y siempre encontraba algún fallo. Por muchas cosas que le enseñara a Robert –a desollar ardillas, a levantar una cerca con ramas de ajenjo, a rellenar los huecos entre los troncos de la cabaña para mantener el calor–, su hijo nunca dejaba de mirarlo fijamente, con aire expectante. Por eso James prefería a la frágil y vacilante Martha, que no parecía pedir más de lo que él podía darle.

La mirada fija de Robert hizo que James se sintiera como un pellejo clavado a la pared; manoseó la manzana a medio comer y se le cayó. Rodó por las hojas muertas, que se pegaron a la carne desprotegida. Antes de que James hiciera ningún movimiento, Robert la recogió, la limpió y se la dio a su padre.

–Acábatela tú –dijo James.

–No quedan muchas, papá.

–Es igual. Cómetela tú.

James observó con satisfacción a su hijo, que en apenas dos mordiscos se acabó la manzana con la tímida expresión de quien está disfrutando del sabor.

–¿De dónde vienen estas Golden Pippin? –interrogó James a su hijo, poniéndolo a prueba.

–De Connecticut.

–¿Y antes?

–De Inglaterra. Tus abuelos trajeron las ramas de su manzano preferido.

–¿De qué parte de Inglaterra?

Robert observó a su padre con aquellos ojos de mirada perturbadora y negó con la cabeza. No era la clase de niño que se tiraba un farol cuando no sabía algo. A James le gustaba su honradez.

—Herefordshire. Bueno, mañana vamos a injertar. Ve a comprobar cómo está el barro para injertos, a ver si se ha secado. Si hace falta, échale un poco de agua y remuévelo. —Robert asintió con la cabeza—. ¿Sabes lo que tienes que buscar? ¿No quieres que vaya contigo a mirar?

—No te preocupes, papá.

Robert se dirigió pesadamente hacia el río y recogió de paso un cubo de madera.

Casi todas las primaveras, James Goodenough injertaba unos cuantos manzanos para transformar los de sidra en manzanos de mesa, o para mejorarlos. En Connecticut, su padre le había enseñado a convertir en productivo un árbol mediocre y, aunque había efectuado docenas de injertos, seguía sorprendiéndole aquella recreación. El cuarto otoño en el Pantano Negro recogieron la primera cosecha de Golden Pippin, pequeñas y de piel más gruesa que las de Connecticut, pero comestibles. James aún recordaba el primer mordisco que le había dado a una, el crujido y el sabor a miel con aquel toque final de piña. Que pudieran crecer Golden Pippin en esa tierra —o, lo que es lo mismo, que un pedacito de su ordenada vida de Connecticut hubiera arraigado en el fango de Ohio— le daba esperanzas de pensar que, algún día, aquel pantano acabaría convirtiéndose en su hogar.

A James injertar siempre le había parecido un milagro: que fuera posible coger la mejor parte de un árbol —las raíces, por ejemplo—, unirla a la mejor parte de otro —uno que diera manzanas dulces, por ejemplo— y crear un tercer árbol, fuerte y productivo. Suponía que era un poco como hacer un niño, solo que uno podía controlar las características que elegía. Si pudiera injertar a sus hijos, ¿qué partes de Sadie y de él elegiría para juntarlas? Quizá su constancia y el temperamento de Sadie, que, aunque voluble, era contagioso. Cuando Sadie estaba de buen humor, era capaz de poner a bailar a toda una habitación llena de gente.

Pero no podía elegir las partes: venían todas juntas. Los hijos de la familia Goodenough no eran una combinación de lo mejor de sus padres, sino, en algunos casos, una penosa mezcla de las cosas que a James le molestaban de sí mismo y de las que detestaba en Sadie, con una pizca del carácter de cada uno. Caleb era arisco y violento; Sal, picajosa; Martha, insegura; Nathan, sarcástico. Robert era un misterio. A veces, James pensaba que lo habían cambiado al nacer, que no podía haberlo parido Sadie... de no ser porque lo había visto salir de su vientre en una oleada de sangre y agua y llegar a este mundo sin ni siquiera un berrido.

Sadie miraba los injertos con malos ojos, una actitud que le había copiado a John Chapman. «Tú no eres Dios», le gustaba decir. «Tanto cortar y cambiar y hacer monstruos. No está bien». James, sin embargo, se había fijado en que Sadie comía manzanas de los árboles injertados. Un día se lo comentó: ella le tiró una manzana a la cara y a él le sangró la nariz. Más tarde, James recogió la manzana del suelo y se la terminó. No le gustaba desperdiciar la fruta.

La primera vez que se pasó por aquí John Chapman solo llevábamos unas semanas en el Pantano Negro y aún vivíamos entre la carreta y la lona que cubría el armazón que había construido James. Las chicas y yo estábamos lavando ropa en el río, al borde del terreno del que nos habíamos apropiado, cuando oímos un silbido que parecía el de uno de esos pájaros que llaman codorniz cotuí. Y de repente aparece ese hombre de pelo cano remando en una canoa y saludándonos a gritos, como si fuéramos amigos de toda la vida. Tenía el pelo largo y grasiento y la barba, alrededor de la boca, amarillenta de tanto mascar tabaco, y llevaba puesto un saco de café atado a la cintura con un trozo de cuerda, con unos agujeros para los brazos y otro para la cabeza. Parecía un hombre de los pantanos que hubiera enloquecido, pero nos alegramos de verlo, porque no había mucha gente por los alrededores y daba gusto tener visita, aunque fuera la de un loco.

Llevaba otra canoa amarrada a la primera, llena de cubos con arbolitos. Resulta que John Chapman se ganaba la vida vendiendo manzanos, pequeños y grandes, y sacos de semillas, pero eso lo daba gratis. James y él se pusieron a hablar en seguida de manzanas, algo que les gustaba una barbaridad, y James incluso dejó de trabajar en la cabaña y se fue andando con John Chapman por el bosque hasta donde iba a plantar un huerto y le enseñó las ramas de árbol que se había traído de Connecticut y que pensaba injertar en árboles nuevos. John Chapman le vendió veinte plantones y le dijo que era mejor empezar con eso que injertar. Es cosa de Dios mejorar los árboles, dijo, pero en tono amable, no brusco como se pondría más tarde. Le habría vendido más plantones, pero a James le iba a llevar tanto tiempo desbrozar la tierra que no iba a poder plantar más de veinte árboles.

Estuvieron ahí fuera tanto tiempo que empezó a oscurecer, así que le dije a John Chapman que se quedara a cenar, aunque no podíamos ofrecerle más que unos pocos guisantes y un par de ardillas que había cazado Jimmy. Tres ardillas no dan para mucho entre nueve bocas, y una décima no se agradece, pero John Chapman nos dijo que no comía carne porque no soportaba la idea de matar a un ser vivo para seguir vivo él. En fin. Ninguno de nosotros había oído nunca semejante cosa, pero como así tocábamos a más ardilla, no íbamos a quejarnos. Ni siquiera comió muchos guisantes, y bebió agua en vez de sidra. Después de cenar se puso a dar vueltas mientras nosotros nos quedábamos sentados alrededor del fuego. Aquel hombre era andarín y parlanchín, pero no se puso a hablar de manzanas. Voy a daros noticias del Cielo, dijo. Yo nunca lo habría tomado por uno de esos tipos que comparten su religión como quien pasa una botella para que todo el mundo beba. Empezó a hablar, y reconozco que la primera vez, o sea, las primeras veces, no entendí ni media palabra. Pasado un rato, los niños se cansaron y se fueron cada uno por su lado, y a James le dio por tallar un trozo de madera. A mí no me importó, porque me gustaba observar a John Chapman. Esa noche no quiso dormir en la carreta ni debajo de la lona; dijo que se conformaba con el bosque. Ni siquiera quiso que le dejara una colcha vieja. Nathan fue a espiarlo y nos contó que John Chapman estaba durmiendo sobre un montón de hojas.

Al día siguiente se fue cuando aún dormíamos, pero volvió una semana más tarde con los plantones. Casi no teníamos dinero para pagarlos, porque nos lo habíamos gastado todo en llegar a Ohio, pero James dijo que valía la pena, que así tendríamos manzanas dos años antes que si plantábamos semillas. Después pensaba injertar las ramas que se había traído de Connecticut en algunos plantones, pero no se lo dijo a John Chapman, porque en seguida se había dado cuenta de que a John no le gustaban los injertos, que pensaba que eso era alterar la creación del Señor.

John Chapman empezó a hacernos visitas dos o tres veces al año. En primavera siempre venía para ver qué tal nos iba a nosotros y a los árboles después del invierno y a vendernos más si nos hacían falta, y volvía en otoño, cuando iba a inspeccionar el vivero que tenía río arriba. A veces también aparecía en verano, camino de algún sitio. A mí me gustaba pensar que venía a vernos por mí, y salía corriendo hacia el río cuando oía su silbido, cotuí, cotuí.

John Chapman era un hombre especial, eso seguro. Nunca lo vi llevar ropa como la de los demás hombres, o sea, pantalones o calzones y camisa y tirantes. Ni zapatos, ni chaqueta, ni siquiera cuando helaba por la noche. No sé qué ropa se pondría en invierno, porque nunca lo veíamos en esa época. A lo mejor se metía en un agujero como los osos. Y además era peludo, con greñas en la cabeza y la barba, y las uñas largas, y los talones como cortezas de queso. Eso sí, tenía unos ojos brillantes que relampagueaban y hablaban por sí mismos.

Siempre sacaba tiempo para charlar conmigo, cuando se dio cuenta de que ningún Goodenough más estaba dispuesto a oírle hablar de Dios. Cuando se enteró de que yo sabía leer un poco, empezó a dejarme páginas que había recortado de libros que les había dado a los colonos, a orillas de los ríos. Yo, entusiasmada con su visita, cogía las páginas de buena gana, pero en cuanto él se iba, no le encontraba pies ni cabeza a lo que estaba escrito en ellas. No se lo dije, pero yo prefería las reuniones en el campamento de los avivamentistas a las que íbamos de vez en cuando, cuando el fango estaba lo bastante seco para ir andando hasta Perrysburg. Allí veía a un montón de gente y me recibía un Dios que yo comprendía.

Lo que más me gustaba de John Chapman era que no me juzgaba como alguien a quien no voy a nombrar. Nunca me decía, Sadie, estás borracha. Sadie, eres una vergüenza. Sadie, estás arrastrando a esta familia al fango del pantano. No me quitaba la botella de las manos, ni la escondía ni la vaciaba para que tuviera que beber vinagre. John Chapman entendía el poder de las manzanas y de las cosas que salen de ellas. Fue él quien me enseñó que las manzanas podían ser la cura para otro de nuestros enemigos, la fiebre de los pantanos.

La fiebre de los pantanos llegaba con los mosquitos. Empezaban a picar en junio, pero en agosto había tantísimos que teníamos que liarnos sábanas a la cabeza y ponernos guantes, a pesar del calor, y encender hogueras día y noche para espantarlos con el humo, pero aun así nos picaban tantas veces en la cara, las manos y los tobillos —todo lo que no lleváramos tapado con ropa— que se nos hinchaban, y dolía y escocía mucho. No he visto una cosa igual. Hasta el más pintado se volvía loco. Patty y Sal se llevaron la peor parte. A la pobre Patty se le hinchó tanto la cara que ya no parecía de la familia Goodenough, sino una criatura del pantano.

Ella fue la primera a la que le dio la fiebre. Tenía tales temblores que se le partieron los dientes. La metí en la cama y la empapé de agua, le di matricaria, hierba gatera y cimicífuga, pero no sirvió de nada. Al año siguiente cayó Jimmy, y después Lizzie, todavía muy pequeña, y después Tom, y después Mary Ann. ¿Fue en ese orden? Es difícil acordarse. Algunos años nos librábamos. A veces pienso que ojalá me hubiera llevado a mí. He parido diez hijos y me quedan cinco.

Al único que no le dio nunca la fiebre fue a Robert, pero es que él nunca fue como nosotros. Lo parí a los dos meses de habernos instalado en el pantano. Yo no sabía si Patty o Mary Ann estarían listas para ayudarme a parir, porque en aquella época no teníamos vecinos cerca. Tendría que hacerlo James, y eso que a mí no me gustaba que hubiera hombres en el parto, porque trae mala suerte. Al final no me hizo falta James, ni las chicas ni nadie. Acababan de empezarme los dolores cuando Robert salió sin más: casi se cae al suelo, que era de tierra. Ya teníamos paredes y una lona en el techo, pero suelo no había todavía. Robert no lloró nada y miró de frente como si pudiera verme, ni aturdido ni bizco ni berreando como los demás. Y se crio igual, con esa forma de mirar que me asustaba un poco y me hacía avergonzarme de mí misma. Era al que más quería porque parecía venir de un sitio distinto al de todos nosotros. Y a lo mejor es así. No puedo asegurarlo, aunque tenía mis sospechas. Pero no podía demostrarle que lo quería, no podía darle un beso ni un abrazo porque me miraba de aquella manera, como si me estuvieran poniendo un espejo delante para que viera lo mala que era.

Robert tenía que cuidar a los que se ponían enfermos con la fiebre de los pantanos. Una vez, en octubre, John Chapman apareció cuando todos menos Robert y Sal estaban acostados, tiritando y temblando. Las camas hacían tanto ruido que seguro que nuestros vecinos podían oírnos incluso a kilómetros de distancia. John Chapman había plantado magarzuela cerca de nuestra casa para cuando nos pusiéramos malos, pero ni eso ni nada paraba la tiritona y los temblores; nada menos el tiempo o la muerte. Esa vez ayudó a Robert y a Sal con los animales y en la cocina, y fue él quien recogió toda nuestra cosecha de manzanas.

Esto es lo que necesitáis, Sadie, dijo cuando entró con un saco de manzanas para sidra.

No entendí qué quiso decir ni me preocupó entonces, porque tenía tanto frío y tanta tiritona que lo único que quería era morirme.

John Chapman se llevó algunas de nuestras manzanas para sidra en las canoas, fue hasta Port Clinton y volvió con cinco barriles de sidra. Todavía no estaba fermentada, tardaría varias semanas, pero John Chapman dijo que la bebiéramos y que se nos pasaría la fiebre. Así que me la bebí, y la verdad, me sentí mejor. James dijo que de todas maneras ya estaba mejorando sin ayuda de la sidra. Ese comentario suyo, tan arrogante, fue el comienzo de nuestras peleas por las manzanas, que dura hasta hoy. No le gustaba que John Chapman me prestara atención, eso es lo que pasaba, así que se metía con todo lo que él decía, pero John era un hombre del bosque, llevaba muchos años conviviendo con la fiebre de los pantanos, o sea que, ¿cómo no iba a saber lo que decía? Yo no le hacía caso a James, pero a John Chapman sí. Me dijo que la sidra dulce funcionaba con los mosquitos pero que la sidra fermentada era mejor, y el aguardiente de manzana, mejor todavía.

Yo nunca había preparado aguardiente de manzana, y él me explicó cómo hacerlo. En invierno, dejas un barril de sidra al aire para que se congele la parte de arriba, donde está el agua. Luego tiras el hielo y vuelves a hacer lo mismo una y otra vez, hasta que solo queda un poquito en el barril, pero es tan fuerte que parece que tiene fuego y casi no sabe a manzana. James no se lo bebía, decía que eso era desperdiciar una buena sidra. A mí me daba igual: más aguardiente para mí. Y John Chapman tenía razón: cuando me corría por las venas, a los mosquitos no les gustaba y me dejaban en paz, así que no me daba la fiebre de los pantanos. El problema era guardar bastante aguardiente hasta agosto, cuando se necesitaba de verdad. Teníamos que hacer más, o sea que necesitábamos más árboles, de manzanas ácidas, no de las de mesa de Connecticut, esas a las que James quería más que a su propia esposa. Golden Pippin. No sé por qué pensaba que tenían tan buen sabor: que si miel, que si piña... Todas las manzanas sabían a manzana.

La mañana siguiente amaneció gris, lluviosa, y James le estaba enseñando a Robert a injertar. Ya le había mostrado el proceso otras veces, pero como ahora Robert tenía casi nueve años, ya estaba en edad de entender y retener la información y hacerla suya.

Otros años Sadie salía a ver trabajar a James y a criticarlo duramente por destrozar unos árboles estupendos, pero aquel día seguía dormida, apestando al aguardiente de manzana que había bebido la noche anterior. Desde que John Chapman se había marchado, no había parado de beber. Sus borracheras eran impredecibles: se enfadaba y se ponía violenta, y al cabo de un momento se echaba a llorar y besuqueaba a los niños. A veces se sentaba en un rincón y se ponía a hablar con uno de sus hijos muertos, normalmente Patty, como si estuvieran allí, con ella. Los Goodenough supervivientes habían aprendido a no hacerle caso, aunque a Nathan y a Sal les gustaba el besuqueo.

–¿Listos? –le dijo James a su hijo–. ¿Y los esquejes?

Robert levantó un haz de ramas que James había cortado del centro de los Golden Pippin cuando los había podado en noviembre; luego los había guardado celosamente en el almacén subterráneo, detrás de los cajones de madera llenos de manzanas, zanahorias y patatas, con las puntas clavadas en un montón de tierra para soportar el invierno. Había escondido otro haz en el bosque, por si Sadie encontraba los esquejes del sótano y los quemaba, como ya había hecho un año, con la excusa de que se le había acabado la leña.

Había dispuesto meticulosamente en el suelo el material y las herramientas que necesitaban para injertar: sierra, martillo y escoplo, un cuchillo que James había afilado la noche anterior, un montón de tiras de tela arrancadas de delantales viejos de Sadie y un cubo de barro para injertos hecho con una mezcla de barro del río, excrementos de caballo y pelos del cepillo de Sadie. James le había pedido a Martha que los fuese recogiendo durante varias semanas sin que se enterase su madre. También estaba uno de los sacos con la arena que había sacado unos años antes de la orilla del lago Erie, adonde se había desplazado con ese propósito. A los Golden Pippin les gustaba especialmente el terreno arenoso, por lo que James tendría que echar tierra alrededor de los injertos de vez en cuando.

Aunque estaban listos –herramientas, esquejes, barro, arena e hijo–, James aún no se movía; estaba ahí, con sus árboles, bajo la lluvia fina. Casi podía ver las ramas desperezarse después del invierno helado, la savia que empezaba a circular, las yemas que brotaban en puntitos como zorros que asoman el hocico por la madriguera, husmeando el aire. Aún descoloridos, esos puntos verdecerían pasadas unas semanas y serían el preludio de las hojas venideras. El crecimiento parecía producirse muy lentamente y, sin embargo, las hojas, las flores y los frutos aparecían y desaparecían todos los años, en un milagro cíclico.

El proceso de injertar no llevaba mucho tiempo, pero como en todo lo que hacía con los manzanos –plantar, podar en invierno y cosechar en verano–, James era muy metódico; sin embargo, en aquellos momentos tenía que ser atrevido. «Bien. Vamos allá», dijo. Tomó la sierra y se acercó a uno de los árboles de manzana ácida –uno de producción mediocre, procedente de una plántula de John Chapman que había plantado hacía cuatro años–, agarró el tronco a la altura de la cintura y serró rápidamente, intentando no mirar los brotes que salpicaban las ramas que estaba cortando, porque de esos brotes habrían salido hojas, flores y frutos. Siempre lo hacía muy deprisa, porque era la parte destructiva y no le gustaba darle muchas vueltas. Además, tenía que actuar con rapidez antes de que saliera Sadie y presenciara el sacrificio de la fuente de su aguardiente de manzana. Cuando solo veía el resultado

–dos palos unidos a un tronco con una pella de barro alrededor de la juntura–, normalmente no se ponía de tan mal humor. Resultaba sorprendente lo fácil que era olvidar lo que había antes al encontrar algo nuevo, como cuando un hombre llama más la atención por la barba recién afeitada que por el pelo largo.

El corte transversal del árbol del sacrificio tenía una longitud de unos siete centímetros, suficiente para dos esquejes.

–Esto tiene que estar bien liso –le dijo a Robert, raspando la superficie con el cuchillo. Después cogió el martillo y el escoplo–. Ahora vamos a hacer un corte de unos cinco centímetros de profundidad, de un lado a otro.

Mientras martilleaba con cuidado, el tacto del mango, el tintineo del metal contra el metal, la presencia de su hijo al lado, el goteo de la lluvia entre los árboles..., todo le hacía pensar en su padre y él en Connecticut, cuando aprendía a crear buenos árboles para poder transmitir una y otra vez sus conocimientos por la cadena de Goodenough que se extendía hasta el futuro. No siempre resultaba fácil sentirse un eslabón de esa cadena viviendo en el Pantano Negro, sobre todo porque este exigía un año sí y otro no el sacrificio de un niño, pero cuando trabajaba con los manzanos sí sentía ese tirón especial.

James cortó en forma de cuña los extremos de dos esquejes de Golden Pippin.

–Mira –le dijo a Robert, enseñándole los extremos–. Un injerto tiene más posibilidades de prender si hay una yema en la base de la cuña... ¿Lo ves?... Ahí, donde empieza otra vez la corteza. Las yemas atraen la savia. La savia circula por los dos trozos de madera y así se unen en un solo árbol.

Robert asintió.

Estaban insertando los dos esquejes en la hendidura cuando apareció Sal. James pensó que ojalá no hubiera llegado en un momento tan delicado del proceso, justo cuando él mantenía abierta la hendidura con el escoplo y le indicaba a Robert cómo encajar los esquejes de modo que la corteza se ajustara a la del portainjerto y quedara una yema justo por encima de la superficie. Solo cuando los dos esquejes estuvieran en su sitio podría retirar el escoplo, para que la hendidura se cerrara alrededor. Ya lo habían intentado una vez y habían tenido que sacar los esquejes para recortar las puntas y conseguir que encajaran mejor. A James no le hacía ninguna falta que la hija que más le recordaba a Sadie fuera a sentarse en un tocón cercano, y ni siquiera para observarlos, porque al momento se puso a raspar el barro seco del dobladillo de su vestido. Si iba a estar allí, James quería que se interesara por los injertos.

–¿Se ha levantado mamá? –preguntó, con la vaga esperanza de atraerla con una pregunta.

¿Cómo era posible que la sorpresa y la magia del injerto no despertaran su interés? Pero Sal no levantó la vista de su inútil tarea: el barro que se quitara volvería a aparecer muy pronto.

–Solo a por agua. Dice que le duele a cabeza.

–¿Vas a preparar tú la comida?

Sal se encogió de hombros, en un gesto que repetía con frecuencia. Ya a sus doce años había aprendido que no servía de nada preocuparse demasiado por las cosas, y se mantenía siempre algo distanciada del mundo.

–Lo está haciendo Martha.

–Los chicos, ¿están todavía en el establo? –Como Sal no contestó, James le dijo–: Pues vete a cavar en el jardín.

–Está lloviendo.

–Así será más fácil cavar la tierra.

Volvió a agarrar con fuerza el escoplo. Robert movía los esquejes, buscando la posición más adecuada.

–Venga, vete. –Como Sal no se movía, James sacó el escoplo de la hendidura y dio un paso hacia su hija–. ¡Que te vayas!

Sal se levantó, pero despacio, para dejar claro que si se movía no era porque se lo ordenase su padre. El recuerdo del labio partido de su madre la noche anterior y la violencia de la que era capaz su padre no parecían impresionarla. Con una sonrisa despectiva, volvió tranquilamente a la casa, no al jardín. Al observar la insolente postura de los hombros de su hija, James se preguntó en qué momento exacto había perdido el control de su familia. Llegó a la conclusión de que no había habido un momento concreto, sino una mezcla de cosas: la afición de Sadie a la bebida, las peleas entre ellos y su propia obsesión con los árboles. Y John Chapman: sus ojos de astuta mirada clavados en James, como una crítica a su manera de gobernar la casa que no pasaba desapercibida a sus hijos. Solo Robert parecía seguir respetando a su padre, y Martha era tan pequeña que aún hacía lo que él le ordenaba.

«Nos estamos hundiendo en esta ciénaga –pensó–. Al final el fango acabará por cubrirnos y desaparecerán todos los Goodenough».

–Papá, ¿crees que esto prenderá? –dijo Robert.

James miró el injerto. La hendidura se había ajustado tan bien a los esquejes que estos parecían haber salido de ella de una forma natural, con unas yemas minúsculas justo encima. Lo sabía muy bien. A veces le bastaba con echar un vistazo para saberlo.

–Sí, nos ha quedado perfecto –dijo, sorprendido de que ese instante de distracción motivado por su hija no hubiera tenido, al parecer, consecuencias. El injerto prendería sin que tuviera que dedicarse a él en cuerpo y alma.

Robert y él fijaron el injerto con unas tiras de tela y después lo recubrieron con barro, formando una tosca esfera protectora que parecía un enorme nido de avispas. Allí se quedaría hasta el verano. Pasadas unas semanas ya sabrían si el injerto había prendido: si las yemas de los esquejes empezaban a crecer, significaba que la savia fluía desde el árbol de abajo hacia la rama de arriba. Entonces saldrían hojas, flores y, al cabo de unos años, frutos.

Cuando acabaron, James le enseñó a Robert el último paso del proceso: se abrió la bragueta y meó al lado de los árboles nuevos. Harían lo mismo durante varios días hasta que la zona que rodeaba los injertos quedara marcada; de ese modo, los ciervos no se acercarían a pacer mientras las hojas fueran jóvenes y tiernas.

Injertaron quince árboles aquella mañana, cinco más de los que tenía pensado James. No paraba de encontrar prometedores esquejes entre el haz de ramas. Sentía la presencia de los manzanos de sidra que dominaban el huerto y el deseo de poner remedio a ese desequilibrio, así que siguieron trabajando. Robert guardó silencio al ver que otros cinco árboles iban a quedar improductivos dos o tres años más. Algo se había apoderado de James, el deseo compulsivo de crear que anulaba todo lo demás. Quería –debía– crear los mejores manzanos que pudiera.

Mamá, tendrías que verlos, dijo Sal. Están abriendo en canal tus árboles como si fueran marranos.

Sal siempre había sido una acusica. Yo sabía que miraba por mí más que ningún Goodenough, pero no por eso me caía mejor. Venía y me decía, mamá, Martha ha mojado la cama, mamá, Nathan se ha comido todo el tocino, mamá, Robert ha dejado que el fuego se apagara. Quería que hubiera justicia en todo, y la mejor lección que podía aprender era que la vida no es justa y que no sirve para nada esperar que lo sea. Todavía me dolía la cabeza del aguardiente, pero me levanté y me asomé a la ventana para ver qué era eso de que andaban por ahí destrozando árboles. Se me había olvidado que James estaba injertando. Los días se mezclaban unos con otros y era difícil llevar la cuenta. No veía nada. Debían de estar al fondo del huerto. Estaba lloviendo y no me apetecía salir para que las gotas me martillearan la cabeza, porque suficiente martilleo tenía ya dentro, pero sentía curiosidad. Así que dije, voy a ver, pero tú vete a cavar al jardín, Sal, sabes que es necesario y no hará falta que yo te diga lo que tienes que hacer, que ya eres una chica mayor. Sal puso mala cara, pero recogió la azada y salió.

Me eché un chal por la cabeza y la seguí afuera para ver qué andaban haciendo James y Robert. Me puse a un lado, algo retirada para que no me vieran, aunque estaban tan pendientes de sus árboles que tampoco se habrían fijado en mí. Me dieron ganas de tirarles piedras al verlos agachados sobre un tocón pequeño, con las cabezas casi rozándose. Igual que cuando las cuñadas Goodenough se juntaban delante del fuego en Connecticut, y hablaban y se reían, y a mí me dejaban al margen.

Sal tenía razón: estaban abriendo en canal aquellos árboles. Por más que James me hubiera repetido la cantidad una y otra vez, no podían ser tantos los árboles míos que se estaba cargando. Aquello era la guerra. Me entraron ganas de chillar y liarme a golpes y patadas, pero no lo hice. Esperaría a que volviera John Chapman. Él sabría qué hacer con aquellas bolas de mierda que James iba colgando de los manzanos.

Y unos días después John volvió en su canoa, deslizándose por el río y silbando cotuí, cotuí. Doy las gracias a Dios por mi John Appleseed* y por las botellas de aguardiente que me trajo, porque sabía que yo las necesitaba para los mosquitos. No empezarían a picar hasta pasados unos meses, pero ya me encargaría yo de las botellas hasta entonces.

Traía los árboles de los que habían hablado James y él, pero no los descargó inmediatamente de la otra canoa. James quería enseñarle antes la labor diabólica que había perpetrado en los árboles, y se fueron al huerto. Así que John vio con sus propios ojos en qué asunto antinatural andaba metido mi marido. A mí me habría interesado saber qué tenía que decir John Chapman, pero tuve que esconderme porque a James no le gustaba que yo me pusiera a escuchar cuando hablaba de manzanas. Así que fui a hurtadillas hasta la linde del huerto y me puse detrás de las zarzas secas, que casi no me cubrían.

John Chapman era muy listo y al principio no dijo nada de las bolas de mierda colgadas de los árboles, ni del destrozo y la destrucción. Al fin y al cabo era un hombre de negocios y tenía que vender sus árboles.

¿Sabes?, tengo una docena de buenos plantones en la canoa que te irían mejor que las plántulas, dijo.

No quiero plantones, dijo James, solamente quince plántulas.

Mis plantones son fuertes, no se te morirán. Empezarán a dar fruto dentro de tres años, a lo mejor dos.

No tenemos dinero para plantones.

Puedo fiarte. Eres de confianza y no te vas a ir a ninguna parte. Me lo pagas cuando puedas.

O sea, con intereses, dijo James.

---

* John Chapman (1774-1845) fue un personaje real. Según la leyenda, fue una especie de héroe popular y pionero en el cultivo de manzanas. Se le conocía popularmente como John Appleseed (Juanito Manzanas). [*N. del T.*]

Mi marido no es tonto del todo, me dije.

Ya veo que has estado haciéndole el trabajo a Dios otra vez, dijo John Chapman, señalando con la cabeza los árboles injertados.

¿Y qué?

Pues que esos árboles nunca serán tan fuertes como los que salen de las semillas.

¿Cuáles, los que me quieres vender?

Los árboles son más fuertes cuando se los deja crecer por sí mismos. El hombre no tiene que andar metiéndoles mano.

O sea, ¿que tampoco hay que podarlos? ¿No hay que entresacar unos árboles para que otros crezcan más fuertes? ¿Ni cobijarlos con paja para protegerlos del frío? ¿Ni esparcir cenizas para ayudarlos a crecer?

Dios se encarga de todo eso.

Yo me encargo... de los árboles, de mi familia.

No creo que te estés encargando de tu mujer.

Me gustó que John Chapman llevara la conversación otra vez hacia mí. Me gustó que se pelearan por mí. Podía parecer que era por los árboles, pero era por mí. Los hombres nunca se habían peleado mucho por mí. A lo mejor un poco cuando me desarrollé, pero no después de diez hijos y nueve años en un pantano.

¿De qué quieres hablar, de árboles o de mi mujer?, dijo James. O una cosa o la otra.

Se hizo el silencio, y por fin John Chapman dijo: Quince plántulas te costarán noventa centavos.

James soltó un silbido. Es un centavo más por plántula que el año pasado.

Ese es el precio.

¿Ese es el precio que debo pagar para que dejes de interesarte por Sadie?

Eres tú quien quiere verlo así. Yo me limito a vender árboles.

Pues tráelos. Mandaré a Robert a ayudarte.

Se alejaron y me quedé allí, entre las zarzas secas, sin saber bien por qué era yo la que seguramente se sentía peor de los tres.

James no le quitaba ojo a su esposa por si los nuevos injertos, aún vulnerables, le llamaban la atención. Trabajaba siempre cerca del huerto y empezó a arar un pequeño terreno que quedaba detrás, donde iban a sembrar avena. Pero Sadie no hacía nada por acercarse a los injertos y se quedaba cavando en el jardín con Sal y Martha.

Al despertarse una mañana, James vio un pie embarrado que asomaba por debajo de las colchas. Miró a Sadie, que estaba dormida a su lado, se levantó de un salto, salió de la cabaña sin siquiera ponerse las botas ni el abrigo y echó a correr hacia el huerto. Una de las vacas andaba suelta entre los árboles y en sus idas y venidas se había frotado contra siete de las quince bolas de barro de los injertos; las había tirado al suelo y había partido las aún frágiles junturas. Solo quedaban los tocones del portainjertos. Los esquejes de Golden Pippin estaban pisoteados y mordisqueados.

Tras encerrar la vaca en el establo, James volvió a la cabaña y se plantó frente a la cama. Sadie seguía durmiendo, con una expresión más feliz y más tranquila de lo normal. O a lo mejor era que James solo veía lo que quería ver. No la despertó ni le dio una paliza. No le dijo nada a nadie, ni siquiera a su ayudante, Robert. Se limitó a mezclar más barro para injertos, sacó los esquejes que había escondido en el bosque y volvió a injertar los árboles. Aún tenían tiempo para crecer, y quizá Sadie no se diera cuenta si él no montaba un escándalo.

Aquella noche se la clavó todo lo hondo que pudo. A ella pareció gustarle.

Por la mañana me dolía todo, la cabeza y el coño, y tuve que recostarme en la cama porque de repente me mareé. El aguardiente puede amargarme las mañanas, aunque si doy un traguito nada más despertarme, me ayuda. El fuego se combate con fuego, como decía mi padre. Hubiera querido pedirle a alguien que me trajera un poco, pero por una vez la casa estaba tranquila. Solo quedaba Martha; tenía unos andares tan ligeros que, de no haber sido porque iba canturreando mientras trajinaba entre la mesa y el fuego, no se la habría oído. Era como un ratoncito esperando a que yo le echara unas migajas. Si le pedía aguardiente iría a buscarlo, pero me lo acercaría con sus patitas de ratón en un gesto tan tímido que yo me sentiría todavía peor de lo que ya me sentía. Martha era la pequeñaja de la camada, la única débil que no se había muerto. Se pasaba el día canturreando, himnos, para ahuyentar el sonido de los pasos de la Muerte a su espalda: *Rock of Ages*, *Sometimes a Light Surprises*, *Blest Be the Tie That Binds*, y aquel maldito *Amazing Grace*, el que decía no sé qué de salvar a pobres desgraciados. Sí, a una desgraciada como yo va a salvar. No sé de quién los aprendió... Yo no se los enseñé. Seguramente de nuestra vecina Hattie Day, una mujer que se sabe todos los himnos y nos los impone.

¿Qué haces, tesoro?, le dije, pensando que si le hablaba con amabilidad sería más fácil pedirle aguardiente.

Tarta, dijo.

Me di cuenta de que al llamarla tesoro se le había iluminado la cara como si le hubieran puesto una linterna enfrente. Así que volví a decirlo. ¿Tarta de qué, tesoro?

El segundo tesoro fue una equivocación: me salió falso, y Martha sabía que no era mi tesoro.

De manzana. Voy a por unas pocas, dijo, y se limpió las manos, de modo que se puso el delantal perdido de harina. Echó a correr y me dejó allí sola.

Rápidamente, antes de que volviera, fui hasta donde estaba la botella y le di un trago. Con eso tendría que conformarme. No sé por qué no me gustaba que Martha me viera beber, pero no me gustaba.

No pasaba con frecuencia que no hubiera nadie en casa. Estar yo sola me ponía nerviosa, me gustaba tener gente alrededor, aunque no siempre me apetecía hablar. En el este tenía demasiados Goodenough cerca, y a veces tenía que esconderme entre el heno si quería un poco de tranquilidad. Aquí no. El heno no olía bien y no estaba seco como el de Connecticut. Al pantano le gustaba meterse dentro y pudrirlo.

Le eché un vistazo a la habitación desierta. Sal y Martha la tenían recogida, eso debía reconocerlo. La leña apilada, el suelo barrido, el fuego encendido y ardiendo con ganas, los platos colocados en los vasares. En el desván habían dejado las camas bien alisaditas. Las colchas no se habían oreado por la lluvia, pero podían pasarse unos días sin orear. Al acabar el día habría marcas de barro por todas partes, un montón de botas embarradas al lado de la puerta, comida por el suelo, donde la habían dejado caer Caleb y Nathan, pero de momento todo parecía preparado y a punto para un día de batalla con el Pantano Negro. No vivíamos con la tierra, sino que estábamos vivos a pesar de ella. Y es que quería matarnos a cada oportunidad que tenía: cuando no eran los mosquitos, era la fiebre o el fango o la humedad o el calor o el frío. Al menos la casa se podía mantener caliente fácilmente, ya pasado lo peor del invierno. A veces, cuando la nieve se acumulaba alrededor de la casa durante las rachas de frío, nos envolvíamos en las colchas, nos acurrucábamos los siete junto al fuego y no nos movíamos en todo el día a no ser para dar de comer a los animales, echar leña al fuego o comer nosotros. Me alegraba de que hubieran pasado esos días, porque mi familia me volvía loca.

Martha ya había hecho la masa para la tarta y la había extendido sobre la mesa formando un círculo perfecto. Ella era así. Sal o yo no nos hubiéramos tomado tantas molestias y la habríamos dejado desastrosa, pero Martha alisaba los bordes con los deditos y trenzaba la parte de arriba como si fuera una tela de cuadros.

Yo estaba mirando la masa cuando Martha volvió con el delantal lleno de manzanas ácidas, de las que habíamos reservado para cocinar en lugar de utilizarlas para hacer sidra. Torcí el gesto. ¿Les vas a poner azúcar?

Martha me miró con sus ojitos asustados. No, mamá. No queda nada.

Yo ya lo sabía cuando se lo había preguntado. Sabía lo que teníamos y lo que dejábamos de tener. Teníamos treinta y ocho manzanos y nada de azúcar. Entonces, ¿qué haces con esas manzanas? La tarta quedará demasiado ácida, no habrá quien se la coma.

Martha no dijo nada; se colocó un mechón de pelo detrás de la oreja, como hace siempre.

Vete a por unas Golden Pippin.

Martha volvió a mirarme asustada. No quedan muchas, mamá.

Ya me has oído. Vete a por ellas y llévate estas. Señalé con la cabeza las manzanas ácidas desparramadas por la mesa.

Martha volvió la cabeza y miró hacia el huerto, pero James no podía oírla, claro. A papá no le va a gustar, dijo con una vocecita de ratón, que casaba muy bien con sus ojos y sus patas de ratón.

Da igual. Tú haz lo que yo te digo. Tráetelas todas. Todas.

Eso hizo. Se llevó las manzanas ácidas y trajo las Golden Pippin que quedaban. Unas manzanas muy curiosas. Son pequeñas pero alargadas, como si las hubieran estirado. Martha las cortó todas para la tarta. No dijo ni media palabra, pero sí soltó unas lagrimitas de ratón.

Yo estaba deseando que llegara la hora de comer para ver la cara que ponía James cuando le diera un mordisco a la tarta, pero primero teníamos que acabar las chuletas de cerdo y la col encurtida y el pan de maíz y la salsa de manzana, que habíamos hecho cuando todavía teníamos azúcar. James se puso muy contento cuando Martha sacó la tarta, y le dirigió una enorme sonrisa, porque le gusta mucho. Martha sirvió un trozo grande para cada uno, menos para ella. Solo yo me di cuenta. Los demás no sabían nada de las manzanas, y a ninguno le importaba el sabor tanto como a James. Caleb y Nathan se zamparon su parte sin rechistar. Sal solamente la picoteó porque tenía frío y estaba mojada después de haber estado cavando bajo la lluvia, así que lo único que le apetecía era quejarse en lugar de disfrutar de una tarta recién horneada por la mejor pastelera de la familia. Incluso Robert se comió su ración sin pronunciar palabra, aunque sonrió a su hermana.

Yo me comí la mía con la mirada clavada en mi marido. James pareció muy satisfecho con el sabor dulce del primer bocado. Pero entonces, despacio, fue cayendo en la cuenta de que eran sus manzanas especiales, las que decía que sabían a

ba más consigo mismo por estar castigándola a ella cuando en realidad debería descargar sus golpes sobre Sadie. Sabía que ella era la responsable de que Martha hubiera usado Golden Pippin para las tartas, pero su hija jamás lo reconocería. En su corta vida, jamás había acusado a nadie, y prefería cargar con la culpa. Sus hermanos y hermanas siempre se aprovechaban de su silencio, todos menos Robert. Martha y él eran callados, pero no de la misma manera. Robert era más fuerte y le plantaba cara a cualquiera si pensaba que no tenía razón. Miraba a la gente de frente con sus brillantes ojos castaños, y su mirada penetrante los desconcertaba, de modo que nadie se atrevía a acusarlo de algo que no hubiera hecho. Martha, en cambio, tenía unos ojos grises y llorosos y no mantenía la mirada; solía ir encorvada, con la mirada fija en el suelo, y a James le recordaba un sauce de ramas delgaduchas y colgantes. Esa mañana Sal la había peinado con una trenza de espiga que no le quedaba bien porque tenía poco pelo; le colgaba por la espalda como un cordel deshilachado con una onda al final. Cada vez que Martha se apoyaba contra la pared, esperando el correazo, James se fijaba en aquella trenza de pelo ralo y le pegaba a la niña más fuerte de lo que pretendía. Martha ni siquiera lloraba como es debido; guardaba silencio mientras le corrían las lágrimas por las mejillas. Sus hermanos también guardaban silencio mientras contemplaban la azotaina, la mayoría de ellos con gesto indiferente. James solo se detuvo cuando vio la cara de disgusto de Robert.

Sadie sonreía con desprecio, mirando la tarta.

—Es la guerra —dijo, y se levantó para ir a buscar la botella de aguardiente.

¿Es esto una guerra?, pensó James mientras escapaba de la asfixiante cabaña. Si lo era, sin duda perdería él, porque a su mujer se le daba mucho mejor ser cruel y despiadada. Además, era más fácil atacar, como ella, que defender, como tenía que hacer él con sus árboles.

Aun así, tomó precauciones. Si iba a protegerlos, lo haría a conciencia. Dejando el arado en manos de Nathan y Caleb –que, como era de esperar, no abrían los surcos rectos y acabaron por mellar la reja–, James levantó alrededor de cada árbol injertado una cerca de metro y medio de altura, hecha con ramas de nogal afiladas en ambos extremos y clavadas en el suelo. Le dijo a la familia que hacer pis alrededor de los árboles no era suficiente y que las cercas servirían para que no se acercaran los ciervos, pero en realidad resultarían igualmente eficaces para pararle los pies a Sadie, o al menos ponerle las cosas más difíciles. Para llegar hasta un injerto tendría que retirar varias estacas. Por desgracia, eso significaba que tampoco James podría acercarse a los árboles, y que tendría que renunciar al placer de inspeccionarlos de cerca para contemplar su transformación. Solo podría mirarlos desde lejos, cuando lo que quería era apretar las yemas y raspar con la uña la corteza de los esquejes para ver si estaban verdeando. Puesto que ni siquiera así se sentía seguro, también cercó los manzanos de Golden Pippin más antiguos, aunque se tratase de árboles adultos cuyas hojas, más duras, seguramente los ciervos no querrían comerse. Mientras levantaba las cercas, le preocupaba la posibilidad de que estas se convirtieran más bien en una señal para Sadie, en una tentación para hacer alguna barbaridad que hasta ese momento ni siquiera se le hubiera pasado por la cabeza.

Por suerte, la primavera era una época del año con tanto ajetreo que seguramente Sadie no pisaría el huerto. Había demasiadas cosas que hacer: arar y sembrar avena y maíz, cavar y plantar en el jardín de la cocina, reparar techos, limpiar el establo y la casa... Mientras James trabajaba con Nathan y Caleb en los sembrados, Sal y Martha cavaban en el jardín, y Robert alternaba el jardín con los sembrados, ayudando a quienes más lo necesitaran.

Como no le gustaba cavar y no le importaba que sus hijas lo hicieran por ella, Sadie no se acercaba mucho al jardín y se dedicaba a la limpieza de primavera después del largo invierno: abría de par en par puertas y ventanas, barría y fregaba el suelo, sacudía y quitaba el polvo. Eso, cuando le daba por ahí. A Sadie nunca le había preocupado tener la casa como una patena, ni siquiera en el este. Y le interesaba aún menos en Ohio, donde era más difícil mantenerla limpia. De vez en cuando se le metía en la cabeza que había que hacer algo: orear las colchas, por ejemplo. Entonces montaba todo un espectáculo: tendía una cuerda entre dos árboles y las sacaba para colgarlas y sacudirlas. Irremediablemente, cargaba con demasiadas colchas a la vez y arrastraba los extremos por el barro, así que luego había que limpiarlas. Aquello, sin embargo, ya no lo hacía Sadie, pues a ella no le gustaba arreglar lo que había estropeado. Sal, o con más frecuencia Martha, tenían que hervir agua y quitar las manchas. A esas alturas Sadie ya se había puesto a hacer otra cosa, como frotar toda superficie a la vista con tanto vinagre que el olor acre volvía a echar a la familia de la casa. Pasaba de un extremo a otro: encantadora cuando era cariñosa, algo que no ocurría demasiado últimamente; o, con más frecuencia impredecible, malcarada e indiferente. James tenía que hacer esfuerzos para recordar a la alegre chica del vestido azul que lo envolvía entre sus piernas y se reía. Esa Sadie había desaparecido hacía tiempo, se había quedado en un sembrado de Connecticut, y el color del vestido, desteñido, era el del cielo.

Al menos Sadie no tocó los injertos. Después de la declaración de guerra y de soltar la vaca, dejó correr el tema. Típico de Sadie. James, sin embargo, no se fiaba de ella. Puede que la mayor parte del tiempo estuviera un poco confusa por el aguardiente, pero Sadie no olvidaba las rencillas. Incluso parecía disfrutar aferrándose a ellas.

Un día de abril, después de haber acabado de arar y sembrar, James paseaba por el bosque. Iba siguiendo una de la antiguas trochas que no se usaban mucho, en busca de madrigueras de ratones almizcleros para poner trampas cerca, cuando de pronto notó una bruma verde que flotaba sobre su cabeza. Habían salido las hojas de los árboles, pequeñas, nuevas y arrugadas como una colcha de verano guardada durante los meses de invierno y que hay que sacudir un par de días para alisarla. Aunque sabía que era algo que ocurría todos los años –a menos que Dios tuviera otros planes de tipo apocalíptico–, la aparición de las hojas siempre lo pillaba desprevenido. Creía haberlas observado atentamente, pero siempre conseguían sorprenderlo y nunca alcanzaba a ver el punto intermedio entre la yema cerrada y la hoja abierta.

Por seguir con la mirada clavada en las hojas, se metió en un charco lleno de fango que le subió por las botas y se le coló dentro. Apestaba a podrido. Soltó una palabrota y se detuvo para limpiárselo. Por eso sus hijos solían ir descalzos por el pantano, porque era más fácil lavarse los pies que quitarse el fango de los zapatos. James, sin embargo, detestaba el chapoteo del lodo entre los dedos y prefería el calzado: era más civilizado.

Cuando se puso de pie otra vez se fijó en que, justo al lado del sendero, sobresalía una varita de una bola de barro pegada a la rama serrada de un manzano silvestre. Era el árbol del que había comido fruta ácida cuando estaba desesperado por probar el sabor de las manzanas.

Se acercó al injerto, pero ni siquiera tuvo que examinarlo para saber que era obra de Robert, porque parecía exactamente igual que si lo hubiera implantado él. No había nadie en cien kilómetros a la redonda capaz de imitarlo tan bien. Y no solo eso: el injerto había prendido, y de las yemas de los esquejes estaban a punto de brotar hojas. No podría estar seguro hasta que florecieran, pero sospechaba que las flores tendrían el tinte rosado de las Golden Pippin. Al cultivar un árbol fuera del alcance de Sadie, Robert se estaba anticipando a los acontecimientos. James sonrió al pensar en la prudencia de su hijo.

Aunque debería haber seguido buscando huellas de ratones almizcleros –el rastro de la cola, la entrada subterránea en el riachuelo que estaba siguiendo–, James hizo algo que normalmente no habría hecho ningún colono en la ajetreada temporada de primavera, cuando las reservas de comida son escasas y hay tanto trabajo: no hizo nada. Se sentó sobre un leño húmedo y se puso a contemplar el borrón verde que había invadido los árboles, los pájaros que revoloteaban entre las ramas mientras construían sus nidos, los lirios del bosque y las otras flores que tenía a sus pies, con extraños nombres como dientes de perro o calzones del holandés y el injerto que había creado su hijo a una distancia prudencial de Sadie y de su ira.

Se fue relajando poco a poco, cosa que nunca hacía cuando estaba rodeado de gente. Le gustaba observar el ciclo de los árboles con el paso de las estaciones, el despliegue de verdor de las hojas, primero intenso, después radiante, y por último el marrón y la caída. Los árboles no replicaban, ni desobedecían a propósito, ni se reían de él. No estaban allí para atormentarlo; es más, que estuvieran allí no tenía nada que ver con él. Que se sentara debajo de ellos daba igual, y se sentía profundamente agradecido por ello.

Contempló el Golden Pippin injertado que tenía delante y pensó en cuánto lograría crecer antes de que el Pantano Negro lo atacara con roya, moho o putrefacción. Las húmedas ciénagas, llenas de hierbas, juncos y árboles que crecían sin control, no eran el terreno ideal para un manzano, aunque aquel manzano silvestre se las había apañado para sobrevivir.

James suspiró y se miró las manos, ásperas y llenas de cicatrices después de tantos años dedicadas al peor de los trabajos duros: el trabajo inútil. Al cabo de nueve años sabía que tendría que haberse acostumbrado a la vida de allí. Los Goodenough eran veteranos en comparación con los recién llegados cuyas hachas resonaban por los bosques en su lucha contra los árboles. Los nuevos colonos acudían a ellos para pedir consejo sobre cómo desecar un terreno para cultivar cebada («mejor planta patatas») o sobre cómo mantener a raya a los mosquitos («ponte mitones en agosto») o para preguntarles si las abundantes ranas toro eran lo bastante sabrosas para comerlas en caso de necesidad («ya lo averiguarás»).

Por fin se puso de pie. No le diría a Robert que había encontrado el árbol injertado. Pocos secretos había en una familia que vivía en tan poco espacio, pero ya tenía uno que guardar.

Al volver a la granja sintió la imperiosa necesidad de inspeccionar los injertos de su huerto. Los esquejes de arriba aún no habían dado muestras de ir a echar brotes como los del árbol de Robert, pero era difícil saberlo con las cercas puntiagudas de por medio. Ahora que las hojas empezaban a brotar por todo el bosque, tenía que saber si sus injertos habían salido adelante.

La divisó desde la linde del huerto: una botella de aguardiente del revés y metida en una de las estacas. Se le hizo un nudo en el estómago. Sin embargo, al aproximarse vio que los árboles injertados parecían intactos y que incluso estaban echando brotes por encima del injerto. Las hojas se abrirían pronto y pasarían a formar parte de los bosques verdeantes.

La botella boca abajo era un recordatorio de que también Sadie estaba vigilando.

James siempre decía que lo mejor de mayo era que los manzanos echaban flores. Eso decía. Para mí lo mejor era ir a Perrysburg por primera vez desde noviembre. Solo quedaba a veinte kilómetros, pero con el estado de los caminos parecían más bien cien; así de aislados estábamos. Para mayo la nieve había desaparecido y el barro era malo, pero no tan malo como en abril. Y ya andábamos fatal de provisiones, llevábamos meses viviendo a base de panceta, ardillas y pan de maíz. En primavera era muy duro ver que todo crecía y que nosotros teníamos tan poco que comer. Yo soñaba con pan hecho de harina, con huevos –los zorros daban cuenta de la mayor parte de las gallinas–, con café, té y su pizquita de azúcar. Necesitaba semillas de lechuga, semillas de tomate. Además, teníamos agujeros en los zapatos y había que arreglar la reja del arado. Se me había acabado el hilo blanco y tenía que zurcir con hilo marrón las colchas y las camisas en las que habían andado los ratones. James quería clavos, y necesitábamos un par de gallinas.

Además, todos queríamos ver a otras personas. Los Goodenough estaban hartos de los Goodenough. Y quién no, atrapados en esa cabaña durante el largo invierno. En Connecticut los inviernos eran duros pero había familia y también muchos vecinos. Si me hartaba de una de las cuñadas Goodenough, podía irme a otra habitación a pasar el rato con otra. Si James me sacaba de quicio podía hablar con Charlie Goodenough. Podía echar a correr por la carretera hasta la casa de algún vecino, de mi madre o de mis hermanas. Aquí los vecinos estaban demasiado lejos para ir a verlos en medio de la nieve y el frío solo por pasar el rato. Y tenían la mirada enloquecida de quien lleva todo el invierno encerrado en una cabaña, en mitad del pantano. No había ninguno con el que yo quisiera pasar mi tiempo, pero James decía que era demasiado quisquillosa. Por qué no vas a ver a Hattie Day, me decía continuamente. ¿Que por qué? Esa mujer era más sosa que el agua hervida. Una vez me puse a coser con ella y me quedé dormida encima de la labor. Ese día me acompañaba Sal, que tuvo que darme una patada para despertarme. A Sal y a mí nos entró la risa tonta y Hattie siguió allí con el gesto torcido, mirándonos por encima de los anteojos que llevaba prendidos en la punta de su nariz de cerdito, y de repente nos dijo que era hora de que nos marcháramos a casa, que iba a anochecer, aunque al sol todavía le quedaban unas cuantas horas en el cielo.

Al menos en Perrysburg había algo de vida: unas cuantas tiendas, una herrería, un par de tabernas, una escuela... Y gente. Eso es lo que tenía. Cada vez que iba me empapaba de toda aquella gente, me quedaba mirándolos hasta que me ponían mala cara y tenía que desviar la mirada. Los veía reírse de nosotros, la gente del pantano, con nuestros modales de palurdos y el barro que iba soltando nuestra ropa. A mí me alegraba tanto ver caras nuevas que no me importaba.

Lo mejor de todo era que todos los meses de mayo se organizaba un gran campamento, que duraba varios días. Las tiendas de campaña se plantaban a las afueras del pueblo. Nosotros nos quedábamos una o dos noches, dependiendo del humor de James. Había predicadores que hablaban todo el día y toda la noche, y yo me quedaba despierta hasta tarde oyendo hablar de Dios y cantando himnos. Los avivamentistas me animaban un rato, me daban un motivo para sonreír. No era oír hablar de Dios lo que me ponía contenta, aunque me gustaba mucho. Eran las otras personas, sobre todo las que se quedaban por la noche como yo. En casa nadie quería quedarse despierto conmigo, así que en aquellos encuentros me gustaba estar con otros trasnochadores. Cantábamos y compartíamos botellas, aunque muchos predicadores veían con malos ojos el whisky y el aguardiente, y nosotros nos pasábamos la botella a escondidas para que no nos vieran. James y los chicos se iban a dormir a la carreta y yo seguía toda la noche con mis nuevos amigos.

Siempre me costaba marcharme de las reuniones del campamento. Me habría quedado una semana si hubiera podido, pero James nunca quería. Empezaba a hablar de volver a casa prácticamente en cuanto salíamos de la granja, preocupado por el maíz o los árboles o las trampas que había puesto. O le daba por pensar en los niños que se habían quedado, que si prenderían fuego a la chimenea o que si la vaca se soltaría o si los picaría una serpiente de cascabel. Al poco tiempo las preocupaciones podían con él y teníamos que volver.

Siempre dejábamos a dos chicos en casa. Teníamos que hacerlo para proteger nuestras tierras, dar de comer a los animales, ordeñar la vaca y mantener el fuego encendido. Teníamos que dejar a uno de los mayores, Nathan o Caleb, que eran capaces de pegarle un tiro a un indio, un zorro o una serpiente si no les quedaba otra. Dejábamos a uno más para que le hiciera compañía y pidiera ayuda si era necesario. Nathan y Caleb se turnaban cada vez que nos íbamos, pero los pequeños lo echaban a suertes con pajas. Sal es una tramposa y nunca tuvo que quedarse. Las últimas veces, fue Martha la que sacó la paja más corta. Típico de ella.

Esta vez también le tocó la paja más corta, y había que ver la cara que puso. Me quedo yo, dijo Robert. Vete tú, que a mí no me importa.

Martha le dedicó una sonrisa y a mí me entraron ganas de pegarle a alguien. No, dije, así no tiene sentido echarlo a suertes. Lo mismo podrías ofrecerte a quedarte tú todas las veces. Las pajas son el destino y no es culpa de nadie, así que no se le echa la culpa a nadie.

Pero...

Pero nada, lo interrumpí. Y no se te ocurra contestarle a tu madre o te muelo a palos.

Robert me dirigió esa mirada suya, porque sabía que yo jamás le pegaría, pero no discutió conmigo. Lo siento, Martha, dijo. Voy a vender unas colas de ardilla y te compraré caramelos. ¿Los quieres de limón o de menta?

De limón, dijo Martha muy bajito. La muy tonta tendría que haber dicho de menta. Tiene un sabor más fuerte.

Nos llevábamos la carreta para dormir y para las provisiones, pero la mayor parte del camino hasta Perrysburg la hacíamos a pie, turnándonos para montarnos y descansar los pies. Habíamos aprendido algo que no sabíamos la primera vez que intentamos atravesar los pantanos: que si llevas la carreta sin mucho peso por el camino de troncos no se atasca tanto. Además, teníamos una pareja de bueyes, ahora que ya sabíamos cómo se las gastaba el pantano: los viejos caballos de Connecticut habían muerto, uno al romperse una pata al atravesar los troncos que habían puesto para hacer la carretera, y el otro de puro agotamiento, por todo el puñetero trabajo que tenía que hacer en el pantano. Los bueyes eran grandes y bobos, pero sabían caminar por un camino de troncos tan basto.

A mí no me importaba andar porque íbamos a alguna parte y hacía sol y había más carretas y gente que se dirigía a Perrysburg por el mismo motivo que nosotros, o sea, comprar provisiones y acampar. Así que yo hablaba con ellos, mientras que James solo asentía con la cabeza y seguía a lo suyo. Yo hacía amigos por el camino y prometía buscarlos en el campamento. Decían que iban a pavimentar con macadán el camino al cabo de uno o dos meses, así que sería más fácil moverse por allí y también más fácil marcharse.

Ya más cerca de Perrysburg la carretera era mejor y los bueyes pasaban con menos dificultades, y como estaba cansada me subí a la carreta, al lado de James. Sal, Nathan y Robert nos seguían a pie. Íbamos callados y contentos, para variar. Durante un ratito se me olvidó que James y yo estábamos en guerra.

Me han contado que van a empezar a arreglar esta carretera, dije.

James soltó un gruñido.

Dará trabajo a unos cuantos. Nathan y Caleb podrían trabajar en eso, traer un poco de dinero a casa. Mientras podamos arreglarnos sin ellos, hasta la cosecha.

James siguió sin decir nada. Me di cuenta de que no me estaba escuchando.

Y de pronto dijo: Oye, Sadie, ¿has pensado alguna vez en volver?

Me sorprendió tanto que no dije nada unos momentos. ¿Volver adónde?, dije aunque sabía a qué se refería.

Al este.

No sabía qué hacer, si mentir o decir la verdad. No, dije al fin.

Pues yo sí lo he estado pensando.

Vaya por Dios. Me puse a mirar los árboles al borde de la carretera. Las hojas estaban todas brillantes y aún quedaban algunos cornejos floridos. Una mariposa amarilla revoloteaba sobre el camino, como una hojita atrapada en el viento. De repente todo parecía distinto. ¿Por qué?, dije.

Aquí es demasiado difícil. Siempre se está muriendo algo.

No perdimos ningún hijo el año pasado. Algo es algo.

Perdimos nueve árboles.

Me eché a reír. ¿De eso se trata? ¿De esos puñeteros árboles? Han muerto cinco hijos nuestros en este pantano, ¿y tú quieres volver por los árboles?

James apretó mucho los dientes y tensó la mandíbula, y yo sentí ese estremecimiento que me da cuando él se enfada. ¿Es que nos vamos a pelear aquí en mitad de la carretera, rodeados de toda esta gente?, pensé. Porque teníamos gente delante y detrás, y todos verían a los Goodenough a la greña. Con un poco de suerte le pondría a James un ojo morado para que presumiera en Perrysburg.

Pero no me pegó. Me sorprendió otra vez. Esta vida es muy dura para dejársela a nuestros hijos, dijo. Me sentiré culpable hasta el día en que me muera, porque podríamos haberles puesto las cosas más fáciles si nos hubiéramos quedado en Connecticut. Así no habríamos perdido tantos hijos, ni habría tanta muerte y tanto trabajo duro en el futuro.

Todo irá bien, dije. Cinco hijos. No está tan mal. Además, en el este no tenemos nada. Tu familia no tiene tierras para ti.

Me estaba sorprendiendo a mí misma al defender que nos quedáramos en el Pantano Negro. Cuántas veces a lo largo de los años había deseado que cargáramos la carreta y volviéramos, pero había pasado demasiado tiempo, y cuando pensaba en Connecticut ya no sonreía. Al revés, me acordaba de lo mucho que me odiaban las cuñadas Goodenough. Incluso estaba dispuesta a reconocer que Charlie Goodenough seguramente se habría sentido aliviado de perderme de vista. No había nada por lo que volver. Además, teníamos cinco hijos enterrados en el pantano. No podíamos dejarlos allí.

Sadie, ese pantano puede conmigo, dijo James. Ni siquiera puedo cultivar cincuenta manzanos.

Otra vez con los números. No te preocupes por ese puñetero número, dije. El único que lo cuenta eres tú.

Perrysburg siempre conseguía que James se sintiera algo mejor primero y algo peor después. Al divisar el pequeño grupo de toscos edificios, tras tantos kilómetros de árboles y cañaverales, el corazón le latía más deprisa. Aquí tenían chimeneas de las que salía humo. Aquí tenían casas de ángulos rectos, hechas de tablones de madera cortados en una serrería. Aquí tenían paredes encaladas. Aquí tenían cortinas en las ventanas, y cristales en lugar de papel untado con grasa de oso. Aquí tenían tablones para pasar sobre el barro y amarraderos, y risas y hasta el tintineo de un piano. Aquí tenían mujeres que llevaban sombreros de colores alegres y vestidos con los bajos limpios de barro. Aquí tenían una civilización que no dependía del sudor de los Goodenough para seguir existiendo.

Pero enseguida se sentía peor. A pesar de las penalidades del pantano, había en él una pureza de la que Perrysburg carecía, o que había destruido. Se habían levantado edificios sin tener en cuenta el entorno. Habían dejado trozos de madera allí donde habían caído: astillas de tablones, piezas arrancadas y esparcidas por todas partes, tocones a medio cortar. A los montículos de tierra sobrantes de las fresqueras excavadas les había caído la lluvia y la nieve encima, y al solidificarse formaban feas montañas en miniatura. Aquí y allá ardían pilas de hojas y trapos. Las letrinas apestaban a mierda. Allí nadie retiraba de la calle los excrementos de los caballos. Los tablones, a la entrada de las tabernas, estaban resbaladizos por los escupitajos, el orín y las vomitonas. Cuando preparaba un viaje a Perrysburg, James siempre conseguía olvidarse de ese aspecto del pueblo. Pero ahora, al mirar a su alrededor desde la seguridad que le proporcionaba el pescante de la carreta, sintió de repente el deseo de estar en la granja, en el huerto, donde los manzanos ya habían empezado a florecer. Era la época más bonita del año allí y él se la estaba perdiendo por ir a mezclarse con la gente y su porquería.

Los Goodenough se dispersaron en el momento mismo en que James paró la carreta: Sadie, a echar un vistazo a las mercancías en los Almacenes Fuller; Nathan y Robert a vender sus colas de ardilla; Sal, en busca de otras niñas. James seguiría hasta la herrería para dejar la reja del arado, y después llevaría sus pieles a la factoría peletera donde se compraban y se vendían. Le recordó a Sadie que no podían gastar mucho. Ella lo miró fijamente.

–Tengo que comprar harina, hilo, clavos y azúcar. Y tela para hacerle camisas a Caleb, que ya le queda pequeño todo lo que tenemos. Hay que arreglar los zapatos. Necesitamos semillas.

–Pero nada de cintas. A eso me refería –dijo James–. Y el azúcar, moreno, no blanco. Y deja lo de los zapatos: no los necesitaremos en el verano. Ya se arreglarán en otoño.

Sadie soltó un bufido y desapareció. Ahora que James había prohibido las cintas, seguramente compraría unas cuantas.

James dejó la reja del arado en la herrería, disgustado con el precio, y quedó en pasar a recogerla al día siguiente. Eso significaba que solo pasarían una noche en el campamento, o eso esperaba él, aunque sabía que la reja ya reparada podía esperar en la herrería varios días. Siempre andaba buscando razones para no quedarse en el campamento. Toda aquella gente ruidosa alabando al Señor lo ponía nervioso.

Fue a la factoría peletera a ver qué podía sacar por las pieles y los pellejos que llevaba en la carreta, un fardo que correspondía a la caza y la comida de todo el invierno: ratones almizcleros, castores, conejos. Nathan y Robert ya estaban allí, observando las transacciones y haciendo tintinear las escasas monedas que habían conseguido por sus ardillas. Hombres y jóvenes de toda la zona llevaban allí las pieles. Como los Goodenough, la mayoría de los habitantes del pantano llevaban ratones almizcleros, castores y ciervos, pero unos cuantos se habían cobrado piezas más exóticas, como una mofeta o un zorro de tupida cola roja. Uno había llevado una piel de oso negro, y todos quisieron acariciarla, aunque el olor a grasa y almizcle era tan fuerte y persistente que James no consiguió quitárselo de las manos en todo el día.

Cuando ya se iban –James decepcionado con los precios que había conseguido, porque no se le daba bien regatear–, entró un hombre andrajoso de barba roja y arrojó al suelo la piel de una pantera.

–¡Ahí va eso! –gritó en tono triunfal–. ¡Seguro que no habéis visto muchas como esta!

No habían visto ninguna, desde luego, así que se detuvieron a mirar: el pelo lustroso, negro como la noche, los colmillos del felino inmovilizados en una mueca feroz. Le faltaba un ojo, y el otro era de un amarillo apagado. Nathan se quedó con los curiosos, pero Robert salió detrás de su padre. James no era sentimental con los animales: mataba para comer, sin vacilar –cerdos, pollos, ciervos, aves silvestres, conejos, jabalíes–, pero la feroz mueca del felino lo había entristecido.

Empezó a inquietarse a medida que se acercaban a los Almacenes Fuller. Ya le suponía un mal trago tener que decirle a Sadie que había sacado menos de lo que esperaba por las pieles, que hasta del azúcar moreno iban a tener que prescindir.

Además, el simple hecho de entrar en la tienda lo ponía nervioso. Aunque la regentaban hombres y había muchos hombres entre la clientela, los almacenes eran en realidad dominio de las mujeres, algo que James había notado ya en Connecticut. Le parecía que el chismorreo, las risas, la importancia del aspecto de las cosas –la harina de maíz tenía que verse muy amarilla; la tela de cuadros, muy roja; los alfileres plateados, muy relucientes– eran prioridades mal entendidas. Sabía que escondían un lado práctico –la harina de maíz descolorida no era tan sabrosa, los alfileres deslustrados dejaban marcas en la tela–, pero lo cierto era que a él aquellas cosas no le interesaban realmente. Al entrar en la tienda observó que casi todos los hombres se quedaban en los rincones y también guardaban silencio.

Sadie estaba en el centro, rodeada de varias mujeres. Aquello no era ninguna novedad; siempre conseguía ser el centro de atención. Su voz se oía incluso desde el exterior de la tienda, y a James no le gustó nada. Hablaba de manzanas. James se acercó con sigilo y oyó que decía: «No sé, pero como es tan goloso siempre tiene que comer manzanas dulces en vez de ácidas. Lo que necesitamos es sidra, no manzanas para comer. Con lo bien que sienta tener un montón de barriles llenos de sidra y botellas de aguardiente... Y de vinagre, claro». James pensó que Sadie había añadido el vinagre a la lista por la reacción de una mujer de escasa estatura que estaba allí cerca y que había meneado la cabeza al oír la palabra aguardiente. Era Hattie Day, la vecina más cercana de los Goodenough. Era imposible imaginar a dos mujeres más distintas en una misma habitación: Hattie Day era baja, robusta y sin curvas, con una cara ancha en la que jamás se veía una sonrisa y una mirada de soslayo que daba a entender que no decía todo lo que pensaba. Tenía un gusto espantoso para los sombreros: aquel día llevaba uno de paja, rígido, con el ala recta que se le clavaba en la frente y unas florecillas blancas de seda que la vida en el pantano había vuelto grises. James no se fijaba mucho en los sombreros de las mujeres, pero se daba cuenta de que ese no le sentaba bien. Incluso la cofia deshilachada de Sadie era mejor que aquellas flores grises y mustias.

Pero él no juzgaba. Los Day eran vecinos suyos desde hacía siete años y, en muchas ocasiones, Hattie había dejado a un lado sus mudos prejuicios para ayudar a los Goodenough, ya fuera con la fiebre, con las inundaciones, con el hambre o con alguno de los arrebatos que le daban a Sadie cuando se le acababa el aguardiente. Los Day eran unos granjeros prudentes; John Day era un buen cazador y no tenían hijos, de modo que siempre les sobraba algo.

Pero no eran ellos los únicos que daban. Los Goodenough enviaban alguna vez a Sal y Martha el día de la colada para que ayudaran a Hattie. James y los chicos habían ayudado a John Day a construir un establo más grande y a cosechar maíz y heno. Los Day, sin embargo, parecían controlar su granja y se tomaban la ayuda de los Goodenough como si pudieran prescindir de ella, y seguramente era así. James no hablaba nunca con John Day de manzanas, ni le ofrecía intercambiar esquejes o ayudarlo a injertar manzanos de los que producían manzanas dulces. No podía evitar la envidia, porque la granja de los Day parecía crecer continuamente: desbrozaban un poco más de terreno, compraban otra vaca, añadían un cobertizo para ahumar y guardaban tantos tarros de comida en la despensa que no los terminaban ni en un año. Pero la familia no aumentaba y, a ojos de James, eso hacía que todas aquellas mejoras no tuvieran sentido. A pesar de la envidia por las vacas, el arsenal de tarros y el huerto en el que crecían cincuenta manzanos y perales –ni uno más, ni uno menos–, no se habría cambiado por ellos.

–Pues lo que hice fue lo siguiente –dijo Sadie ante el grupo de mujeres–. Solo nos quedaban unas cuantas manzanas de las de comer ¡y las usé todas para una tarta! Tendrían que haber visto la cara de mi marido cuando la probó. Como si se estuviera comiendo a sus propios hijos. ¡Hay que ver cómo se puso!

Las mujeres se rieron, todas menos Hattie Day, que se puso a examinar rollos de tela como si quisiera desentenderse de las palabras de Sadie. Pero en realidad su movimiento no fue lo bastante sutil: James sabía bien que lo que más podía molestar a Sadie era que alguien optara por ignorarla. Sadie abandonó el círculo de admiradoras y siguió a la única persona a la que no podía embaucar.

–Hattie, ¿tú qué harías si a tu marido lo volvieran loco las manzanas? –dijo.

Hattie Day se quedó mirándola.

–Me alegraría de que mi marido cultivara algo bueno y que diera para comer en abundancia –dijo–. La vida en el pantano es muy dura. Lo menos que puede hacer es disfrutar de sus manzanas.

Tras darle la espalda a Sadie, Hattie se acercó deliberadamente al tendero para entablar conversación con él. Sadie se quedó sola unos momentos, y las demás mujeres sonrieron satisfechas, detrás de ella, ante ese desplante.

Aunque no era habitual, a James le dio pena su mujer. Comprendió que Sadie no había aprendido nunca a llevarse bien con otras mujeres. A las que estaban a su altura no les caía bien, así que solía terminar con las aduladoras o las majaderas. Lo había pasado muy mal con las esposas de sus hermanos: verla con ellas era como ver a alguien acariciar un gato a contrapelo.

Bajó la vista y se dirigió hacia ella como si no la hubiera estado observando y no hubiera oído lo que había dicho de él y de las manzanas.

–Ya tengo el dinero de las pieles –dijo–. Puedes comprar azúcar, y un par de cintas.

–¿Azúcar blanco?

–Sí, blanco.

Valía la pena meterse en más deudas solo por ver una de las escasas sonrisas de agradecimiento de Sadie. Que las mujeres le dieran de lado; él no pensaba hacerlo.

Nunca había participado en ningún campamento hasta que nos mudamos a Ohio. A los metodistas de Nueva Inglaterra no nos hacía falta: teníamos nuestras iglesias para ir los domingos, pero en el Pantano Negro no había iglesias, solo una en Perrysburg. Imagínate que atraviesas todo ese fango, toda esa nieve, o que vas con fiebre para llegar a una iglesia que está a veinte kilómetros y te encuentras con que el predicador está malo o se ha quedado atascado en algún sitio.

Así que nosotros aprendíamos religión de la Biblia, y un par de veces al año, del campamento que se montaba en el bosque, a las afueras de Perrysburg. Venía gente de todas partes, que como nosotros vivía en el pantano y se moría de ganas de tener compañía. Cuando nosotros llegamos ya había mil personas reunidas, tal vez dos mil, y dormían en carretas o debajo de lonas que extendían entre los árboles.

Esa vez dejamos la carreta y fuimos al bosque a buscar un sitio donde instalarnos. James iba algo rezagado, porque siempre hacía lo mismo en los campamentos, dejaba que fuera yo quien encontrase un hueco. Estaba lleno de gente por todas partes y todo el mundo extendía las colchas para asegurarse el sitio. Parecía que no había espacio pero yo encontré un pequeño claro entre dos familias y extendí la colcha de los Goodenough, de nueve retales por cuadrado. Estaba muy raída, y tendría que decirle a Martha que volviera a remendarla. Aunque nos miraron mal, los que estaban más cerca de nosotros se movieron un poco y allí que nos apretujamos. A los cinco minutos otra familia hizo lo mismo, y entonces nosotros ya éramos antiguos allí y teníamos derecho a gruñirles y ponerles mala cara por agobiarnos todavía más. Pero la mayoría de la gente se ponía tan contenta de estar con otros que a casi nadie le duraba mucho el enfado.

En los campamentos todo el mundo llevaba comida y cocinaba en hogueras, algunas familias para ellas solas; otras se ayudaban. James, para variar, no quería que los Goodenough nos juntáramos con nadie, y en cambio yo siempre quería estar con los demás. Y como era yo la que cocinaba, también era la que decidía lo que se hacía. Allí cerca había un gran perol encima de una hoguera, y eché un buen trozo de jamón sin preguntarle a James ni a nadie. Después de eso, las mujeres que atendían el perol se pusieron mucho más amables y me dejaron cocinar y charlar con ellas. Mandé a Nathan y Robert a por leña. Nathan protestó, dijo que con tanta gente y cientos de hogueras habría poca leña por allí cerca y tendrían que ir muy lejos, pero los obligué a ir. Sal se fue a buscar otras niñas y James se acercó a donde estaban las carretas para oír lo que decían los hombres, aunque sin pronunciar él ni media palabra. Yo entonces me quedé tranquila y empecé a pasarlo bien.

Había tanta gente acampada que estábamos lejos de la plataforma a la que se subían los predicadores para que todos los pudieran ver y oír. En cuanto me aseguré de que la gente me había visto hacer mi turno de remover el perol y de que Nathan y Robert habían vuelto con unos brazados de leña, me escapé a escuchar la palabra de Dios.

No había vuelto a uno de aquellos encuentros desde el verano anterior, y desde entonces a la única persona a la que había oído hablar de Dios era John Chapman, que siempre decía un montón de palabras pomposas como reciprocidad y redención y regeneración. Estos predicadores no se parecían a él. Normalmente eran pastores metodistas, pero de vez en cuando se perdía por allí algún predicador baptista o congregacionalista y tenía ocasión de hablar. Nosotros no éramos quisquillosos con eso. La verdad es que los que más me gustaban eran los predicadores baptistas. A los metodistas estaba acostumbrada desde que era pequeña, y hablaban mucho rato sin decir nada nuevo, pero los baptistas gritaban como si les saliera fuego de las entrañas. Bueno, les salía de Dios, espero. Además, hacían preguntas y todos podíamos responder a la vez.

Cuando conseguí abrirme paso y llegué lo bastante cerca para oír bien, me di cuenta de que estaba de suerte, porque era un predicador congregacionalista, que eran casi tan buenos como los baptistas. No lo veía, pero lo oí preguntar: ¿Dónde creéis que está Dios hoy?

Está aquí, contestó la gente.

¿Dónde decís que está?

Aquí mismo, con nosotros.

¿Os abandona alguna vez?

No, nunca.

¿Está en vuestros corazones?

Sí, está.

¿Está en vuestras manos?

Sí, está.

¡No! Vosotros estáis en Sus manos. ¿Dónde estáis vosotros?

En Sus manos.

Enseguida me vino esa sensación de vértigo de no tener que pensar ni tomar decisiones, solo de contestar con todos los demás lo que el predicador y Dios querían que dijera. Eso era lo que más gustaba de los encuentros del campamento: abandonar mi vida para no tener que pensar en James ni en los niños ni en lo que íbamos a comer ni en las penalidades de vivir en el Pantano Negro. Simplemente ser.

Desde luego que ayudaba haberme tomado ya un poquito de aguardiente. En algún momento entre remover el perol del fuego y llegar a la tarima del predicador, alguien me había pasado una botella, y yo le había dado un buen trago porque no sabía cuándo tendría otra oportunidad. Era un aguardiente muy fuerte, más fuerte que el que yo tomaba normalmente. Me cayó como una flecha en el estómago y después se extendió por todo el cuerpo, hasta que sentí el hormigueo en la punta de los dedos y de los pies. También me soltó la lengua, así que me resultó fácil gritarle al predicador.

Después nos puso a cantar, y eso me gustó más todavía. Los himnos no eran como los que yo cantaba de pequeña, pero eran fáciles de aprender y más divertidos de cantar. Así que canté a voz en grito:

Esta noche ha prendido en mi alma un nuevo fuego.
¡Aleluya, aleluya!
Siento el Cielo más cercano.
¡Gloria, aleluya!

Gritad, gritad, ganamos terreno.
¡Aleluya, aleluya!
El reino de Satán se desmorona.
¡Gloria, aleluya!

Salté lo más alto que pude al cantar «gritad, gritad». La gente que estaba junto a mí también cantaba, pero me di cuenta de que dos mujeres me lanzaban esa mirada de reojo que yo conocía tan bien, y los hombres se reían, y yo sabía que se reían de mí. Lo bueno de los campamentos es que son tan grandes que puedes moverte y al cabo de unos minutos estar con personas nuevas y más amables.

Di una vuelta por allí, gritando, cantando y moviéndome, y de repente apareció otra botella, y me quedé un rato de juerga con esas personas tan simpáticas hasta que de pronto se volvieron contra mí como perros furiosos y tuve que irme a otra parte.

Los predicadores cambiaron varias veces: algunos eran tranquilos, pero otros hablaban tanto rato que me quedé dormida y alguien me despertó de un codazo porque estaba roncando.

Después se presentó un predicador baptista de verdad, que fue el mejor de todos. Era muy poquita cosa, pero tenía una barba larga y castaña acabada en punta. Llevaba un traje de cuadros amarillos, y aunque estaba al sol y sudaba como si estuviera cortando leña, no se quitó la chaqueta. Estaba de pie completamente inmóvil en la plataforma, y empezó en voz tan baja que al principio no lo oía. Después subió un poco la voz y dijo:

Siento al Señor. ¿Sentís vosotros al Señor?

Sí, dijeron algunos.

Siento al Señor, repitió. ¿Sentís vosotros al Señor?

Unos cuantos más dijeron: Sí, siento al Señor.

El predicador lo dijo otra vez, y otra, y otra. Siento al Señor. ¿Sentís vosotros al Señor? Cada vez lo decía un poco más alto.

Sí, siento al Señor, dije de repente. Me salió así sin pensarlo.

Entonces el predicador se puso a temblar un poco: primero las manos, después los brazos, después el pecho. Y se repetía todo el rato, temblando cada vez un poco más hasta que se puso a temblar de pies a cabeza, y todos contestábamos: Sí, siento al Señor, una y otra vez, como una ola. Y sin querer yo también me puse a temblar, como si se hubiera apoderado de mí una fuerza. Me castañeteaban los dientes como con la fiebre de los pantanos y sacudía los brazos de tal manera que di golpes a los que estaban a mi alrededor sin querer, pero ellos también se retorcían, estábamos todos temblando y sudando y gritando ¡Sí, siento al Señor! No me había sentido tan bien en toda mi vida, ni siquiera cuando subí con Charlie Goodenough a lo alto del heno recién cortado en el establo y me acosté con él. Estaba llena de alegría, y llena de Dios.

Y en mitad de tantos saltos y gritos y sacudidas abrí los ojos, porque se me estaba metiendo el sudor en ellos y me picaban, y al mirar al otro lado del terreno lleno de testigos del Señor que se retorcían vi a Robert, que estaba muy quieto. Era fácil verlo porque era la única persona que no se movía. Me miraba.

Al ver aquella mirada suya quise parar, porque no había ni pizca de Dios en ella. Era solo un chico que miraba a su madre y pensaba: ¿Por qué, mamá?

No lo soportaba, porque no quería parar, así que le di la espalda. Le di la espalda a mi hijo. Y me puse otra vez a saltar y a gritar, pero no fue igual que antes, ni mucho menos. De repente me vi como me veía él, y era una cosa tan fea que me senté en medio de toda la gente y me eché a llorar. Eran lágrimas de verdad, no las que me había arrancado el predicador. Eran lágrimas de verdad, de Dios.

Pasado un rato, James se cansó de la charla al lado de las carretas. Le gustaba escuchar, y tenía claro lo que habría opinado él del tiempo, o de la cosecha de maíz, o de la idea de pavimentar con macadán la carretera, o de los sinvergüenzas del Congreso, pero nunca tenía valor para expresar sus ideas en voz alta. Cuando conseguía construir las frases como él quería, los demás ya habían cambiado de conversación.

Uno de los hombres del grupo comentó:

—He perdido ocho manzanos este invierno.

Sin pensárselo, James dijo:

—Pues yo, nueve.

—Cuatro —dijo otro.

—Yo dos, pero no le quito ojo a otro que todavía no ha florecido.

—Yo no he perdido ninguno. La suerte, supongo. Si es que hay suerte en este pantano.

—¿De qué clase son? ¿Westfield? ¿Buckingham? ¿Milam?

—No, Early Chandler. Del este. Planté semillas.

Hubo una pausa, y James dijo:

—Yo injerté quince Golden Pippin esta primavera.

—Golden Pippin —repitió el hombre que había hablado primero—. No lo había oído nunca. ¿De dónde es?

—Es un árbol de Connecticut, y antes de Inglaterra. Lo trajeron mis abuelos. La manzana es amarilla, de mesa.

—¿Qué producción tiene?

—Normalmente diez fanegas al año.

—No está mal. ¿Y el sabor?

—A miel y nueces, y al final, a piña —contestó James casi automáticamente. Llevaba toda la vida describiendo aquel sabor.

—¿Y dices que los injertaste?

—Sí.

—¿Con cera en las tiras?

—No hace falta. Con el barro basta, pero hay que mezclarlo con pelos para que no se rompa.

−¿Y los injertos prenden?

−Sí.

James estuvo a punto de añadir que los injertos habían florecido, pero pensó que más valía no exagerar.

La conversación continuó, pero esos pocos minutos fueron suficientes para mantenerlo contento varias horas, durante toda la larga tarde y durante aquella noche de sermones, cánticos, charlas y estofado. Y el buen humor le duró hasta que, al atravesar el bosque para ir a dormir a la carreta, se topó con Sadie. Tenía las faldas levantadas y un hombre, el pelirrojo que había llevado la piel de pantera para vender, la estaba montando. Estaban los dos tan borrachos que no se fijaron en él, ni siquiera cuando James levantó la linterna para alumbrarlos. Los observó unos instantes. Después apartó al hombre de Sadie como si espantara una mosca de un pastel. El hombre no se resistió; se desplomó en el suelo y se puso a roncar. Sadie miró a su marido a la luz de la linterna y se echó a reír.

−Nos vamos −dijo James−. ¿Vienes?

−Yo todavía no he terminado.

James no dijo nada más; dio media vuelta y siguió andando entre los bultos de los que dormían en el suelo. Resultaba difícil no pisar a la gente, así que fue aplastando manos, piernas y hombros con las botas, y dejando un reguero de gritos y gruñidos a su paso. James no respondió, porque no estaba de humor para pedir disculpas a nadie.

Los bueyes seguían amarrados en el campo donde los había dejado, dormidos. James les dio unas palmaditas y les sopló en los ollares, venciendo el impulso de darles un tirón; no debía descargar su rabia sobre unas bestias inocentes.

Los pobres animales no parecían muy dispuestos a ponerse en marcha en plena oscuridad. Un puñado de avena y una manzana −ácida, pero no pareció importarles− lograron levantarlos, y James los llevó hasta la carreta, donde dormían los niños bajo la colcha de nueve retales. Levantó la linterna y la observó unos momentos. Nueve años atrás, la colcha había viajado con ellos desde Connecticut. Por aquel entonces era nueva: Sadie y sus hermanas la habían acabado apresuradamente porque habían decidido irse al oeste de improviso. James reconocía bien los cuadrados, incluso a la débil luz de la linterna. Estaban hechos con telas de vestidos, delantales, sábanas viejas y otros retales de la familia: una cofia amarilla raída de su madre, una falda azul de Sadie que se había rasgado, los calzones de su hermano Charlie, también desgarrados. Toda su familia de Connecticut estaba cosida en ella con puntadas apresuradas y desiguales que empezaban a descoserse en algunas partes. Había desgarrones entre los cuadrados por donde se escapaba el relleno, pero a pesar del aspecto desastrado, aquella colcha le proporcionaba consuelo.

James no despertó a sus hijos, pero después de haber atado la yunta a los bueyes y de que estos echaran a andar por el camino, Robert se incorporó y en seguida se sentó con su padre en el pescante.

–¿Nos vamos a casa?

–Sí.

James agradeció que fuera Robert el que se hubiera despertado. Nathan o Sal lo habrían acribillado a preguntas.

–¿Lo sabe mamá? –fue lo único que preguntó Robert.

–Ya volverá ella sola.

No dijeron nada durante un buen rato, sentados en la oscuridad, iluminados solo por la luz de la linterna colgada de la carreta.

–Papá –dijo Robert al fin–. ¿Y la reja del arado y las provisiones que hemos dejado en Perrysburg? ¿No tenemos que recogerlas?

James dejó que los bueyes siguieran avanzando un minuto más, y entonces tiró de las riendas.

—Me cago en...

Con las prisas por alejarse de Sadie no había pensado más que en volver a casa lo antes posible.

—No está lejos, papá —dijo Robert—. Solo hay que retroceder un trecho.

Parecía un padre calmando a un niño.

James sujetó las riendas y prestó atención. Estaban rodeados de una densa oscuridad que no se retiraría hasta pasadas muchas horas. No había luna, y las estrellas brillaban mucho en el cielo, aunque la luz era más poética que práctica. Suspiró, pensando en que tendrían que esperar junto a la puerta de la herrería hasta que el dueño abriera el negocio.

Pero no tenía otro remedio que darle la vuelta a la carreta y regresar, sintiéndose un imbécil. Por suerte solamente tenía que sentirse imbécil delante de Robert. Cuando llegaron a Perrysburg, Robert volvió a la cama con su hermano y su hermana y se quedó dormido enseguida. James siguió despierto, intentando no pensar en su mujer.

Sus hijos no se movieron hasta que empezó a oírse el guirigay del amanecer, tan ruidoso en el pueblo como en el pantano, según pudo comprobar James. Sal se incorporó de repente, con el pelo en los ojos: era la viva imagen de una Sadie más joven.

—¿Dónde está mamá?

—En el campamento.

James contempló las ventanas de la herrería a la débil luz rosada que proyectaba el sol para anunciar su llegada.

—¿Por qué no está con nosotros?

James no contestó.

—¿Dónde estamos?

–En Perrysburg.

–El campamento no está lejos. Yo podría ir a buscarla. –Pero Sal no se movió, a pesar de saber que aquella idea era seguramente la mejor oportunidad de su madre. No era de las que hacían más del mínimo que se les exigía. Miró a sus hermanos, dormidos a su lado, y decidió despertar a Robert de un codazo–. Vete a buscar a mamá –dijo.

Robert no se incorporó, pero observó a Sal con sus ojos marrones.

–Robert no va a ninguna parte –dijo James–. Ni él ni nadie. Estamos esperando a que abran la herrería y el almacén para recoger nuestras provisiones, y después nos vamos a casa. Mamá vendrá cuando tenga que venir.

–¡Pero si no conoce el camino!

Sal se puso a lloriquear.

Era verdad que a Sadie nunca se le había dado bien orientarse. Solo había un camino hacia el río Portage, pero podría resultarle difícil distinguir la desviación que tenía que tomar para llegar a sus tierras (las antiguas trochas parecían todas iguales si no se conocían bien, o si se estaba borracho). James se imaginó a Sadie deambulando por los bosques y a sus labios asomó una sonrisa forzada.

–Ya lo encontrará.

Sal volvió a tumbarse pero no paró de sollozar: parecía disfrutar con el dramatismo de la situación. Nathan seguía dormido –ni la más ruidosa de las tormentas era capaz de despertarlo–, pero Robert se levantó y se sentó al lado de su padre. James rebuscó en un saco de arpillera, sacó dos panecillos de maíz fríos y le dio uno a su hijo. Mientras comían contemplaron el borde del sol, que se abría entre los árboles para iniciar un nuevo día.

–Papá, ¿cuánto crees que tardará el herrero? –preguntó Robert.

–Una hora o por ahí. Es un hombre grande... y desayunará a lo grande.

Robert asintió con la cabeza.

James miró hacia atrás para comprobar si Nathan y Sal seguían dormidos y luego carraspeó para arrancar las palabras que se le habían atascado con el pan de maíz.

–He visto el injerto que has hecho en el bosque –dijo en voz baja, para que no lo oyese Sal.

–¿Crees que prenderá?

–Ya ha prendido. Es un injerto muy bueno.

James raramente elogiaba a sus hijos. No lo consideraba necesario.

–¿Y si lo encuentra mamá?

–Nunca va por allí.

Pero mientras lo decía, la duda sacudió la parte de su ser en la que habitaba su amor a los manzanos. El injerto de Robert estaba en una de las antiguas trochas que pasaban cerca del camino principal que llevaba a su cabaña. Si Sadie se perdía al volver –que era lo más probable–, tal vez tomara ese sendero y se topase con el injerto. Y si estaba enfadada y asustada, James sabía perfectamente qué le haría al árbol.

–¿Quieres que vaya a buscarla?

Me dolía todo. La cabeza por el aguardiente. La garganta de tanto chillar y contestar al predicador. El coño, del pelirrojo salvaje. Y estaba tumbada entre unas zarzas que me arañaban cada vez que me movía.

Pasado un rato conseguí volver la cabeza y me incorporé apoyándome en los codos para ver qué pasaba a mi alrededor. Por todas partes había personas que intentaban ponerse presentables después de la noche anterior: mujeres que se peinaban y se trenzaban el pelo, hombres que orinaban en el bosque, gente que encendía hogueras y preparaba tortitas de harina de maíz para freírlas. De algún sitio me llegó olor a panceta.

Parecía que la única que seguía tirada en el suelo era yo, que solo a mí me dolía todo, aunque estoy segura de que algunas de aquellas personas también estaban doloridas por las cosas que habían hecho la noche anterior ¿Por qué siempre me pillaban a mí? Los demás pecaban igual, pero al día siguiente amanecían con el pelo impecable y una sonrisa inocente. Pero yo tenía la falda levantada hasta las rodillas y el pelo como si me hubieran arrastrado por los matojos, me apestaba el aliento y Dios sabe dónde andaría mi cofia.

Me bajé la falda, me enrollé el pelo para hacerme un moño y me lo sujeté con una ramita porque se me habían perdido las horquillas. Me puse de pie, aunque al levantarme noté que me dolía más la cabeza, y me sacudí la falda. Tenía manchas de sangre, de tierra y de otras cosas con las que no podía hacer gran cosa. No miré a nadie pero me di cuenta de que los demás volvían a mirarme de reojo. Eché a andar por el campamento, intentando llegar a la carreta, pero había tanta gente, aquello era tan grande y me dolía tanto la cabeza que no sabía ni dónde estaba.

Pensé que me iba a echar a llorar, y de repente vi a Hattie Day muy atareada doblando una colcha. Me acerqué a ella, agarré el otro extremo para ayudarla y le dije, Hattie, ya sé que no te caigo bien, pero por favor dime por dónde se va a las carretas. Me miró con una pizca de lástima en los ojos y señaló. Normalmente detesto que me tengan lástima, pero esta vez pensé que un poco de compasión no me vendría mal. Así que le di las gracias, le entregué las puntas dobladas de la colcha y me dirigí hacia donde me había indicado.

Por fin llegué al camino y seguí la larga hilera de carretas, pero no encontré la nuestra. Intenté no dejarme llevar por el pánico, pero me castañeteaban los dientes y me temblaban las manos, aunque no hacía frío.

Mi familia se había ido. Lo sabía. Estaba sola. Tuve que pararme en medio del camino y quedarme allí. Una carreta se acercaba en mi dirección, y un hombre me gritaba que me apartara, pero yo no podía moverme. Lloraba por dentro y por fuera.

Mamá.

Me volví y era Robert. Me alegré de que de toda mi familia fuera él quien me había encontrado, porque era al que más quería a pesar de ser también el que peor me hacía sentir. Robert era el Goodenough con más futuro, el único al que el pantano no podría llevarse.

Me tendió la mano. He venido a buscarte, dijo.

Yo seguía llorando y le dejé que me tomara de la mano y me sacara de allí como si fuera una niña.

América

1840–1856

Ferri Smithsoni
Kingsvil
Canada

1 enero 1840

Godenofs
Pantano Negro
Río Portich
Zerca de Perisburg
Ohio

Queridos hermanos y hermanas soy buestro hermano Robert.
He aprendido las letras. Me enseño el capitan del barco en
que trabajo en el lago Eery. Ahora el lago esta elado y estoy
en Kingsvil en Canada. Espero vosotros esteis bien tanbien y
que la fiebre no se halla llevado a nadie este año. Me podeis
escribir espero vuestra carta.

Buestro hermano Robert

1 enero, 1841

Goodenuffs
Pantano Negro
Río Porteich
Cerca de Perisburg
Ohio

Queridos hermanos y hermanas:
Hace un año que escribí. El ~~varco~~ *barco en que trabajaba se*
~~rrompio~~ *rompio en una tormenta y ya no estoy en el lago.*
Detroit esta bien. Labo botellas en un Hotel.
    Como están todos. Como están los manzanos. Martha si
todabia sabes las letras puedes escribir al Winston Hotel,
Detroit.

Buestro hermano,
Robert

1 enero, 1842

Familia Goodenough
Pantano Negro
Río Portage
Cerca de Perrysburg

Queridos hermanos y hermanas:
Felicidades y prospero año nuevo. He aprendido mejor las letras con el señor Jonah Parks con el que viajo en un carro vendiendo medizinas. Trabajo para él pues en Detroit había demasiada gente. Pasamos mucho tiempo en la ~~caretera~~ carretera llendo de un pueblo a otro. Me gusta, me va mejor que en una ~~ciudaz~~ ciudad.

Alo mejor me habéis escrito al hotel como os dije el año pasado pero no he tenido ninguna carta. No eran buenas personas asi que igual no la tuve por ellos.

Pues vi a John Chapman una vez. Le pedi noticias de la familia y la granja, pero dijo que ya no iba al Pantano Negro, que está mayormente en Indiana. Es una pena porque me gustaria tener noticias de la familia.

¿Os acordais de que John Chapman nos dio un día una buelta en su canoa? Yo todabía me acuerdo de lo suabe que iba por el agua.

El señor Parks es un buen hombre y si escribís a casi cualquier pueblo de Indiana recibira la carta, menos Lafayete y Blumington donde lo arrestarian, asi que allí no escribir.

Buestro hermano,
Robert

Gilbert Hotel
Racine
Territorio de Wisconsin

1 enero, 1844

Familia Goodenough
Pantano Negro
Río Portage
Cerca de Perrysburg
Ohio

Queridos hermanos y hermanas:
Siento no haber escrito el año pasado como hice el otro año
nuevo, pero la ley nos dio alcance a mi y al señor Parks y
estuve en la ~~carzel~~ cárcel. Cuando sali me fui mas al oeste
y estoy en Wisconsin donde trabajo en las cuadras de un
hotel cuidando los caballos. Está bien porque los caballos
me dan calor por la noche pues los inviernos son ~~mui~~ muy
frios en Wisconsin, mas frios que en el Pantano Negro. No he
estado todabia aquí en verano pero dicen que no hay tantos
mosquitos.

Qué tal la granja. A veces me acuerdo de las Golden
Pippin. Hecho de menos el sabor. Hay un árbol de Golden
Pippin que yo injerté al lado de una de las trochas al noroeste
de la granja. Me gustaria saber si está vivo y si ha dado fruto.
Alo mejor lo podeis mirar.

Me podeis escribir aquí al hotel. Me gustaria tener una
carta.

Vuestro hermano,
Robert

Fort Leavenworth
Cerca del río Misuri
Territorio de Misuri

1 de enero de 1847

Familia Goodenough
Pantano Negro
Río Portage
Cerca de Perrysburg
Ohio

Queridos hermanos y hermanas:
Hace tres años de la ultima vez que escribi. Desde entonces
he ido al oeste y estoy trabajando en los establos del ejercito.
Los veranos aquí son calurosos y los inviernos muy frios.
No quiero ser soldado asi que no creo que este aquí mucho
tiempo.
*   Hace más de 8 ocho años que me fui del pantano y ya sois*
todos mayores. Caleb alo mejor ya has encontrado esposa. Y
alo mejor tanbien Nathan y Sal. Alo mejor ya soy el tío Robert
Todavia pienso en la granja del Pantano Negro. Me gustaria
tener noticias si escribis aquí pronto traen las cartas al fuerte.

Vuestro hermano,
Robert

Rancho Salazar
Texas

1 de enero de 1849

Familia Goodenough
Pantano Negro
Río Portage
Cerca de Perrysburg
Ohio

Queridos hermanos y hermanas:
Os escribo el Día de Año ~~Nuebo~~ Nuevo desde Texas, donde
llevo trabajando en un rancho hace ahora casi dos años. No
tenia pensado venir aquí pero me junté con una panda de
tipos peligrosos y era difícil escapar. Bajamos por la ruta de
Santa Fe y encontramos trabajo en un rancho que lleva un
viejo mexicano que no se marcho ni cuando Texas era un país
independiente.

Es un trabajo fijo pero duro y no me gusta mucho el
ganado. Atrae demasiadas moscas. Además la tierra es un
desierto, con mucho calor y sin arboles. Estamos muy lejos
de todo asi que no puedo daros un direczion a la que escribir
lo cual que es una lastima porque me gustaria recibir una
carta.

Estoy ~~vien~~ bien pero cuando tenga ~~sufisiente~~ suficiente
dinero me voy a California. Un hombre de aquí ha estado
allí y me ha hablado de unos arboles que se llaman pinos
de tronco rojo que tienen 90 metros de alto y hacen falta
20 hombres con los brazos estirados para rodearlos. Yo no
me lo creo pero quiero verlo con mis propios ojos. Hecho de
menos los arboles. Tanbien hay oro en California y eso es una

tentazion. Tengo entendido que puedes sacar 200 dolares al día buscando oro mientras que ~~haquí~~ aquí saco 5 dolares al mes.

Volvere a escribir desde California cuando tenga una direczion para escribir allí. No olvidarme. Yo no he olvidado a mi familia del Pantano Negro.

Vuestro hermano,
Robert

1 de enero de 1850

Familia Goodenough
Pantano Negro
Río Portage
Cerca de Perrysburg
Ohio

Queridos hermanos y hermanas:
Espero que os encontreis bien. Qué tal la granja. Algunos de vosotros ya tendreis hijos. A veces me lo intento imaginar.

Pues llegue a California como ya os dije que iba a hacer. Fue un viaje muy largo como el que han ~~echo~~ hecho muchos. Tomé la ruta por tierra en el oeste de Kansas y la seguí por las Montañas Rocosas hasta Salt Lake City y después tire por las Montañas de Sierra Nevada. Por esa ruta por tierra iban miles de personas y muchas murieron en el camino, hay tumbas todo a lo largo. Pero yo estoy acostumbrado a la vida al aire libre asiesque no me fue tan mal. Llegue a ver las montañas y sí que son para verlas. Tanbien los bufalos, que lo comi una vez y no me hizo gracia. Grabe mi nombre en la Roca de la Independenzia que es un gran bloque de granito cerca del Paso del Sur. Es lo que hacen todos los que pasan por allí. Si alguno de vosotros va a California por tierra me puede buscar en esa roca.

Estoy en la parte oeste de la Sierra Nevada, donde hay oro en los ríos que bajan de las montañas. Trabajo en uno de los campamentos de mineros. Hay nieve en el suelo pero yo cribo todos los días, a veces yo solo, a veces trabajamos

juntos con una canaleta o una ~~criva~~ criba grande de lavado.
He encontrado un poco, sobre todo en escamas. Un poco más
abajo del rio un hombre encontro ayer un pedazo de oro que
vale 1000 dólares. Eso es lo que buscamos todos.

Voy a Nevada City con frecuenzia para comprar probisio-
nes por si quereis escribir. Me gustaria de ~~berdad~~ verdad tener
~~notizias~~ noticias de casa.

Vuestro hermano,
Robert

Almacenes Miller
Nevada City
California

1 de enero de 1851

Familia Goodenough
Pantano Negro
Río Portage
Cerca de Perrysburg
Ohio

Queridos hermanos y hermanas:
Feliz Año Nuevo a todos. Estoy todavía aquí en California,
buscando oro, igual que el año pasado, lo que pasa es que he
estado moviéndome por el río. He encontrado bastante pero
no he sacado mucho dinero por lo cara que es la vida aquí.
Nada mas cobrar lo que me dan por el oro lo tengo que soltar
para comprar probisiones. La ~~arina~~ harina, las balas y la
avena y las cuadras cuestan mas que en ningun sitio que he
vivido. No creo que siga con el oro mucho mas tiempo porque
la fiebre del oro no va conmigo. Hay algunos que los domina
de tal manera que ni cuando encuentran oro se quedan
conformes.
*   Si vais a escribir, mandarlo pronto pues no voy a seguir*
aquí mucho mas tiempo.

Vuestro hermano,
Robert

Hotel Greenshaw
Sacramento
California

1 de enero de 1853

Familia Goodenough
Pantano Negro
Río Portage
Cerca de Perrysburg
Ohio

Queridos hermanos y hermanas:
Hace dos años desde la ultima vez que escribí. Deje lo del oro porque buscar oro es muy ~~esclabo~~ esclavo. Ahora trabajo en granjas y ranchos, normalmente cerca de Sacramento pero tanbien voy a otros sitios.

Vi los arboles gigantes de los que hablan. Son realmente para verlos, muy altos y tiesos y oscuros entre los arboles mas pequeños. Tanbien vi el mar. Es un poco como el lago Erie pero con las olas mas altas y el agua sabe salada.

En el hotel Greenshaw me guardaran las cartas si quereis escribir.

Vuestro hermano,
Robert

Casa de huéspedes de la señora Bienenstock
Esquina de las calles Montgomery y California
San Francisco
California

1 de enero de 1854

Familia Goodenough
Pantano Negro
Río Portage
Cerca de Perrysburg
Ohio

Queridos hermanos y hermanas:
Feliz Año Nuevo y espero que esteis todos bien de saluz y de dinero.

Yo he pasado un buen año porque conoci a un hombre que se llama William Lobb. Recoje plantas, arboles y semillas y los manda a Inglaterra donde les gustan los pinos de California y tanbien algunas plantas. No sabia yo que hubiera ese trabajo de representante de plantas. Eso es lo que hago ahora ayudar al señor ~~Lob~~ Lobb.

Vimos arboles gigantes en un sitio que se llama Bosque de Calaveras. Son como los pinos de tronco rojo pero más anchos. Ojala los pudierais ver, no os creeriais lo grandes que son. La base del tronco llenaría toda la cocina de la casa del Pantano Negro. Yo creo que deben de ser los arboles mas viejos de la Tierra. Me hicieron sentir muy pequeño, pero es la mejor sensación que he tenido en mi vida, mejor que la iglesia o que incluso una buena comida.

Me muevo mucho recojiendo semillas, pero siempre vuelvo a San Francisco y la señora Bienenstock me guarda las cartas este donde este. Supongo que a estas alturas ya os habréis olvidado de mi pero yo no me he olvidado de vosotros.

Vuestro hermano,
Robert

Casa de huéspedes de la señora Bienenstock
Esquina de las calles Montgomery y California
San Francisco
California

1 de enero de 1856

Familia Goodenough
Pantano Negro
Río Portage
Cerca de Perrysburg
Ohio

Queridos hermanos y hermanas:
Todos los Años Nuevos pienso en lo que ~~boy~~ voy a escribir a
mi familia del Pantano Negro. A veces no escribo porque es
muy difícil y lleva mucho tiempo. Hace 17 años que me fui
del Pantano y nunca he recibido una carta. No se si alguno de
vosotros sigue vivo así que esta es mi última carta.

Sigo recogiendo semillas y plantas para el señor Lobb. Me
ha enseñado mucho y le estoy muy agradecido. Aquí me ira
bien. Tengo un empleo trabajando con árboles y es mucho
más de lo que jamás había imaginado.

Espero que estéis bien estéis donde estéis,

Vuestro hermano por última vez,
Robert

California

1853–1856

obert Goodenough estaba trabajando en unas tierras al norte de Sacramento la primera vez que oyó hablar de los árboles gigantescos, más grandes incluso que los pinos de tronco rojo. Junto a un grupo de hombres, se dedicaba a recoger el heno con un rastrillo ante la amenaza de una tormenta de verano que rugía a lo lejos pero que parecía no acercarse nunca. Era uno de los muchos trabajos que había aceptado Robert desde que había dejado de buscar oro, dos años atrás. No le importaba el sol en la espalda, ni el sudor que se le metía en los ojos, ni la repetición infinita de gestos. Ya había hecho frente a aquellas cosas muchas veces. Con frecuencia la vida era simplemente la repetición de los mismos movimientos en un orden distinto, dependiendo del día y del lugar.

Lo que no soportaba era la continua cháchara del hombre que trabajaba a su derecha: horas enteras de historias aburridas sobre el oro que había encontrado y se había gastado en licor, o sobre los elevados precios que había que pagar por todo en California, o sobre las tribulaciones por las que había pasado en la ruta por tierra para llegar desde Kentucky. Eran anécdotas sobradamente conocidas por los californianos, que solo cobraban algo de vida si se contaban de manera inusual, o si acababan con un giro inesperado. El rastrillador no seguía ninguna de aquellas pautas, pero se aplicaba a sus historias con más tenacidad que a su trabajo.

Robert agarró el rastrillo con más fuerza todavía para no hacer callar a aquel hombre de un puñetazo. El rastrillador comentó:

–Voy a volverme a Kentucky uno de estos días, muy pronto. Estoy harto de California. Ya he visto todo lo que hay que ver. He visto la pepita de oro más grande del mundo, pesaba unos diez kilos. He visto el mar y no me pareció gran cosa. He visto los árboles rojos, muy bonitos y muy altos, pero echo de menos los nogales, los cornejos y los magnolios de mi tierra. Aquí ya no tengo nada que hacer.

–Pero no has visto los árboles enormes del condado de Calaveras –dijo el hombre que estaba trabajando al otro lado del rastrillador–. Esos sí que son árboles. Coge un típico pino de tronco rojo y triplica el ancho, así de grandes son.

Robert dejó de rastrillar.

–¿Eso está a orillas del Río de las Calaveras?

–No, en el Stanislaus, río arriba –contestó el hombre.

–¿Río arriba? Querrás decir río abajo, ¿no?

–Quiero decir lo que he dicho.

–¿Hacia el este, no al oeste?

–Eso es, al este.

–¿A qué distancia?

–No sé, arriba en las montañas.

–Pero si en las montañas no hay pinos de tronco rojo... Solo se ven en la costa.

El hombre se encogió de hombros.

Robert clavó en él sus brillantes ojos marrones, con aquella mirada suya que desconcertaba a la gente.

–Pero ¿tú los has visto?

El hombre puso mala cara, molesto al notar que se ponía en duda su autoridad.

–Me han hablado de ellos, cuando estaba en Sacramento.

–Los únicos árboles que yo quiero ver son los cornejos que hay cerca de la granja de mi padre –reiteró el rastrillador–. En primavera, son los árboles más bonitos que os podáis imaginar. Solo de pensar en ellos me muero de pena.

Robert recogió el rastrillo y fue amontonando el heno en lo que acabaría siendo un almiar. No hizo más preguntas, porque no tenía el menor interés en hacer caso a rumores sobre unos árboles gigantescos en los que nadie había posado la mirada. Era muy probable que aquel hombre estuviera repitiendo descripciones de los pinos de tronco rojo que Robert había visto en la costa. A cualquiera le llamaría la atención su altura y diría que eran gigantescos. Robert había visto árboles que, según sus cálculos, pasaban de los cien metros de altura. ¿Y decía que tenían el tronco el triple de ancho que el típico pino de tronco rojo? ¿Qué significaba típico? Robert había visto pinos de tronco rojo muy altos y también árboles pequeños de diez años, que se parecían a los pinos y también tenían la corteza roja.

En cualquier caso, no olvidó las palabras de aquel hombre. Aunque impreciso con respecto al tamaño, al menos había sido muy claro sobre la situación, en las cimas de la Sierra Nevada y no en la costa. Robert no había visto pinos de tronco rojo a más de ochenta kilómetros de la costa, y le desconcertaba que pudiera haberlos tan lejos del mar.

Cuando acabó la época de la cosecha y llegó el momento de marcharse a otro sitio no se dirigió al norte ni al oeste para buscar trabajo, sino hacia el sur y el este: cruzó los ríos Mokelumne y Calaveras y llegó al Stanislaus sin siquiera admitir ante sí mismo que era ahí adonde se dirigía. Empezó a seguir la corriente montaña arriba, hacia sus fuentes, y muy pronto comprobó que el rumor tenía fundamento. «Pues claro que hay árboles gigantes», le dijo un hombre que trabajaba para la Union Water Company. «Los encontró un cazador que abastece de carne a la compañía. Iba persiguiendo un oso pardo por allí arriba y se encontró con un bosque en el que crecían los árboles más grandes del mundo. Lleva todo el año sacándole mucho partido a esa historia. Yo creía que a estas alturas todo el mundo la sabía. ¿Dónde andabas metido?».

Aquel hombre tampoco había visto los árboles con sus propios ojos, pero le dio unas indicaciones tan detalladas para encontrar el bosque que Robert se convenció de que la historia tenía algo de verdad. Seguía pensando que los árboles debían de ser los pinos de tronco rojo que ya conocía, solo que inusualmente anchos y alejados de la costa.

Al aproximarse al Bosque de Calaveras no se hablaba de otra cosa, y parecía que todos los que se encontraban con Robert estaban impacientes por contarle lo de aquellos árboles mastodónticos. Lo raro era que nadie hubiera tenido tiempo de ir a verlos, pero Robert sabía que a los demás no les interesaban los árboles del mismo modo que a él. Al fin llegó a Murphys, un pueblo minero establecido por la Union Water Company a unos veinticinco kilómetros de la arboleda, y allí conoció a alguien que sí había visto los árboles. Aquel hombre no le contó gran cosa. «Tiene uno que verlos con sus propios ojos –explicó, meneando la cabeza como si desconfiara de su propia memoria–. No puedo describirlos».

Por la mañana, Robert ensilló el caballo, un tordo imprevisible que le había comprado a un minero cuando los indios le robaron a *Bolt*, su fiel compañero desde Texas. Al potro tordo no le había puesto nombre y no sabía si se lo pondría, porque cuando uno le pone nombre a algo, se ata a ello y perderlo resulta más doloroso, como había tenido ocasión de comprobar con *Bolt*. Además de otras rarezas, a su caballo no le gustaban las pendientes pronunciadas, y cada dos por tres, en el trayecto hasta el Bosque de Calaveras, se plantaba y se resistía a seguir. El camino, sorprendentemente, se encontraba en muy buenas condiciones, ya que dos hermanos se habían apropiado de la tierra en la que se encontraban los árboles gigantes y habían abierto una vía para los visitantes que pensaban atraer.

Cuando Robert llegó al límite del Bosque de Calaveras, desmontó sin levantar la mano del cuello del caballo, para refrenarlo. En el transcurso de sus viajes había visto muchas cosas que le producían un profundo dolor en el pecho, como si una astilla de tristeza se le clavara en el corazón: las praderas que se extendían más allá de donde alcanzaba la vista; un olmo solitario, que se recortaba contra un cielo del azul más intenso que había visto jamás; un tornado rotando por el horizonte verde grisáceo; las cimas de las montañas coronadas de nieve, suspendidas en las alturas como triángulos blancos. Ahora se encontraba frente a otra de aquellas cosas.

Dos árboles enormes se alzaban, uno a cada lado del camino, enmarcando una entrada natural al bosque que se extendía más allá. No eran tan altos como los pinos que había visto en la costa, pero sí mucho más anchos, con la base del tronco del tamaño de una cabaña. Empequeñecían a cualquier persona con su circunferencia y el volumen de madera que disparaban hacia el cielo. Si uno se apartaba lo suficiente para contemplarlos todos en conjunto, no captaba su enormidad, pero si se acercaba no llegaba a ver ni las ramas más bajas.

Robert dejó atado el caballo tordo y empezó a ascender por el camino, con la sensación de que se iba encogiendo al lado de los dos árboles. Apoyó una mano en uno de los troncos para no perder el equilibrio. La superficie rojiza era porosa y estaba profusamente agrietada, una corteza fibrosa que se desprendía con facilidad y se volvía polvo rojo como el que Robert encontró después en su ropa, en el pelo, debajo de las uñas, en la nuca, en las alforjas. A su alrededor, el suelo mullido gracias a la gruesa capa milenaria de agujas en descomposición amortiguaba el ruido de sus pisadas. Y todo estaba en silencio, porque no había ramas cerca de él que susurrasen al viento. Las ramas no empezaban a brotar hasta unos treinta metros de altura, y el ramaje más denso se encontraba tan arriba que a Robert, después de un buen rato contemplándolo, empezó a dolerle el cuello. Las ramas eran pequeñas, en comparación con los gigantescos troncos.

Robert no tenía palabras para expresar la sensación de asombro y respeto, de vacío, que lo invadió.

Al caballo tordo no le gustaban aquellos árboles. Robert podía admirarlos, pero al caballo todo lo que quedara fuera del ámbito normal de la naturaleza le parecía una amenaza, y protestó resoplando, piafando y poniendo los ojos en blanco. Robert tuvo que sujetar las riendas –el caballo intentó darle coces– y llevar al animal a un lugar desde el que no se vieran los árboles gigantescos, a un rincón poblado por árboles normales de hoja perenne. Lo ató a un abeto joven, lejos de los pinos de azúcar, de los que a veces caen pesadas piñas pegajosas capaces de fracturar huesos. Tardó un buen rato en conseguir que el animal se sosegara.

Cuando al fin se quedó tranquilo, Robert lo dejó y volvió al bosque. Allí había también muchos pinos, pero entre ellos se alzaban aquellos árboles gigantescos, algunos muy cerca y otros en la distancia. Muchos de ellos eran tan grandes como los centinelas de la entrada, o tal vez más. El bosque ya no estaba tan silencioso y vacío como cuando había llegado. Algunos de quienes le habían descrito el Bosque de Calaveras a Robert le habían contado que en la zona se llevaban a cabo trabajos: los propietarios estaban construyendo un hotel para que se alojaran los visitantes, además de otras atracciones. Para adentrarse en el bosque Robert debía pasar junto a un grupo de hombres que acaban de aparecer y que en seguida se pusieron a dar martillazos y a gritar. Se dirigió hacia ellos con recelo.

Entonces vio el tocón, amenazante, unos pocos palmos por encima de su cabeza. Robert subió por la escalera de mano que había apoyada contra él y contempló la superficie. Tenía más de siete metros de ancho y era rugosa, aunque un hombre la alisaba con una lima y otros dos construían un tramo de escalones para que la gente pudiera subir con más facilidad. Robert examinó los centenares de anillos que irradiaban del centro. No pisó el tocón, y se juró que jamás lo haría.

El lugar que ocupaba, en lo alto de la escalera de mano, le permitió mirar a su alrededor con perspectiva. Desde allí podía ver en su totalidad el larguísimo tronco de un árbol, que se extendía desde el punto en el que había sido derribado hasta adentrarse en el bosque; era tan grande que Robert ni siquiera había reparado en él cuando había pasado a su lado. En la parte que le quedaba más cerca le habían arrancado la corteza, y el tronco parecía desnudo y vulnerable. Un poco más allá, unos hombres trajinaban en la construcción de una cabaña rudimentaria, encima, y de una casa baja y alargada en la que también el tronco hacía las veces de suelo.

Robert bajó del tocón y lo rodeó. A su lado había un enorme pedazo de madera, casi tres veces tan alto como él, que habían cortado y separado del árbol. En un letrero pintado a mano, clavado en un lateral, podía leerse «De tal palo tal astilla». La superficie plana estaba surcada de hendiduras profundas, hechas con la misma herramienta que habían usado para talar el árbol, o eso supuso Robert. No podía ni imaginarse cómo lo habían conseguido. Aquella profanación lo horrorizaba y, sin embargo, una pequeña parte de su ser se sentía fascinada por el desafío técnico que suponía derribar un árbol de tales dimensiones.

Recorrió todo el tronco a lo largo, y contó cien pasos desde el tocón hasta el extremo desmochado por donde debía de haberse desgajado. Llamó a uno de los trabajadores para preguntarle qué estaban construyendo, y se enteró de que aquellas estructuras no tardarían en convertirse en una taberna y una bolera. Robert había estado en muchos sitios, pero no sabía qué era una bolera. Según el trabajador, en el este las había.

–¿Y cómo han hecho para derribar un árbol tan grande?

No pudo resistir la tentación de preguntarlo, pero no añadió «y por qué».

–Una bomba de barrena –explicó aquel hombre–. La trajeron de un campamento minero, le añadieron un trozo y perforaron alrededor de todo el tronco.

–Yo estuve allí –añadió otro trabajador, contento de tener una excusa para dejar de serrar–. Fue hace unos meses. Nos llevó veintidós días, y el árbol no cayó ni cuando acabamos de perforar. No cayó ni con las cuñas que le metimos, ni empujándolo con otro árbol. Nada. Y un día nos fuimos a comer y ¡zas! Se cayó. Asustó a los ciervos y sacó a los conejos de sus madrigueras. En mi vida había visto a los pájaros tan enloquecidos.

–¿Quieres trabajo? –preguntó el primer hombre–. Necesitamos gente.

Robert negó con la cabeza, rechazando un empleo por primera vez en su vida. No quería que le pagaran por pisotear un árbol talado.

El hombre soltó un gruñido.

–Eres el segundo idiota que le hace ascos a un buen dinero en lo que va de día. ¿Sois hermanos?

Señaló con un brusco movimiento de cabeza a un hombre alto, de barba y pelo oscuros, que estaba sentado sobre una roca, a un lado del tronco. Examinaba atentamente los árboles y de vez en cuando anotaba algo en un cuaderno que apoyaba en las rodillas. Robert lo observó; de repente, el hombre se levantó y se abrió paso entre las ramas del árbol, que estaban desparramadas, algunas separadas por la caída, otras aún sujetas al tronco. Las agujas seguían increíblemente verdes, a pesar de que lo habían cortado hacía varios meses. El hombre se puso en cuclillas junto a una rama, pasó la mano por las agujas, sacó una lupa de un bolsillo y las examinó. Al cabo de un rato se sentó en el suelo, cubierto de agujas hasta las rodillas, y se puso a dibujar. No parecía darse cuenta de que lo estaban observando.

A Robert su conducta le resultaba casi tan interesante como los árboles gigantes. Nunca había visto a nadie contemplar tan detenidamente un árbol, fijarse en todos los detalles. El hombre volvió a levantarse, recogió unas piñas pequeñas, les acercó la lupa y después las dejó caer. Se arrodilló para raspar la áspera corteza del tronco; luego echó a andar a grandes zancadas regulares, mientras iba contando.

Robert no se acercó a él inmediatamente; después de alejarse de los trabajadores, se quedó a cierta distancia del hombre. Dejaría que fuera él quien se aproximara cuando hubiera acabado lo que estaba haciendo. El hombre dejó de contar pero siguió moviéndose de un lado a otro, acercándose cada vez más. Robert sonrió para sus adentros: era como con su caballo tordo, antes de poder ensillarlo debía dejar que se tranquilizara. El pelo negro de aquel hombre tenía vetas grises, pero era increíblemente lustroso, como si se hubiera puesto aceite de macasar, y lo llevaba corto y de punta, al contrario que la mayoría de los hombres de la frontera, que solían llevar el pelo largo, aplastado bajo el sombrero y lacio de grasa y sudor. La barba le reseguía la línea de las mejillas y la mandíbula. A medida que se acercaba, Robert se fijó en la frente estrecha, los ojos hundidos y la nariz larga que formaban una enérgica T en un rostro duro, de expresión terca. Podría tener cuarenta y tantos años, al menos veinte más que él, pero no era fácil saberlo, porque los viajes no avejentaban a todo el mundo por igual. Robert era fuerte y enjuto, pero con un rostro curtido, marcado como el tocón del árbol talado. Solamente los ojos, de un castaño claro, conservaban la juventud, pese a estar rodeados de patas de gallo de tanto entrecerrarlos para protegerlos del sol.

Al cabo de un rato ya estaban de pie el uno junto al otro. El hombre sujetaba una piña en una mano, con una naturalidad que indicaba que lo hacía con frecuencia. Este hombre sabe de árboles, pensó Robert.

—Yo he contado ciento dos pasos –dijo.

—Noventa y cinco –lo corrigió el hombre–. Claro que yo soy un poco más alto, o sea que doy menos zancadas. Calculo que tiene unos noventa metros de largo, casi noventa y ocho si conservara la copa. No es tan alto como los pinos de tronco rojo de la costa, pero aun así es alto. De todos modos, lo más extraordinario es su circunferencia.

—Estos pinos de tronco rojo, ¿son distintos de los de la costa?

—Estos no son pinos –replicó aquel hombre, con el tono firme de un maestro de escuela–. No los llames pinos. Son secuoyas. De la misma familia, pero de género y especie diferentes. Las secuoyas son más anchas, pero no tan altas como los pinos de tronco rojo. La copa tampoco es igual: las ramas de la secuoya son más cortas y se pegan al tronco, y las ramas superiores del pino de tronco rojo salen directamente de él, las más bajas se extienden hacia fuera y luego hacia abajo. Y las agujas..., ¿lo ves? –Se agachó para recoger una rama que se había desprendido–. Totalmente distintas. Las de la secuoya son como cordones escamosos. Los pinos de tronco rojo tienen agujas aplastadas, como las de los pinos. Y las piñas. –Le tendió a Robert la piña verde que sostenía en la mano: era del tamaño de un huevo de gallina–. Las del pino son más pequeñas que estas..., como la mitad.

Mientras le impartía aquella lección improvisada, Robert advirtió un acento inglés, si bien tamizado. No era de recién llegado, y además tenía un dejo de español, y de alguien que ha viajado a muchos sitios en los que se articula de formas muy distintas.

–Aquí el ambiente es mucho más seco que cerca de la costa, donde crecen los pinos de tronco rojo –comentó Robert, deseoso de mantener viva la conversación.

El hombre asintió con la cabeza.

–El calor abre las piñas para que salgan las semillas. Así. –Recogió una piña marrón, seca, y la agitó–. ¿Lo ves? Casi todas las semillas le han salido ya. –Tiró la piña seca entre la maleza–. Solo se pueden recoger las verdes.

–¿Eso hace? ¿Recogerlas?

Robert acababa de fijarse en que aquel hombre tenía un saco a los pies.

El hombre arrugó la frente, pero su expresión no cambió demasiado, porque la tenía estrecha, y con el entrecejo siempre algo fruncido. Y tenía los ojos tan achinados que Robert creyó que jamás llegaría a ver de qué color eran.

–¿Estás con los Lapham?

–¿Quiénes son esos?

–Los hermanos que se atribuyen la propiedad de este bosque. ¿Trabajas en eso? –Señaló con la cabeza los trabajos que proseguían tras ellos.

–Yo no sé nada de eso. He venido a ver los árboles.

El hombre recogió el saco, echó dentro la piña verde, se dio la vuelta y recogió otra.

–Ni siquiera sé qué es una bolera –añadió Robert.

El hombre se detuvo, ladeó ligeramente la cabeza y replicó:

—Es el juego más ridículo que se pueda imaginar. Se colocan una serie de tronquitos y se lanza rodando una bola de madera para derribarlos. Al parecer, los árboles no son suficiente atractivo para los visitantes y necesitan otras distracciones para entretenerse. —Le tendió una mano—. William Lobb. —Robert se la estrechó—. Y bien, ¿vas a ayudarme o solo quieres descansar un poco?

Empezaron por el árbol talado, rebuscando piñas verdes entre las ramas. Las de las secuoyas eran inconfundibles, fáciles de distinguir de las de pino. Del tamaño de huevos de gallina, eran redondas por un extremo y ahusadas por el otro, y cabían holgadamente en la palma de la mano. Las escamas estaban muy juntas y apretadas entre sí, como si alguien hubiera tallado en aquella superficie las facetas de un diamante.

Lobb estaba tan familiarizado con ellas que a Robert le sorprendió saber que había llegado al Bosque de Calaveras apenas unas horas antes que él para ver las secuoyas gigantes. De todos modos no tardaría en descubrir que Lobb era una enciclopedia de botánica andante. Había visto tantas piñas en su vida que cuando encontraba una nueva la ubicaba sin esfuerzo entre las que ya tenía catalogadas mentalmente, cotejándolas y acrecentando así sus conocimientos.

Robert llenó medio saco con las piñas esparcidas en torno al árbol, y después William Lobb lo revisó y sacó algunas que estaban medio roídas.

—Estas se las han comido las douglas —explicó, tirándolas a los matorrales—. No las recojas. Si se mandan así, seguro que germinan a bordo, o se pudren.

Robert frunció el ceño, confundido por todo lo que había dicho Lobb, pero sin querer hacer demasiadas preguntas. Se concentró en la más desconcertante.

–¿Douglas?

–Las ardillas de pino, esas cositas ruidosas que se ven por todas partes. Presta atención un momento y las oirás.

Permanecieron muy quietos, y al poco se inició un parloteo en un pino de azúcar cercano. Robert alzó la vista y observó la ardilla diminuta, el pelaje rojizo del lomo, el vientre blanco, y la franja oscura que separaba una parte de otra.

–Echan a perder demasiadas piñas.

Lobb le lanzó una piña medio roída al animalito, que desapareció en un abrir y cerrar de ojos.

Después de desnudar las ramas de la secuoya caída, se adentraron en el bosque, hacia los árboles que seguían en pie. Había unas cien secuoyas gigantes en el Bosque de Calaveras, dispersas entre otros árboles en un radio aproximado de un kilómetro y medio. Cada vez que se plantaban frente a uno de aquellos ejemplares, el asombro de Robert iba en aumento. A pesar de su descomunal tamaño, lo cierto era que –salvo por algún destello naranja entre los árboles más jóvenes– no anunciaban su presencia hasta que uno se encontraba prácticamente al lado. Robert habría querido detenerse frente a todas aquellas secuoyas, recobrar el equilibrio apoyando la mano en sus troncos y mirar hacia arriba. William Lobb no estaba por la labor: como descubriría Robert más adelante, había visto muchos árboles insólitos en el transcurso de sus viajes, y aunque los valoraba, no era nada sentimental e iba al grano.

Alrededor de las secuoyas vivas había menos piñas verdes, porque casi todas se aferraban a las ramas. Robert ya empezaba a temerse que les resultaría imposible llenar el saco cuando William Lobb se dirigió a grandes zancadas hacia su montón de herramientas y regresó con una escopeta. La cargó, la levantó, apuntó hacia la copa del árbol y disparó. Se oyó un chasquido, y al momento se desprendió una rama que cayó lentamente, golpeándose contra el tronco y otras ramas y salpicándolos a ellos de agujas y piñas. Robert se agachó. El inglés soltó una risita.

–Esto es lo mejor de este trabajo.

Dejó a Robert recogiendo las piñas y regresó a donde tenía las herramientas; volvió al poco con una pala y varios baldes de metal.

–Necesitamos algunas plántulas. Las semillas muchas veces no germinan en un país y un clima distintos, pero las plántulas pueden seguir creciendo –explicó. Dio varias vueltas al árbol, entre la maleza, hasta que se decidió por un plántula sana, de unos treinta centímetros de alto. Se abrió paso entre el denso humus que lo rodeaba, formado por agujas podridas y polvo rojo de la corteza–. Desde luego, el transporte es mucho más difícil– refunfuñó Lobb mientras trabajaba–. Muchas veces no aguantan la travesía.

–¿Qué travesía?

–La del mar. Tampoco les gustará que las bajen hasta San Francisco, pero merece la pena recoger unas cuantas, sobre todo si se trata de una especie nueva.

Levantó la plántula y la depositó con delicadeza en un balde; puso más tierra alrededor y la aplastó con los dedos. Cuando quedó satisfecho, recogió la pala y se puso a buscar otra.

Robert había recogido ya todas las piñas que había podido alrededor del árbol y empezó a buscar plántulas para echar una mano. No era tan fácil como había supuesto. Bajo los árboles gigantes crecían pocas, por la escasez de luz, y las que había no eran lo que en un principio parecían. Cuando le señaló a Lobb una posible plántula, este negó con la cabeza.

–Eso es cedro de incienso. Por aquí los hay a montones. –Apuntó hacia unos árboles más altos, delgados, de corteza roja y profundas estrías parecidas a las de las secuoyas–. Toca la corteza de ese. ¿Ves? Es mucho más dura que la de la secuoya. Y puede que las agujas sean escamosas, pero son más planas, como si las hubieran planchado.

Se acercaron a otra secuoya y William Lobb le pasó el rifle a Robert para que derribara más ramas. Robert apuntó con cuidado, consciente de que lo estaban juzgando y, por tanto, no podía fallar. Estaba acostumbrado a cazar –de eso había comido durante su viaje por América–, pero nunca había apuntado a propósito a la rama de un árbol. Cuando apretó el gatillo, la posta alcanzó la rama de la secuoya, que se partió pero no cayó.

–Una más. Justo en la base –dijo Lobb.

Esta vez la rama sí cayó, entre una lluvia de hojas y piñas.

Se oyó un grito a lo lejos y uno de los hombres se apartó del grupo y corrió hacia ellos por entre los árboles. William Lobb maldijo en voz baja.

–Se acabó lo que se daba. La diversión hay que pagarla, de una manera u otra.

Recogió la pala y se puso a separar la hierba apelmazada alrededor de otra plántula, que a Robert le parecía un cedro de incienso. Sin duda, le quedaba mucho por aprender.

Lobb no levantó la vista cuando llegó aquel señor, bajo, sudoroso y jadeante a pesar de no haber recorrido un gran trecho. Robert no era tan impasible como William Lobb. Dejó de recoger piñas, soltó el saco y se quedó ahí con las manos colgando a los lados y un gran sentimiento de culpa, aunque no tenía muy claro qué había hecho mal.

–Vamos a ver, ¿a qué vienen esos disparos? –El hombre se acarició el largo bigote que separaba el tercio inferior del resto de su cara redonda. Llevaba una raída chistera de seda, echada hacia atrás, y una camisa con las mangas remangadas por encima de los codos. La blancura de la piel delataba su oficio:

era un hombre acostumbrado a manejar dinero, no un trabajador–. ¿Qué están haciendo aquí?

Lobb siguió a lo suyo.

–Cavando.

–Sí, pero ¿qué están cavando? Y ¿por qué están cavando?
Y encima, disparando. Mire usted, señor, aquí no hay oro, si
es eso lo que anda buscando –añadió aquel hombre, mientras
sacaba un pañuelo mugriento de un bolsillo con el que primero se secó las manos y después la frente–. A lo mejor es nuevo en el negocio y no comprende la naturaleza del oro, pero
le aseguro que debajo de estos árboles no lo hay. Mejor harán
siguiendo el cauce del río hacia abajo aunque, según creo, no
se ha encontrado nada de oro en el Stanislaus desde hace al
menos dos años.

Se detuvo, esperando que William Lobb también lo hiciera,
pero Lobb siguió separando la tierra alrededor de la plántula,
que levantó y colocó en uno de los baldes. Robert, entonces,
empezó de nuevo a recoger piñas. El hombre se atusó el bigote
y tendió una mano.

–Soy Lapham. Billie Lapham. He reclamado la propiedad
de estas tierras.

William Lobb hizo como si no viera la mano. Robert sintió
un poco de lástima por Billie Lapham, que seguía con la mano
suspendida en el aire, y pasados unos momentos se acercó a
estrechársela.

El hombre de negocios pareció animarse.

–Que es el motivo por el cual quiero saber, cuando alguien
dispara en mis tierras y cava en mis tierras, qué está haciendo –añadió.

–Esta tierra no es suya –dijo William Lobb.

–Claro que sí, sí, señor. Tengo los papeles. Se los puedo en-
señar. Están en el campamento.

–Si esta tierra es de alguien, es de los indios. –William Lobb habló como si no hubiera oído a Billie Lapham–. Los miwoks acamparon más al sur... Llevan aquí más tiempo que usted. La tierra es suya, o de Dios, lo que usted prefiera.

–No, no, es mía, y de mi hermano. Estamos construyendo, para los viajeros. Una taberna, una bolera y también estamos ampliando la casa para convertirla en hotel. El hotel Grandes Árboles. –Billie Lapham enumeraba con orgullo su serie de logros–. Un momento... ¿Lo que está sacando son esos árboles? –William Lobb acababa de depositar otra plántula de secuoya en un balde–. ¡No puede arrancar los árboles! ¿Qué va a hacer con ellos?

Lobb se detuvo.

–¿Qué pasa? ¿Es que no tiene suficientes árboles aquí? Por lo que he podido observar, no parece que le preocupen mucho los árboles grandes, puesto que ha talado uno para convertirlo en... ¿qué? El suelo de una bolera.

–¡Oiga, que no he sido yo quien lo ha talado! Los que decidieron hacerlo fueron otros. –Billie Lapham volvió a limpiarse las manos–. Pero tenían sus buenas razones. Razones educativas. La gente quiere ver lo grandes que son los árboles, y no es nada fácil cuando estás cerca. ¿No se ha fijado? Pero con un tocón así de grande y un tronco así de largo, uno se puede hacer una idea del tamaño y las proporciones de todo. Pensé que como ya está así podría sacarle provecho. El Gran Tocón va a ser una pista de baile, ¿sabe? Y solo han cortado uno, ese. Los demás los vamos a proteger. –Debían de haberlo criticado en más ocasiones, a juzgar por lo bien que tenía preparada su defensa. Después intentó darle la vuelta al razonamiento–. Y también quiero proteger lo que está creciendo. –Señaló la plántula del balde–. Si los arranca y se los lleva, no los tendremos en el futuro, ¿no?

William Lobb dejó de cavar, como si la incredulidad lo hubiera obligado a dejar la pala suspendida en el aire.

–¿Usted cree que estos gigantes –dijo, mientras indicaba con la mano los árboles que lo rodeaban– van a dejar sobrevivir a los pequeños? No hay sitio. ¡Mire a su alrededor! Cuando esos árboles se asienten, nada podrá alcanzar una cierta altura debajo de ellos. Les estoy haciendo un favor a estas plántulas, dándoles una oportunidad. En otro sitio sí podrían crecer.

–Un momento, vamos a ver –replicó Billie Lapham, atusándose de nuevo el bigote. Era un hombre con muchos tics–. ¿Tiene pensado plantarlos en otro sitio?

¿Qué otra cosa haría cualquiera con las plántulas que ha desenterrado?, pensó Robert, pero no lo dijo, limitándose a sonreír con la mirada fija en el saco de piñas.

–No lo puedo consentir –añadió Billie Lapham–. ¡De ninguna manera! Está robando los árboles de aquí para plantar un bosque que compita con este. No, señor, no lo puedo consentir. De ninguna de las maneras.

William Lobb soltó un gruñido.

–Incluso si plantara un bosque a un par de kilómetros de aquí, tendrían que pasar quinientos años para que se pareciera a este. Sus huesos y los míos serían polvo mucho antes. De todos modos, puede tener la certeza de que estos árboles no competirán con este bosque, porque parten hacia Inglaterra.

Billie Lapham pareció desconcertado, pero solo durante unos segundos.

–¡A Inglaterra! Si planta pinos rojos allí, no vendrá nadie desde el país a ver el Bosque de Calaveras.

William Lobb no se molestó en rebatir un argumento tan absurdo. Una cuarta plántula fue a parar a otro balde, si bien esa vez la metió en él algo más bruscamente que en las ocasiones anteriores.

–Son secuoyas –murmuró Robert.

–¿Qué? –Billie Lapham se volvió hacia Robert como si acabara de reparar en él–. ¿Qué ha dicho?

–Que no son pinos rojos. Son secuoyas gigantes.

Robert descubrió que le divertía corregir a Billie Lapham, a pesar de que en realidad no sabía lo que decía.

–Pues claro que son pinos rojos. –Pero saltaba a la vista que la indiferencia de William Lobb hacia su autoridad había debilitado su confianza en sí mismo–. Tienen que serlo... Eso es lo que dicen los anuncios que he puesto en los periódicos.

–Un anuncio no dicta el nombre de un árbol –replicó William Lobb–. La Academia de las Ciencias de California ha decidido que es un género distinto del pino de tronco rojo y lo llama secuoya gigante, y dentro de poco le pondrá un nombre en latín. Los árboles de tronco rojo son costeros, altos y relativamente delgados, aunque enormes en comparación con otros. Las secuoyas crecen al pie de las montañas, y son más anchas y más bajas.

–Oiga, vamos a ver. –Billie Lapham repitió toda la serie de tics nerviosos: se atusó el bigote, se secó las manos y la frente. Era como si aquellos gestos le dieran fuerzas–. ¿Tiene intención de llevarse más de esos cuatro baldes? Porque voy a tener que cobrarle.

William Lobb dejó de cavar y clavó la pala en el suelo, tan cerca de los pies de Billie Lapham que este se apartó de un salto.

–Ya he terminado aquí –le dijo a Robert–. Cuando llenes otro saco, llévalos todos a la cuadra.

Desclavó la pala, recogió los cuatro baldes y los colgó del astil. Echó a andar a grandes zancadas, sujetando la pala horizontalmente para que los baldes colgaran en hilera. Las plántulas rebotaban a cada paso.

Robert lo observó mientras se alejaba, consciente de que, ahora, Billie Lapham se había vuelto hacia él. Se le ocurrió que William Lobb acababa de ofrecerle un segundo trabajo: negociar con el propietario del Bosque de Calaveras. Robert no tenía madera de negociador, pero si debía negociar para poder trabajar con Lobb, no le iba a quedar más remedio que hacerlo. Observando a los animales había aprendido que no hay que mostrar debilidad, e igual que Lobb, no se dignó a mirar a Billie Lapham, sino que se limitó a seguir echando piñas en un saco, al tiempo que consideraba la situación desde el punto de vista del otro. Robert nunca había tenido tierras, pero pensó en la granja de los Goodenough en el Pantano Negro. ¿Cómo habría reaccionado su padre si alguien hubiera recogido plántulas de manzano y semillas caídas en sus tierras? ¿Qué habría esperado? Como mínimo, que le dieran dinero a cambio. Robert intentaba recordar cuánto cobraba John Chapman por cada plántula, hacía ya tanto tiempo... Tal vez cinco centavos por pieza. En realidad esas cifras no servían de nada: los precios se habían disparado fuera de toda medida en California como consecuencia de la fiebre del oro. Cuando era un muchacho y vivía en el este, con un dólar cincuenta se podía comprar un barril entero de sidra. En Sacramento, la misma cantidad apenas alcanzaba para una comida. Una libra de harina costaba entonces diez centavos; ahora, cuarenta. El tabaco, que en Nueva York estaba a seis centavos, en California valía un dólar. Y es que, hacía apenas dos años, la gente sacaba mil dólares al mes del oro, más de lo que habría ganado el padre de Robert en diez años.

Le resultaba imposible ponerle precio a los árboles; para Robert no eran un producto comercial. Al sopesar el valor de una plántula de secuoya, recordó que ni siquiera John Appleseed –el perfecto vendedor de árboles– era demasiado coherente con los precios. A veces le cobraba a James Goodenough seis centavos por una plántula en lugar de cinco, sin ningún motivo, y sin embargo, era bien sabido que regalaba bolsas enteras de semillas.

Hacía tiempo que Robert no pensaba en los manzanos. No se lo había permitido; cuando lo hacía, se sentía enfermo y vacío.

No quería poner precio a cada piña, a cada plántula de secuoya. Y no quería regatear. Tenía que haber otra manera. Miró a Billie Lapham, que estaba otra vez enjugándose la frente, preparándose para negociar. Sin darle tiempo a que se acariciara el bigote, Robert dijo:

–Le daremos cinco dólares por las plántulas y las semillas que recojamos en el Bosque de Calaveras.

Billie Lapham se atusó el bigote. Saltaba a la vista que él tampoco conocía el valor de los árboles.

–De acuerdo – dijo, y a continuación pareció sorprenderse por haber accedido–. Un momento, vamos a ver... ¿Dónde las recogerían si yo dijera que no? No hay pinos de tronco rojo gigante, o sea, secuoyas, en ningún otro sitio. ¿O sí?

–Ya lo ha aceptado.

Robert se incorporó y le tendió la mano.

Billie Lapham vaciló un momento y se la estrechó. Era evidente que a él tampoco se le daba bien el regateo.

Robert pasó el resto del día recogiendo piñas mientras William Lobb tomaba notas y realizaba bocetos de los árboles. También se dedicaba a recoger ramas, hojas y fragmentos de corteza, cuidando de que no se deformaran.

—Voy a darles alcanfor y a mandarlas a Kew para que las estudien —explicó.

—*Quiú* —repitió Robert—. ¿Eso qué es?

—Un jardín botánico a las afueras de Londres, el mejor del mundo. Recogen y estudian árboles y plantas de todas clases. A Veitch siempre le digo que les envíe los nuevos hallazgos. Querrán ver las secuoyas.

Robert asintió, tratando de imaginarse a quién podrían interesarle tanto las plantas como para estudiarlas, pero entonces se acordó de su padre cuando injertaba manzanos, de lo metódico que era, y no le pareció tan raro.

Acamparon justo detrás del Bosque de Calaveras, lejos de los demás.

—Así no tendré que oír a esos bocazas toda la noche —dijo William Lobb en voz baja.

Después de comer, sentados ante la hoguera, Lobb encendió su pipa, y Robert le preguntó tímidamente si podía echar un vistazo al cuaderno con tapas de cuero que el inglés había sostenido entre las manos durante todo el día. Lobb se lo tendió. Robert lo acercó a la luz de las llamas y hojeó las múltiples notas y los dibujos de las secuoyas de Calaveras. Bocetos de árboles enteros que había dibujado sentado a varias decenas de metros de distancia para verlos desde diversos ángulos. Dibujos del tronco, de la corteza, de varias ramas, de las agujas, de las piñas y del espacio que los rodeaba. También había dibujado grupos de árboles, y si se unían varios dibujos se creaba un panorama que daba una idea del tamaño y de las proporciones de todo el bosque. En algunos, Lobb había incluido una figurita humana de pie, junto a la secuoya, con un sombrero parecido al de Robert, que nunca se había visto retratado. Aunque lo turbó aquella imagen, le gustó la idea de aparecer en el cuaderno de William Lobb. También había bocetos de las piñas y notas sobre su recogida: fecha, lugar y altitud.

–¿Qué va a hacer con las semillas? –preguntó Robert, devolviéndole el cuaderno.

–Enviarlas a Inglaterra. –Lobb lo guardó–. Los ingleses se van a volver locos por estos árboles. Ya les gustan los pinos de tronco rojo que mandé, junto con un montón de pinos de California. Estas secuoyas serán las reinas de muchas fincas de Bedfordshire, Staffordshire o Hertfordshire... si llegan vivas.

–¿El tiempo allí es igual?

William Lobb resopló.

–¡No! Mucha lluvia y poco sol, pero parece que los pinos de tronco rojo se portan bien: en Inglaterra están creciendo de las semillas que recogí hace unos años. Pero estos... Aquí es seco, y los incendios hacen que se abran las piñas y salgan las semillas. Eso en Inglaterra es imposible. Además, esto de aquí es muy alto, está al pie de unas montañas que en Inglaterra no existen. Es una lotería, pero si arraigan...

Tiró una piña a la hoguera.

–¿Qué hacen los ingleses con los árboles? –insistió Robert.

–Los plantan en sus tierras.

–¿No hay árboles en Inglaterra?

William Lobb ahogó una risita.

–Pues claro que sí, pero es que quieren otros, nuevos y distintos. Los terratenientes se dedican a crear «cuadros» con sus jardines. –Ante la mirada inexpresiva de Robert, añadió–: Colocan árboles de manera que parezcan obras de arte en lugar de dejar que la naturaleza crezca a su antojo. Ahora hay mucha demanda de coníferas, porque les encantan los árboles exóticos que no pierden nunca las hojas. Prefieren los árboles de hoja ancha, con sus colores cambiantes, que dan estructura y vida cuando todo lo demás está desnudo. Allí hay pocas coníferas nativas: solamente el pino silvestre, el tejo y el enebro. Así que mando todos los que puedo desde California. Hay gente que incluso está creando «pinetums» en sus fincas, donde plantan variedades de coníferas para presumir.

–Envía árboles a Inglaterra...

Una idea daba vueltas en la mente de Robert, como un pez que nada bajo la superficie de un lago.

–Sí, a veces plantones, aunque en muchos casos no sobreviven al viaje. Las plántulas son mejores: al ser más pequeñas, no se parten tan fácilmente, pero también se pueden enviar semillas, que es lo mejor de todo. Aun así, muchas semillas no llegan a crecer. Puedes plantar cien y te salen veinte plántulas, y de esas hay cinco que pueden pasar a plantones, y dos a árboles. Por eso tengo que recoger tantas piñas, todas las que pueda llevar mi caballo. También el tuyo, si es que tienes tiempo de venirte a San Francisco. Supongo que sí, porque, de lo contrario, no estarías aquí solo para contemplar los árboles.

Robert tardó unos momentos en comprender que William Lobb le estaba proponiendo que trabajara para él más de un día. Sin darle tiempo a responder, Lobb añadió:

–Te pagaré, por supuesto. Me sale a cuenta recoger y llevarme el doble de piñas.

La verdad era que Robert lo habría ayudado gratis. Había vacilado porque aquella idea sumergida empezaba a aflorar.

–¿Ha oído hablar alguna vez de las Golden Pippin? –preguntó.

–Sí, claro. –William Lobb había apagado la pipa y se estaba quitando las botas. No pareció molestarle el cambio brusco de la conversación–. Yo soy más de Gilliflower de Cornualles. Me gustan las manzanas con un toque de rojo.

–Entonces, ¿las Golden Pippin son corrientes en Inglaterra?

Robert intentó disimular su decepción. Por lo que decía su padre, siempre había pensado que las Golden Pippin eran muy raras, que solo las conocían los Goodenough.

–Bastante corrientes. No tanto como la Ribston Pippin o la Blenheim Orange, pero se encuentran fácilmente. ¿Sabes que George Washington las llevó a su plantación de Mount Vernon?, pero no crecieron bien, no era el clima adecuado.

–Pues los manzanos de los Goodenough, sí.

–¿Sí qué?

–Sí que crecieron bien. Teníamos Golden Pippin en Ohio, y antes en Connecticut. Mis abuelos trajeron ramas de Inglaterra y las injertaron, y después mi padre también, cuando se fue a Ohio.

–¿En serio? –Era la primera vez que William Lobb miraba a Robert con verdadero interés–. O sea, que tu padre hacía injertos.

Robert asintió con la cabeza.

–Mi hermano y yo hicimos algunos en Killerton, en Devonshire. ¿Qué producción tenían los vuestros?

–Diez fanegas por árbol. –Robert se permitía pensar en las Golden Pippin por primera vez desde hacía años–. ¿Ha probado la piña tropical?

–¿La piña? –William Lobb soltó una risita–. En América del Sur las comía todos los días. Llegaron a cansarme. ¿Por?

–A eso sabían nuestras Golden Pippin: primero a nueces y a miel, después a piña. Bueno, eso decía mi padre. Yo nunca he probado una piña de verdad, y a lo mejor él tampoco.

William Lobb lo estaba mirando fijamente.

–¿De qué parte de Inglaterra eran los Goodenough?

Robert arrugó la frente. Hubiera querido decir que no se acordaba, pero sabía que no sería una respuesta aceptable para alguien como William Lobb. Intentó pensar en lo que le había dicho su padre, hacía ya tanto tiempo.

–Herefordshire –dijo al fin.

Lobb se echó a reír de repente, con una enorme carcajada, casi un grito.

–Pitmaston Pineapple –sentenció.

Robert alzó las cejas.

–Pitmaston Pineapple –repitió Lobb–. Eso es lo que cultivaba tu padre. Lo que al principio crecía en Herefordshire era una plántula de Golden Pippin, con un sabor insólito que gustaba en la región. Hace unos años, un hombre que lo cultivaba en Pitmaston lo presentó en la Sociedad de Horticultura de Londres, y le pusieron de nombre «Pitmaston Pineapple» por el regusto a piña. He leído algo sobre ella, pero no la he probado. Llevo demasiado tiempo fuera de Inglaterra para estar al corriente de cómo van las manzanas.

–Yo no sabía que las manzanas pudieran cambiar de sabor.

–Pues a veces pasan de ácidas a dulces.

–Sí, lo sé. Una de cada diez plántulas sale dulce.

Robert acababa de repetir las palabras de su padre. William Lobb asintió, complacido.

–Si pueden pasar de ácidas a dulces, no hay razón para que no puedan cambiar otros sabores: de limón a piña, por ejemplo.

Sacó una manta de su bolsa.

–Así que un árbol inglés ha venido a América, y usted está enviando árboles americanos a Inglaterra –dijo Robert, expresando sus pensamientos en voz alta.

–Eso es. Hay comercio de árboles, como lo hay de personas, pero ¿que la Pitmaston Pineapple crezca en Ohio? –William Lobb soltó una risita y se arrebujó en la manta, dispuesto a dormirse–. ¡Solo por eso ya me iría hasta allí, para probarla!

Por la mañana recogieron más piñas y cargaron los bultos en sus monturas. Al caballo tordo de Robert no le gustaba llevar los cuatro sacos repletos, ligeros pero voluminosos, y se encabritó todo lo que pudo para intentar librarse de ellos. El entrechocar de los baldes con las plántulas también lo hacía brincar hacia los lados. Lobb observaba divertido los caprichos del animal, mientras que su montura, una yegua baya de patas negras, que parecía torpe pero seguramente era tan lista como su dueño, se mantenía impasible, indiferente, a pesar de que llevaba una carga más difícil. Finalmente, Lobb había recogido cuatro plántulas de secuoya y dos plantones más grandes, que iban en baldes colgados de la yegua. El pobre animal parecía la yegua de un quincallero ambulante, pues no dejaba de oírse el tintineo del latón al balancearse de un lado a otro. Eso sin contar las alforjas y una caja de cuero con especímenes en proceso de secado que le colgaba a un costado, dándole continuos golpes. Lobb debía avanzar con mucho cuidado, erguido como un palo, pero parecía tan acostumbrado como su montura.

A Robert le costó trabajo abandonar el Bosque de Calaveras sin saber cuándo volvería a contemplar aquellos árboles gigantes. Al echar la vista atrás y distinguir la corteza rojiza que se alzaba tras los más pequeños, se le encogió el corazón. Y se alegró de ir cabalgando con William Lobb, porque su compañía lo obligaba a mirar hacia delante y a pensar en el futuro.

Tomaron el camino que bajaba hasta Murphys, una ruta que habrían podido recorrer en unas horas pero que con William Lobb les llevó todo el día. A aquel hombre le llamaba la atención todo lo que veía, y se paraba a inspeccionar lo que para Robert no eran más que plantas insignificantes; tomaba notas, las dibujaba y las metía entre las hojas de su cuaderno. Robert conocía algunas: lupinos, calandrinias, pies de oso, pero otras no le resultaban familiares, como la planta de flores púrpura con pegajosas hojas ovaladas que Lobb parecía muy interesado en recoger. Había otras que ni siquiera el inglés conocía. Hasta más adelante, a Robert no se le ocurrió pensar que podía ser la primera vez que alguien prestaba verdadera atención a algunas de aquellas plantas, que Lobb las estaba estudiando y que acabaría poniéndoles nombre.

Lobb le pidió a Robert que desenterrara unas cuantas plántulas más, no de secuoyas, porque ya se habían alejado de la zona en la que crecían, sino de cedros de incienso y pinos ponderosa. Observó atentamente a Robert mientras este colocaba primero la pala cerca de la primera plántula de cedro, se detenía, la sacaba para clavarla un poco más lejos y, por último, vacilaba con el pie apoyado en la hoja.

–Adelante, muchacho –dijo Lobb–. Lo que hace falta es apretar con fuerza y abrir la tierra limpiamente.

Robert atravesó rápidamente la hojarasca apelmazada con la pala, dio cuatro tajos alrededor de la plántula, y la sacó entre un cuadrado de tierra polvorienta y entreverada de agujas.

–Eso es. Ahora, métela en el balde.

Le dio indicaciones para desenterrar tres plántulas más y después debió de pensar que Robert ya dominaba el asunto, porque le enseñó a aplanar flores para secarlas. Hacia el final de la jornada, Robert empezaba a comprender los rudimentos de la recolección de plantas.

Desde Murphys continuaron por carreteras y senderos que llegaban hasta los llanos de la California central, atravesando las estribaciones de la Sierra Nevada. El paso de unas montañas dominadas por coníferas a unas colinas cubiertas de hierba seca y dorada, y de robles azules en los barrancos, significaba que disminuían las oportunidades de recoger plantas, pues a los ingleses no les interesaban los robles. William Lobb dijo en tono despectivo:

–No hay razón para enviar chaparros como esos a un país famoso por sus robles. Ay, los robles de Inglaterra... Eso sí que son árboles. Si los pinos de tronco rojo son el pilar de California, los robles son el de Inglaterra. Enormes, nudosos, con mucha personalidad. ¿Sabías que Carlos II se escondió de los soldados en un roble, en Shropshire? Con el tiempo, el árbol se hizo tan famoso que la gente empezó a arrancarle pedacitos para llevárselos de recuerdo y acabó matándolo. Billie Lapham debería aplicarse el cuento.

William Lobb resultó bastante hablador. Su hermano Thomas y él se habían criado en un tranquilo pueblecito de Cornualles y lo dos habían acabado llevando una vida bastante interesante dedicada a la recolección de plantas. Durante el trayecto hasta Stockton, Robert fue enterándose de los detalles de los viajes de Lobb, sobre todo a las regiones septentrional y meridional de California, pero también a sitios mucho más lejanos, como Panamá, Perú, Chile, Argentina, Brasil... En realidad, toda América del Sur. Oyó hablar de la nieve y de abruptos desfiladeros, de guerras y asesinatos, enfermedades y escollos. También Robert había vivido aventuras, naturalmente: era imposible atravesar Estados Unidos como había hecho él sin incidentes. Lo habían encarcelado, se había ocultado de los indios, había estado a punto de ahogarse al cruzar ríos y lo habían acechado lobos y gatos monteses, pero el exotismo de los viajes de Lobb era mucho mayor, y aumentaba más aún gracias a sus descripciones realistas del adusto paisaje, las ventiscas, el sol implacable, los encuentros con los nativos, los tiroteos y las revoluciones.

Puntuaba sus relatos con comentarios amargos y sarcásticos sobre James Veitch, el horticultor inglés que a él lo había enviado a América del Sur y California, y a su hermano a Asia a descubrir y recoger plantas.

–No tiene ni idea de lo que hemos pasado Tom y yo recolectando plantas para él, ganando dinero para él. Dudo mucho que haya puesto el pie en un barco en toda su vida, o acampado en medio de la nieve, o montado a caballo veinte horas al día. ¡Si se queja cuando se atasca en el barro la diligencia de Exeter a Londres! Un imbécil.

Pero de lo que más oía hablar Robert era de plantas: largas listas de nombres latinos que no reconocía, ni siquiera cuando William Lobb le enseñaba los dibujos de sus cuadernos. *Passiflora mollissima. Embothrium coccineum. Tropaeolum lobbianum. Crinodendron hookerianum. Tropaeolum azureum. Araucaria imbricata.* Los nombres comunes le resultaban igualmente exóticos: curubo, coralillo, polizón, martillo de carpintero, soldadillo azul, rompecabezas de mono. El último nombre hizo sonreír a Robert.

–Es un pino chileno –explicó Lobb–. Tiene un aspecto curioso. En vez de agujas tiene espinas gruesas y brillantes en las ramas y en el tronco. Alguien vio uno en Cornualles y dijo que para un mono sería un misterio trepar por él: las espinas son afiladas, hacen sangrar. Una tontería, la verdad, porque en Chile no hay monos, pero así son en Inglaterra, juntan todos los países lejanos y los imaginan a todos con los mismos animales y plantas. Aun así, hay que reconocer que el nombre es bueno.

Robert empezó a comprender lo limitado de sus conocimientos en materia de plantas y árboles. Distinguía un abedul de un álamo, un haya de un carpe, un arce de un sicomoro, pero no era capaz de distinguir todas las variedades de pinos californianos: el pino gris del pino de Coulter, el pino obispo del pino de Eldorado, ni este del pino de Monterey. William Lobb pasó un buen rato aquella noche ante la hoguera describiendo la forma piramidal del abeto de Santa Lucía, su hermoso color verde oscuro, sus peculiares piñas de púas como hojas. Robert no había oído hablar de él, ni mucho menos lo había visto.

Esa noche, arropado con la manta, tumbado y con la cabeza apoyada en la silla de montar, dejó que los nombres fluyeran por su cabeza. Begonia. Rododendro. Amarilis. Malva. Fucsia. No conocía ninguna de aquellas plantas, pero quería conocerlas.

Cuando llegaron a Stockton habían perdido uno de los plantones de secuoya, que se tronchó al espantarse la yegua por una perdiz que había salido revoloteando de entre los matorrales. Lobb se tomó la pérdida con optimismo.

–Estoy seguro de que también perderé el otro –dijo–. Si no es de aquí a San Francisco, seguramente morirá en el barco que lo lleve a Inglaterra. Las plántulas tienen más posibilidades, pero lo mejor de todo son las semillas.

En Stockton tomaron un vapor para ir a San Francisco por el río San Joaquín. Robert había visto aquellos barcos navegando por los ríos, entre Sacramento o Stockton y San Francisco, pero nunca se había montado en ninguno. Ni tampoco el caballo tordo. Como era de temer, este se rebeló contra la sensación flotante bajo las patas, y se encabritó y coceó mientras Robert lo subía a bordo, hasta que derribó el otro plantón de secuoya y acabó pisoteándolo.

–Ahora nuestros caballos ya van empatados, uno a uno –comentó William Lobb, arrojando al agua el árbol roto.

El caballo tordo siguió dando coces y encabritándose en el interior de aquel establo tambaleante, hasta que Robert lo sujetó por el cuello y le colocó un saco en la cabeza para taparle los ojos. Finalmente el caballo se calmó y Robert pudo reunirse con Lobb en cubierta.

Mientras el barco avanzaba río abajo, los dos hombres contemplaban el paisaje que se deslizaba ante sus ojos. Kilómetros y más kilómetros de tierras llanas, fértiles, se extendían ante ellos: praderas agostadas por el sol del largo verano, salpicadas de unos oasis de verdor que se correspondían con los lugares en los que había agua y en los que la gente se había asentado y construido granjas. De vez en cuando divisaban a grupos de indios que caminaban con cestas llenas de bellotas, o que se trasladaban a caballo, formando una larga recua que seguía el curso del río. Se detenían y observaban la embarcación, que todavía era una novedad, a pesar de que los vapores llevaban ya algunos años surcando el San Joaquín. Los niños dejaban sus cañas de pescar y corrían por la orilla para seguirlos. Robert notaba que estaba siendo arrastrado hacia el oeste, una sensación que había experimentado gran parte de su vida.

–¿Y dónde te alojas cuando vas a San Francisco? –le preguntó Lobb mientras veían que los niños indios se cansaban y daban media vuelta.

–Nunca he estado en San Francisco.

A Robert le avergonzaba admitir que llevaba casi cuatro años en California y no conocía su ciudad más grande. El oro había sido como un imán que lo había mantenido pegado a Sierra Nevada, por más que ya no se dedicara a buscarlo.

–¡Ja, ja! ¡Pues o te encantará o no lo soportarás! ¡Y diría que ya sé qué te va a parecer a ti!

Cruzaron la bahía de San Francisco y se aproximaron al puerto. Robert se maravillaba al contemplar aquella amplia extensión de agua, las colinas y el océano que se adivinaba a lo lejos. Tras atracar en uno de los muelles, William Lobb y él se vieron arrastrados por centenares de hombres que cargaban y descargaban naves llegadas de todo el mundo. Pero no se quedaron allí mucho tiempo: Lobb se alejó en seguida del puerto, y Robert lo siguió hacia la ciudad.

Al pasar por sus calles, Robert no tardó en darse cuenta de que, de todas las ciudades en las que había estado –Detroit, Indianápolis, Chicago, San Luis, Salt Lake City–, San Francisco era la peor, con diferencia. Su ubicación tendría que haberla hecho hermosa, atractiva, porque el mar y las colinas la modelaban hasta tal punto que por todas partes las vistas eran magníficas. Pero en cambio, la había convertido en un lugar duro, embarrado, maloliente y desprovisto de árboles, pues los talaban para construir las viviendas que debían alojar a una población en constante aumento: en tan solo cuatro años, había pasado de los mil a los treinta y cinco mil habitantes. Los edificios se organizaban en burdas cuadrículas, y se alzaban muy juntos, en hileras que cubrían totalmente las pendientes de los montes. Todos aquellos ángulos rectos resultaban feos, y no casaban nada bien con el entorno natural de la ciudad.

Dejaron atrás gran cantidad de salones. Vieron a hombres que entraban en ellos –o que salían, tambaleándose–, y a otros que montaban por las calles muy deprisa, como formando un caudal de agua que se escurriera por una esclusa abierta. Robert reconoció al instante a los buscadores de oro con dinero, su actitud acaparadora, impaciente, desesperada, imprudente: habían llegado hasta allí para gastar lo que habían ganado, porque allí arriba, en las minas, no había gran cosa que hacer. Al parecer, necesitaban gastar su dinero tan deprisa como lo ganaban, así que habían acudido a San Francisco para beber, apostar e ir de putas a un ritmo desbocado. Después, con los bolsillos vacíos, regresarían a los campamentos de las montañas, a los ríos, a buscar oro una vez más. Robert no creía que a una ciudad le fuera bien contar con tantos soñadores engañados.

Era evidente que a William Lobb no le interesaba mucho San Francisco, más allá de sus muelles. Él no apostaba, ni bebía, y apenas había echado un vistazo a las mujeres con las que se habían cruzado. De hecho, no parecía sentir demasiado aprecio por la gente.

—Esta ciudad es un museo de los horrores —comentó mientras cabalgaban—, pero su puerto es básico. Un par de veces al año, envío a Inglaterra semillas, plántulas y plantones.

—¿Adónde vamos ahora?

—A la esquina de las calles Montgomery y California. Tengo un acuerdo con una casa de huéspedes, y me dejan guardar mi equipo, mis semillas y mis plantas. Ahí está.

Se detuvieron frente a una casa. Había una mujer apoyada en la puerta, fumando un puro. Alta, ancha de hombros, con las mejillas coloradas y el pelo ralo y muy blanco, llevaba un delantal sucio con el que, curiosamente, se veía menos femenina. Iba con la cabeza descubierta: ni un sombrero, ni una gorra, ni una cofia. Había pocas mujeres en California, y para vivir allí tal vez lo mejor era hacer caso omiso de lo que se esperaba de ellas. Allí las normas eran distintas; mejor dicho, no había normas. Por eso eran muchos los que sentían la tentación de quedarse: los estrictos límites establecidos en el este por familias, comunidades e iglesias, allí no regían. Robert había conocido a muchos hombres casados que habían decidido no regresar junto a sus esposas y se pasaban el día jugando y yendo con mujeres, disfrutando de su libertad.

La mujer no se movió, pero dejó que los hombres desmontaran y se acercaran a ella.

—Hola, señora Bienenstock —dijo William Lobb—. ¿Hay cama disponible para este muchacho? Ha venido a ayudarme.

–Nada de vomitar en la escalera –advirtió la señora Bienenstock mirando a Robert–. Si vomitas en mi casa, te vas a la calle.

Robert asintió. Ante una declaración como aquella, poco más podía añadirse.

–Traemos un envío especial –prosiguió Lobb–. No estaremos aquí mucho tiempo... Solo hasta que encuentre el vapor que se dirige a América Central.

La señora Bienenstock soltó el humo del puro.

–El *Tío Sam* zarpa dentro de dos días para Nicaragua. Desde Market Wharf.

–La ruta de Nicaragua no me interesa. La de Panamá es más segura.

–Pues entonces, el *Columbus*. Sale desde Pacific Wharf dentro de cuatro días.

–Genial. Pues metemos estas cosas en un momento, y después yo me bajo a los muelles a arreglarlo todo. Gracias, señora Bienenstock –añadió Lobb en tono respetuoso. Robert sospechaba que no debía demostrar a mucha gente el respeto con el que trataba a su casera.

La habitación de Lobb estaba al fondo de la casa y tenía una ventana orientada al norte. La penumbra natural del espacio se veía potenciada por una tela negra que hacía las veces de cortina. Todo estaba lleno de latas selladas con cera. Robert, asombrado, miraba a su alrededor. Lobb ahogó una risita.

–Mira –le dijo, abriendo un baúl para que Robert viera lo que contenía: cientos de paquetes con semillas de plantas, etiquetados–. Algunas latas contienen, además, especímenes secados –aclaró–. Todo esto voy a enviarlo a Inglaterra en breve. Mira, estas cajas están forradas con plomo para evitar al máximo la humedad y la luz, y que las semillas no germinen. Y por eso está tan oscuro.

A continuación llevó a Robert hasta un pequeño patio situado al fondo de la casa, una porción de tierra seca, llena de trastos viejos y basura que olía a letrina. Sin duda, la señora Bienenstock concentraba sus esfuerzos en el interior de su vivienda, donde las habitaciones estaban limpias, sin moscas, y donde atemorizaba a los huéspedes para que se comportaran como era debido.

–Aquí es donde tengo las plántulas y los plantones que voy recogiendo –dijo, señalando las hileras de cubos en los que había plantados unos árboles diminutos–. La casera me los riega. Para ella es dinero fácil.

Después de llevar los cubos de las secuoyas al exterior, colocarlos con los demás y trasladar los sacos de piñas a la habitación de Lobb, el inglés salió para dirigirse a los muelles, y Robert quedó libre para explorar la ciudad. Pero los salones y los burdeles no le decían nada, y le preguntó a la señora Bienenstock dónde podía ir a ver el mar.

–Seal Rocks –respondió ella pasando una plancha caliente sobre unas sábanas secas, en la cocina–. Toma Broad Street hacia el oeste y sigue siempre recto, aunque veas que se convierte en un camino de tierra. –Asintió, complacida–. Allí no podrás meterte en muchos líos.

A Robert le tranquilizó saber que Seal Rocks quedaba bastante apartado de la ciudad, lejos de los buscadores de oro, la suciedad y el ruido. Allí no había ni un solo edificio, solo los cimientos de un fuerte que se estaba construyendo más allá, en la punta. Robert y su caballo siguieron por el camino hasta que terminó y el terreno se ensanchó, y el océano Pacífico se abrió más abajo, como una vasta sábana de agua que reflejaba un cielo igualmente inmenso. No era la primera vez que Robert veía el mar, pero siempre le asombraba. Después de miles de kilómetros encerrado en una tierra reseca, desposeída de agua, ahí había más de la que habría podido imaginar en un solo sitio.

El caballo tordo no estaba tan maravillado, y reaccionó a la inmensa extensión abierta como lo había hecho en presencia de las secuoyas: relinchó, se encabritó y coceó hasta que Robert le dio la vuelta y lo condujo unos centenares de metros tierra adentro, donde lo dejó para que paciera.

Él regresó y se sentó al borde del acantilado, y durante más de una hora se dedicó a contemplar el mar. Junto a la costa había inmensas rocas que sobresalían del agua y parecían cabezas gigantescas de focas, con sus narices puntiagudas levantadas al cielo. Sobre ellas las había de verdad, revolcándose al sol y aullando.

Gradualmente, al respeto que Robert sentía en presencia del mar se sumó cierta resaca de tristeza. Había llegado al final del país, ya no podía estar más lejos de Ohio, ya no podía ir más allá. La idea de tener que dar media vuelta y dirigirse hacia el este lo llenaba de tal sentimiento de culpa y desesperación que se sintió aturdido. Robert había intentado llevar una vida honrada, incluso rodeado de gente que no lo era, pero, por más limpiamente que viviera ahora, sabía que había cometido un error del que nunca podría huir. Saberlo era algo que lo perseguiría siempre, ya fuera hacia el este o hacia el oeste. Toda aquella escapada no servía de nada.

De pronto, a una milla de la costa, se oyó un chapoteo y se levantaron unos chorros de agua, tras lo cual apareció una cola inmensa que se agitaba de un lado a otro y se hundía bajo el agua. Robert ahogó un grito y observó la cola de la ballena, que nadaba hacia un horizonte que él no podría alcanzar jamás. Otro recordatorio de que debía parar y encontrar la manera de vivir consigo mismo allí, o regresar y enfrentarse a lo que había hecho.

Robert y William Lobb pasaron los tres días siguientes preparando y empaquetando especímenes, casi siempre en el patio, porque hacía buen tiempo (aunque antes Lobb se había gastado dinero de su bolsillo en adquirir un saco de cal para la letrina, de manera que pudieran trabajar fuera sin vomitar).

Lobb le mostró a Robert cómo esparcir las piñas de secuoya sobre una lona para que se secaran. Cada una de ellas contenía docenas de semillas diminutas y planas que resultarían mucho más fáciles de transportar una vez que, tras agitarlas, se separaran de las piñas.

–Esto es para enseñarte, pero con estas piñas no vamos a hacerlo –dijo Lobb–. No podemos esperar a que se sequen... Hay que esperar tres semanas, y en ese tiempo otros podrían enviar secuoyas a Inglaterra y adelantársenos.

–¿Hay otros recolectores de árboles?

–Varios. Con algunos incluso he trabajado aquí y allí. Andrews y Parry no están mal. Ellos no me preocupan. Los que tal vez me adelanten sean Bridges, o Beardsley, o los hermanos Murray.

–¿Alguno de ellos ha estado en el Bosque de Calaveras?

–No, que yo sepa, pero no me extrañaría equivocarme. Podrían haber llegado inmediatamente después que nosotros, y haber regresado aquí hoy mismo, y mañana podrían estar ya en el *Columbus*, como nosotros.

Estaba claro que, para Lobb, era una cuestión de honor que sus secuoyas fueran las primeras en llegar a suelo inglés.

Teniendo en cuenta el poco cuidado que habían tenido con las piñas mientras las recogían en el Bosque de Calaveras, William Lobb se mostraba sorprendentemente quisquilloso a la hora de empaquetarlas.

–El éxito de la recolección de plantas está sobre todo en el empaquetado –sentenció–. Qué más da lo que recojas, si llega a Inglaterra muerto o podrido.

Primero forraban las latas recubiertas de plomo con hojas de periódicos atrasados que la señora Bienenstock les había guardado. Después colocaban en ellos las piñas de secuoya. Robert las habría echado a puñados, pero Lobb las depositaba una a una hasta formar una capa uniforme, sobre la que colocaba otra, y otra más. Cuando la caja estaba llena, cogía un saco de arena que había recogido en la playa y que guardaba en su habitación, y la echaba en la caja, de manera que llenara todo el espacio entre las piñas.

–Absorbe la humedad –explicó–. Estas cajas se van a pasar unos meses cerca del agua. Si las semillas se humedecen, se pudren o germinan. Y eso no puede pasar.

Por último, sellaban las cajas con cera.

William Lobb decidió que había que enviar las plántulas en una caja de Ward, y llevó madera y cristales al patio para fabricar una pequeña. Si se construía bien, las plantas alojadas en su interior quedaban protegidas del viento y de las salpicaduras de agua de mar, y podía sacarse a cubierta para que les diera el sol. Cubrieron de tierra el fondo del receptáculo y hundieron en ella las plántulas de secuoya, así como algunas otras plantas que Lobb había cultivado. Las regaron y cerraron la tapa de cristal.

La caja de Ward no volvería a abrirse hasta que llegara a Inglaterra.

Robert se quedó un buen rato pensativo, algo desconcertado.

–¿Y cómo retienen la humedad? –le preguntó finalmente

a William Lobb mientras este pasaba una vela encendida por las juntas de aquella caja.

—Por condensación —replicó él sin alzar la vista—. El agua no puede escapar por evaporación, así que se queda en el invernáculo. Las plantas pueden vivir meses ahí dentro, siempre que no se rompan. Lo más probable es que sea la gente la que destruya las plantas, no otras cosas. Una vez conseguí que unas plantas sobrevivieran desde Brasil metidas en cajas de Ward, pero al final murieron porque pasaron mucho tiempo expuestas al frío en un muelle de Londres. Las semillas son siempre la apuesta más segura, con tal de que no germinen.

Al día siguiente, Robert y William Lobb trasladaron la caja hasta Pacific Wharf, donde estaba anclado el *Columbus*. Desde allí viajaría hasta Ciudad de Panamá y, una vez allí, el carguero sería remolcado por el istmo de Panamá hasta Aspinwall, donde otro vapor llegaría por el Caribe hasta Nueva York. Allí, las cajas serían trasladadas a otro barco rumbo a Southampton, en la costa sur de Inglaterra. En total, la travesía duraría dos o tres meses.

Una vez que metieron la caja de Ward y las latas en la bodega, cuando ya estaban de nuevo en cubierta, William Lobb sacó la pipa, la llenó de tabaco, lo prensó un poco y la encendió.

—Ve a ver si aún queda algo en la carreta, ¿quieres, muchacho? Yo tengo las manos llenas.

Robert creía que ya lo habían llevado todo, pero hizo lo que le pedía. En el suelo de la carreta vio un baúl de cuero con una placa de latón pegada a un lado, en la que podían leerse las iniciales WL. Pasó el dedo por las letras y frunció el ceño. Se cargó el baúl al hombro y lo llevó a cubierta.

William Lobb estaba delante de la puerta de un camarote, y le hizo una seña a Robert para que dejara el baúl a los pies de la cama. Cuando se incorporó, Robert vio que su jefe soltaba el humo de la pipa.

–¿Usted no vuelve con la señora Bienenstock? –le preguntó al fin, porque parecía claro que no pensaba contarle nada.

–No, Robert. –Desde que se habían conocido, era una de las primeras veces que lo llamaba por su nombre–. Vuelvo a Inglaterra. No me esperan hasta dentro de un año, y a Veitch le sorprenderá verme. Pero este es el hallazgo más emocionante desde lo del árbol rompecabezas de mono. No me creerá sobre el tamaño de esas secuoyas a menos que se las describa cara a cara y le muestre mis dibujos. Por carta, pensará que estoy exagerando. Y así, además, podré cuidar de la caja de Ward y asegurarme de que la saquen al sol de vez en cuando, de que no se rompa, de que no la abandonen.

–Pero...

–La señora Bienenstock se ocupará de ti. Y ahora tengo que ir a aclarar un par de cosas con el capitán. Siempre intentan asignarme menos agua dulce. Nos vemos dentro de uno o dos años, si el mar no me reclama, o si un oso pardo no te reclama a ti.

Dicho esto, William Lobb se alejó y dejó a Robert ahí, en cubierta, perdido.

No esperó a ver zarpar el vapor y, aturdido, regresó al momento a la casa de huéspedes. Había dado por sentado que una vez que el *Columbus* zarpara, William y él ensillarían los caballos y cabalgarían hacia el sur, hacia las montañas cercanas a Monterey, donde Lobb le enseñaría cosas sobre los pinos. Pero ahora debía renunciar a ese sueño. Lo único que quería era alejarse de allí con su caballo tordo, alejarse de la casa de huéspedes y de San Francisco, alejarse de los pinos de tronco rojo y de las secuoyas, alejarse de los pinos de Monterey, de los pinos ponderosa, de los pinos de Colorado que había albergado la esperanza de que William Lobb le mostrara. El problema era que desde California ya no podía ir más al oeste, y Robert nunca había huido a ningún lugar que no estuviera al oeste.

Al llegar a su habitación hizo el equipaje con sus cuatro cosas. Pero cuando fue a saldar cuentas con la señora Bienenstock, que estaba en la cocina moliendo granos de café en un molinillo, ella negó con la cabeza, y Robert supo al momento que William Lobb lo había pagado todo. Y no solo eso: la señora Bienenstock tenía un dinero para él, e instrucciones.

–Tú te quedas en la habitación, si no te importa que sea tan pequeña y tan oscura –dijo–. Bueno, ahora, sin todas esas cajas, no está tan mal. Se supone que debo pagarte. Te lo puedo dar todo de una vez, o a mensualidades, como un salario. ¿Qué prefieres?

Robert la miró, incapaz de decir nada. La señora Bienenstock meneó la cabeza una vez más y le dio vueltas más deprisa a la manivela.

–Mejor a plazos. –Y como Robert no se movía, añadió–: Vamos, hombre, ya va siendo hora de que navegues con tu propia canoa. Venga, deja aquí tus cosas. Te traeré sábanas limpias.

Robert hizo lo que le decía, y le pareció oír que ella ahogaba una risita.

William Lobb había dejado su habitación ordenada y vacía, salvo por un montón de cuadernos de piel marrón y una carta. Los cuadernos eran parecidos al que había usado en el Bosque de Calaveras. Ese en concreto, lleno de dibujos de secuoyas, no estaba, claro: Lobb debía de habérselo llevado consigo a Inglaterra para mostrárselo a su jefe. Pero los otros estaban llenos de todo lo que Robert necesitaba saber sobre las coníferas californianas.

Abrió la carta, la primera que recibía en toda su vida.

Goodenough:

Por favor, recolecta lo siguiente:

5 sacos de Pinus radiata, 5 de muricata, 5 de ponderosa y 5 de attenuata + 3 plántulas de cada uno

3 de Abies bracteata + 3 plántulas

10 de secuoyas gigantes + 5 plántulas

4 de Sequoia sempervirens + 5 plántulas

3 de Pinus lambertiana + 3 plántulas

5 de Abies grandis, 5 de procera, 5 de magnifica y 5 de concolor + 3 plántulas de cada.

He marcado en el mapa adjunto los mejores lugares para encontrarlos. En muchos casos podrás recolectarlos cerca de San Francisco o Monterey, pero para los últimos de la lista deberás trasladarte más al norte, a las montañas de Oregón, y traer las piñas en barco hasta San Francisco.

Consigna todos los envíos a:

Sr. William Lobb
Viveros Exóticos Veitch e Hijos
Mount Radford
Exeter
Inglaterra

Tramítalos a través de Adam Exprés, a mi cargo. Cuando envíes especímenes, envíame siempre dos notas, una con el barco que lleva la carga y una copia fletada en otra embarcación, para avisarme de su llegada.

Afectuosamente,
William Lobb

Permaneció sentado largo rato, releyendo la carta y estudiando la lista de árboles. Lobb no le había preguntado si quería dedicarse a recolectar para él, había dado por sentado que sí. Aquella presuposición no afectaba a Robert. Si le daban a escoger entre la existencia sin propósito que había llevado durante los últimos años, trabajando en granjas y ranchos de aquí y de allí, y recoger árboles para un jefe, no tenía duda de con qué se quedaba. Además, lo halagaba que William Lobb lo considerara a la altura del trabajo: lo cierto era que se había pasado los últimos días instruyendo a Robert.

Sonrió para sus adentros. Se estaba convirtiendo en un agente de árboles.

Durante más de un año, Robert se dedicó a recolectar piñas y árboles para William Lobb sin tener la menor noticia de él. Trabajaba duro para recoger las cantidades estipuladas en la carta, viajando en un amplio radio en torno a San Francisco. Había viajado de nuevo hasta el Bosque de Calaveras (contratando mulas para que transportaran los sacos hasta la ciudad) y se había dirigido al norte por primera vez, hasta las montañas de Oregón. El caballo tordo se había resignado al fin a trepar y cargar con sacos de piñas, aunque seguía coceando un poco cuando su dueño intentaba colgarle de la grupa cubos con plántulas, por lo que Robert había tenido que inventarse una especie de alforjas de cuero para transportarlos así.

Resultó que la recolección de plantas era un trabajo solitario. Antes, Robert disfrutaba de la soledad, o eso creía. En realidad, nunca había estado solo mucho tiempo: trabajando en hoteles, establos, ranchos y granjas, y también como buscador de oro, siempre había estado acompañado. Ahora, en los bosques, en las montañas, en las llanuras centrales, podía pasar días enteros sin hablar con nadie. La garganta parecía cerrársele, y tenía que carraspear de vez en cuando, o cantar canciones en voz alta, o recitar los nombres en latín de las plantas, para comprobar que aún le salía la voz. *Araucaria imbricata. Sequoia sempervirens. Pinus lambertiana. Abies magnifica.* Le sorprendía constatar lo mucho que echaba de menos a la gente. A veces frecuentaba expresamente los campamentos de buscadores de oro solo para poder sentarse con otras personas alrededor de una hoguera. Cuando necesitaba ver caras conocidas, regresaba a San Francisco para poder hablar con la señora Bienenstock, o para tener al menos a alguien a su alrededor, porque en realidad ella gruñía más que hablaba. Tampoco es que Robert dijera gran cosa, pero se sentaban juntos en la cocina a leer el periódico, o en los peldaños de entrada a la casa, donde ella se fumaba su puro y él veía pasar a la gente. En una ocasión ella le ofreció un cigarro, y él cometió el error de tragarse el humo. Ella se pasó una semana entera riéndose.

La primavera siguiente él ya había recolectado, empaquetado y enviado tres cargamentos de especímenes y semillas, cumpliendo con todo lo estipulado en la carta de Lobb. Ya no le quedaba nada más que hacer, y le preguntó a la señora Bienenstock. Ella no se molestó siquiera en levantar la vista del suelo, que estaba fregando con el puro entre los dientes.

–Vuelve a empezar desde el principio –le dijo.

Y así lo hizo.

Su segunda ronda de recolecciones fue la que lo llevó a caballo hasta una calle de Sacramento un día de finales de primavera, en el preciso instante en que el sol salía de detrás de una nube e iluminaba a una mujer que llevaba un vestido amarillo. Estaba de pie junto a una carreta y observaba a unos hombres cargarla con sacos de harina. Robert hizo parar al caballo tordo en seco al ver a Molly Jones.

Se habían conocido hacía cinco años en un rancho de Texas, donde ella trabajaba de cocinera, aunque en ocasiones también ejerciera la prostitución. Parecía sentirse a sus anchas en los dos papeles, aunque nunca se consideraba a sí misma una puta. Acostarse con hombres era una tarea más, como fregar cacharros o destripar pollos. Robert había llegado a verla interrumpir la preparación de un guiso para entrar en la despensa con un vaquero y levantarse las faldas.

Molly tenía el pelo negro, rizado, los ojos azules muy grandes, unos pechos considerables, y una alegría que no siempre se correspondía con sus circunstancias. Robert la había visto seguir sonriendo mientras pasaba junto a un cadáver tendido en la cuneta de un camino, o después de que un cliente le pusiera un ojo morado. «Robert Goodenough –repitió ella la primera vez que oyó su nombre–. Estoy segura de que no hay para tanto. ¡Voy a tener que comprobar lo bueno que eres!».[*] Y eso hizo aquella misma noche. Fue a buscarlo y se lo llevó a su habitación, que tenía la cama más cómoda de todo el rancho, y allí lo liberó de su ignorancia en asuntos de mujeres. Sus pechos olían a pan. «El primero es gratis –le dijo después, tendida a su lado, sonriendo–. Ahora puedes irte, cielo», añadió mientras Robert se sentaba al borde de la cama, con las manos colgando entre las rodillas, sin saber muy bien qué había que hacer en aquellos casos. Molly lo ayudó.

Robert estuvo una semana enamorado de ella, de su olor a levadura, de su pelo tan rizado que se le salía de los moños, de sus labios de un rojo oscuro, como si acabara de comerse unos arándanos. En realidad se había enamorado de estar tan

---

[*] «Goodenough» significa «bastante bueno» en inglés. [N. del T.]

cerca de una persona hasta el punto de estar literalmente dentro de su cuerpo. No se cansaba de aquella sensación, y visitó su cama tres veces más aquella semana. Entre embestidas, se quedaban tendidos en la cama boca arriba, recuperándose, y Molly le preguntaba cosas sobre su pasado. Robert esquivaba las cuestiones difíciles: no le contaba por qué se había marchado de Ohio, ni por qué había tenido que crecer tan deprisa, ni le hablaba tampoco de todo el frío, el hambre y el cansancio que había sufrido. Si no hablaba de ello, no tenía que pensar en ello y podía mantener corrida una cortina oscura entre el antes y el ahora. Así que lo que hacía era distraerla con cuentos divertidos sobre Jonah Parks, el curandero charlatán con el que había trabajado en Indiana, como cuando acabaron entre rejas después de que Jonah Parks robara una pata de palo y, sin darse cuenta, intentara volver a vendérsela a su dueño. A Molly le encantaba aquella anécdota.

Ella era más abierta con su pasado: una infancia en Georgia, una madre muerta en el parto, un padre borracho, un hermano y una hermana asesinados por los indios mientras Molly se ocultaba en un almiar y lo veía todo.

—Hay que reír —dijo—. Si no, nos pasaríamos el día llorando.

Después de acostarse por cuarta vez, Molly le cogió el dinero y le dijo:

—Ahora a descansar una temporada; si no, te quedarás sin dinero y no podrás hacer nada.

Era su manera de advertirle que no sintiera por ella lo que no debía sentir, y Robert sabía que tenía razón. A partir de entonces siguió acostándose con ella de vez en cuando, pero ya no intentaba conocerla mejor.

Sin embargo, a veces, cuando se cubría con su manta durante una noche sin estrellas, o cuando perseguía el horizonte en medio de una llanura interminable, bajo el descarnado sol de

Texas, recordaba el sentimiento embriagador que había vivido durante aquella semana de amor, y cabalgaba entre el ganado con la sensación de que todo en el mundo, todas aquellas plantas resecas, todos los salientes de las rocas, todas las vacas y los caballos y los hombres y las nubes, todo se unía en un camino que le devolvía a una mujer que preparaba galletas de pie en una cocina. Mientras lo sentía, no se le ocurría que pudiera sentir otra cosa. Pero cuando el sentimiento desapareció, Robert se preguntó cómo algo tan fuerte podía esfumarse hasta convertirse en apenas un rastro fantasmal, como un río que se hubiera desbordado para después convertirse en un hilo de agua, dejando a su paso solo un rastro de escombros que marcaban la crecida. Porque, en efecto, el sentimiento desapareció, Molly se convirtió en una trabajadora más del rancho, y cuando Robert se fue a California, se despidió de ella como si apenas se hubieran conocido, como si de ninguna manera hubieran compartido una cama empapada en sudor. Ella, por su parte, seguía alegre. «Tal vez yo también me vaya a California –le dijo–. Y encuentre oro y me retire. Eso sí sería vida, ¿no? Sí, tal vez lo haga».

Y, al parecer, había cumplido su amenaza. Robert seguía a lomos de su caballo tordo, en la calle de Sacramento, y la contemplaba. Molly había adelgazado, estaba más ajada (cruzar América cambiaba los rostros de la gente), pero seguía viéndose alegre. Ella no lo veía, estaba medio de espaldas, y él habría podido pasar de largo y fingir que sus caminos no se habían cruzado, y no habrían vuelto a verse nunca más. Se lo planteó un instante, pero al final pronunció su nombre en voz alta.

Molly soltó un grito al verlo y corrió hacia él mientras desmontaba. Lo abrazó, riéndose, le agarró la cabeza y se la hundió entre sus pechos. Ahora le colgaban un poco más, pero seguían oliendo a pan.

–¿Por qué pareces tan sorprendido? –le preguntó a voz en grito cuando lo soltó para que pudiera respirar un poco–. Ya te dije que vendría a California.

–Tú... ¿Estás buscando oro? –dijo él.

Le costaba imaginar a Molly como minera. Además, encontrar oro era cada vez más difícil; casi todo lo que quedaba debía extraerse con equipos pesados y cooperación. Ya no bastaba un solo hombre con un pico, una pala y un cedazo. Muchos mineros se habían unido para formar empresas. Los demás habían regresado a regañadientes hacia el este, o se habían quedado y ahora eran marineros, o granjeros, o mercaderes, o chulos, o putas o buscavidas. California había sido en otro tiempo una vasta extensión de tierra con algunos indios y californios que vivían allí. Ahora acogía a centenares de miles de norteamericanos que habían acudido en busca de oro y que debían buscar algo con que reemplazar aquel sueño.

–¿Yo, buscadora de oro? –Molly se echó a reír–. ¿Tú te crees que me voy a ensuciar estas manos? No. Cocino en uno de los campamentos de French Creek, junto al río Cosumnes, al sur de Hang Town. ¿Lo conoces? He venido a Sacramento a buscar provisiones. A los mineros no les gusta alejarse ni un momento del trabajo, así que me pagan bastante bien por darles de comer. Yo estoy atenta para ver quién es el que consigue más oro y no se lo gasta todo. Con ese me quedaré. Aún no lo he encontrado.

Esta mujer es una gata, pensó Robert, siempre cae de pie. Se alegró al saber que tenía trabajo, y un plan, y que había evitado la fiebre del oro que se había apoderado de tantos para después destruirlos. Pero también se sentía algo incómodo: había creído notar un atisbo de desesperación bajo toda aquella alegría que Molly había demostrado en el momento de verlo, una alegría exagerada, que no se correspondía con el simple placer de encontrarse a alguien conocido. Para las mujeres, California no era fácil, porque eran muy pocas y había muchos hombres de paso, pero Robert prefería pensar que Molly sabía cuidar de sí misma. No quería que ella quisiera algo de él.

—¿Y tú, cielo? ¿Buscas oro?

—Lo hice durante un tiempo. Pero ya no.

—Ya decía yo. Está claro, no parece que te hayas hecho rico. Vas sin reloj, sin botas nuevas. Y tu caballo... —Molly torció el gesto y miró al caballo tordo—. ¿Qué le pasó a *Bolt*?

—Se lo llevaron los indios.

Ella ahogó una risita.

—Lástima. Tienen buen ojo para los caballos. ¿Y qué? Te dejaron este animal famélico, ¿verdad?

El caballo tordo pareció entenderla, porque echó hacia atrás la cabeza y protestó.

Robert le explicó que había dejado de buscar oro y había empezado a recolectar árboles para William Lobb con la idea de enviarlos a Inglaterra. Molly lo miraba fijamente.

—¿Y para qué quieren ellos nuestros árboles? ¿No tienen los suyos?

Robert se encogió de hombros.

—Allí no hay muchos pinos.

—¿Los metéis en un barco que viaja miles de millas y os pagan bien por ellos?

Robert asintió.

—Es lo más tonto que he oído en mi vida —dijo ella.

Robert sonrió. Aquella era una reacción muy habitual cuando contaba a qué se dedicaba.

—¿Has oído hablar alguna vez del Bosque de Calaveras, a unos cien kilómetros al sur de aquí?

—Sí, me suena. Pero nunca he estado. Hay un hotel ahí arriba, ¿no?

–Sí, y unos árboles tan grandes que no puedes ni imaginártelos. Piensa en el árbol más grande que hayas visto nunca...

–Una pacana vieja que había detrás de la cabaña de mi padre, en Georgia –dijo Molly al momento–. Yo me sentaba debajo y miraba hacia arriba, hacia arriba. Me encantaba ese árbol.

Durante un instante, abandonó su máscara de alegría y se quedó pensativa.

–Pues imagina esa pacana y multiplícala por tres en tamaño, tanto en altura como en anchura. Eso es una secuoya.

–Vaya, pues me gustaría verlas. Tal vez vaya al Bosque de Calaveras a admirar esos árboles.

Hablaba como cuando estaba en Texas y se refería a California. Intercambiaron algunas frases más sobre las personas a las que habían conocido allí, y se contaron lo que había sido de ellas. Los hombres ya habían terminado de cargar los sacos de harina y esperaban a Molly: se hurgaban entre los dientes con palillos, mascaban tabaco y lo escupían al suelo.

–Bien, buena suerte con la recolección de semillas, Robert Goodenough –dijo al fin–. Se nota que los árboles te pegan más que el ganado, que nunca fue lo tuyo.

–Supongo que tienes razón.

–Ven a verme si pasas cerca de French Creek.

–¿Todavía preparas aquellas galletas?

En Texas, sus galletas tenían fama de esponjosas.

–Por supuesto. –Molly le guiñó un ojo–. Recuerda, la primera es gratis.

Robert pensó entonces que nunca iría a French Creek, que no aceptaría su invitación. Allí no había pinos de tronco rojo ni secuoyas, apenas algunos pinos de azúcar y pinos ponderosa que sí podía recolectar, pero que también crecían mucho más cerca de San Francisco. No tenía ningún motivo para llegar hasta allí. Sin embargo, tres semanas después, emprendió el viaje. Molly se alegró tanto al verlo que él supo que aquel destello de desesperación que había visto en Sacramento no era imaginario. No. Seguía en sus ojos cuando llegó y cuando se fue. Entre ambos momentos, ella quiso que estuviera siempre a su lado, lo llevó a su cama e hizo que la poseyera una y otra vez, hasta que él consumió toda su energía acumulada. Cuando no estaban en la cama, Robert la ayudaba a cocinar, porque no tenía el menor interés en buscar oro ni en ver cómo lo hacían los demás.

En French Creek, Robert se acordó de los campos de prospección que había dejado atrás hacía ya tres años: el interés constante de los hombres por aquel oro que los enloquecía y a la vez los adormecía, y las muchas noches alrededor de una hoguera hablando de minucias sobre los equipos (si con un cedazo de grandes dimensiones se encontraba más oro que con una criba individual, o dónde comprar una piqueta simétrica), o analizando sin fin los rumores más recientes sobre otros lugares en los que también se había encontrado oro, rumores capaces de vaciar un campamento de la noche a la mañana. A él todo aquello ya no le gustaba en su día, a pesar de formar parte de ello, y ahora lo detestaba, pues el oro costaba más de encontrar. Los mineros que aún seguían trabajando se habían vuelto más despiadados, por más que se suponía que debían cooperar entre ellos.

Trataban a Molly mucho peor que los vaqueros de Texas, que se mostraban agradecidos con ella porque les daba de comer, se los llevaba a su cama y siempre estaba contenta. A los mineros solo les preocupaba el oro: el tamaño de las pepitas, su abundancia, la facilidad para encontrarlas. Nunca estaban satisfechos con lo que obtenían, y siempre temían haber dejado escapar la más grande, el mejor hallazgo. Cualquier cosa que se interpusiera en el camino de su búsqueda, aunque fueran necesidades como la comida, el sueño o el sexo, se despachaba lo más rápido posible. En el peor de los casos, se volvían violentos, y en aquellas necesidades descargaban toda su frustración por no encontrar el oro que curaría su fiebre. Si no encontraban tierna la carne, se la tiraban a Molly a los pies, le escupían el whisky a la cara y la insultaban. Sin embargo, ella lo aguantaba todo, vigilante, a la espera del hombre que le permitiera vivir sin dar golpe, que era lo que quería. Trabajaba y se llevaba a los hombres a la cama, y la maltrataban, y ella esperaba.

Al menos su dormitorio era cómodo. Molly siempre había sabido construirse un nido para sí misma, con un colchón mullido, una almohada rellena de plumas de pato, buenas sábanas y, a modo de decoración, mantones con flecos y biombos pintados. Se bañaba a menudo, y se mantenía alejada de la lluvia y el sol. Además, tenía un don para hacer lo mínimo sin parecer perezosa, y conseguía que los demás la ayudaran con una sonrisa o un comentario burlón. Robert no creía que hubiera cargado nunca con nada más pesado que un saco de maíz de dos kilos. Se las apañaba para sentarse siempre cerca del fuego sin parecer egoísta y, a la vez, sin avergonzarse de conseguirlo. Tampoco caminaba mucho: casi siempre terminaban por llevarla a los sitios a caballo o, preferiblemente, en carreta, donde se sentaba detrás y contemplaba la tierra que la rodeaba con el aire posesivo de una reina. Por todo ello, el maltrato que le dispensaban los mineros resultaba más insoportable. Mientras Robert estuvo en el campamento, le llevaba el café a la cama todas las mañanas, como si quisiera así compensar la crueldad de los demás hombres. Él apenas sabía preparar una versión aproximada, con granos requemados que aplastaba con un martillo y hervía, pero Molly se mostraba mucho más contenta de lo estrictamente necesario ante ese pequeño gesto.

El tercer día, después del desayuno, Robert ensilló el caballo tordo. Molly lo observaba.

–Te he preparado comida para el camino, cielo –le dijo–. Pero no hace falta que te vayas.

No le suplicó que se quedara, pero Robert captaba el pánico creciente que se apoderaba de ella, y hacía esfuerzos para no dejarse contagiar por él. No se permitió golpear más deprisa los estribos. Respetaba lo bastante a Molly para ocultarle su deseo de salir de allí.

–Tengo que recolectar unas semillas –dijo.

–¿Cuándo regresas?

Molly no le daba la opción de no hacerlo, y al final le sacó la promesa de que volvería al cabo de tres meses. Y así fue cómo Robert Goodenough se convirtió en un segundo plan de Molly, por si no aparecía ningún minero respetable entre esos chacales con los que vivía. Cada pocos meses él se quedaba como máximo un par de noches con ella en French Creek, la montaba hasta quedar exhausto, y luego huía, regresaba a sus árboles. Se sentía culpable por no volver a enamorarse de ella, pero aunque lo intentaba, no era capaz de recrear aquella semana en Texas, cuando todo en el mundo lo llevaba hasta ella. Ese sentimiento pertenecía a otros.

Robert estaba en los establos que quedaban junto a la casa de la señora Bienenstock. Había ido a ver cómo estaba su caballo. Era principios de diciembre y acababa de regresar a San Francisco tras otra visita a Molly. Su partida había coincidido con la llegada de la nieve, lo que implicaba que iba a pasarse unos meses sin ir a verla, a menos que se arriesgara a pillar una ventisca que lo helara hasta matarlo. Pasar un tiempo con Molly seguía siendo algo tan novedoso para él que tal vez estuviera dispuesto a correr el riesgo, aunque a su caballo no le entusiasmaba la nieve, pues había pisado una piedra afilada en el último tramo de la carretera. Robert se había ocupado de su pezuña en cuanto habían llegado a la ciudad: le había quitado la herradura y le había limpiado el pus antes de aplicarle un emplasto. Ahora quería asegurarse de que no hubiera infección. El caballo parecía estar bien, pero en realidad no era un animal precisamente comunicativo. Tal vez percibiera la falta de implicación de su dueño, porque el caso era que demostraba poco afecto por Robert. Él conocía a hombres que amaban a sus caballos más que a sus mujeres, que lloraban cuando morían o cuando se los robaban. Algunos juraban sentir entre los muslos las risas de sus monturas. Robert sospechaba que si su caballo tordo tenía el más mínimo sentido del humor, debía de ser humor negro.

Se sentó sobre un barril y, mientras se comía una manzana, se dedicó a observar el caballo. La manzana era una Gravenstein, una de las pocas variedades que se encontraban en California. Recién cogidas del árbol, eran jugosas y sabían a bayas, pero no aguantaban mucho, y en diciembre ya estaban blandas, no sabían a nada, y la piel adquiría una desagradable textura como de cera. Robert torció el gesto, se preguntó por qué se molestaba en comérsela y se la dio al caballo, mucho menos quisquilloso que él en cuanto al sabor y la textura de las manzanas.

–Tengo una que te gustará más.

William Lobb estaba plantado en el quicio de la puerta. Se sacó una manzana del bolsillo y se la lanzó a Robert. Era pequeña, amarilla y arrugada, y Robert empezó a darle vueltas y más vueltas en la mano.

–Pruébala. La he traído hasta aquí para ti, muchacho. Vamos, dale un buen mordisco.

Robert lo hizo, y aunque era vieja y estaba reblandecida después del largo viaje, la manzana aún contenía el regusto característico a miel y a piña de las Golden Pippin.

–Creía que te arrancaría una sonrisa. Las Pitmaston Pineapple están causando bastante sensación en Inglaterra. Incluso Veitch las vende, y eso que a él los manzanos no le dicen nada.

Robert se planteó la posibilidad de estrecharle la mano a William Lobb, pero aquellas formalidades no parecían apropiadas con alguien como él. Solo se la habían estrechado una vez, el día en que se conocieron.

–¿Le llegaron los envíos que le mandé? –le preguntó al fin–. Fueron tres, pero no tuve noticias.

–Sí, sí llegaron. ¿No te escribí para decírtelo? ¿No? Discúlpame. Sí, llegaron, y prácticamente intactos. Las cajas de Ward estaban bien; las plántulas, frescas como el día en que se trasplantaron. La humedad echó a perder tres sacos de piñas, pero no está mal, porque había varias docenas. Ya contaba con ello.

Lobb se acercó a la cuadra en la que estaba su yegua baya. Otros la habían usado en su ausencia, pero el animal se había puesto a relinchar nada más oír la voz de su amo. Lobb le dio unas palmaditas y le regaló una manzana. Robert deseó que no fuera una Pitmaston Pineapple, porque eso habría sido desperdiciarla.

–¿Recolecté todo lo que quería?

–Sí. Confundiste las piñas de abeto noble y las de abeto rojo, pero es que es fácil equivocarse... y también es un error fácil de rectificar –añadió Lobb al ver la cara que ponía Robert y comprender que, tras más de un año separados, tal vez su ayudante necesitara que le dijeran lo que había hecho bien, y no que le recitaran la lista de todos sus fallos.

–¿Y qué tal las secuoyas en Inglaterra? ¿Se han creído allí lo del tamaño?

–¡Sí, se lo han creído, se lo han creído! A los ingleses les encanta creer que existen unos árboles tan enormes. En realidad, le he hecho a Billie Lapham un flaco favor. Su publicidad del Bosque de Calaveras ha llegado hasta Europa, y una vez allí tuvieron conocimiento del bosque de los árboles mamut, todo el mundo quería uno. Mi don de la oportunidad ha sido inmejorable –prosiguió Lobb acariciando el lomo de la yegua–. Los primeros clientes, claro está, se sintieron decepcionados al saber que no había árboles gigantes listos para que los plantaran en sus jardines. ¿Qué esperaban? ¿Qué arrancáramos secuoyas adultas y se las enviáramos por barco? Pero nosotros cultivamos plántulas deprisa, y eso parece haberlos satisfecho. Les entusiasma la idea de imaginar a sus tataranietos disfrutando de unos árboles cuyo tamaño ellos solo pueden imaginar.

–¿Y las plántulas?

–De las cuatro que me llevé, dos siguen creciendo; las otras dos murieron tras ser trasplantadas en suelo inglés, que probablemente les dio un susto de muerte, acostumbradas como estaban al de California. A mí, particularmente, me ocurre lo mismo.

Y era cierto. William Lobb estaba muy cambiado. Parecía cansado, y la forma de T de su rostro se veía más prominente porque tenía los pómulos y los ojos más hundidos. No era nada sorprendente, por supuesto: tres meses de travesía marítima le demacraban el rostro a cualquiera. Pero había algo más profundo que una fatiga superficial o que una enfermedad.

Estaba envarado y le costaba moverse, como si no controlara por completo las piernas. Tenía muchas más canas que antes, y el pelo sin brillo. Además, le costaba modular la voz. Su risa parecía más estridente, y maldecía más a menudo. Después, cuando se acercaron a una casa de comidas, un lugar en el que las conversaciones rudas eran más frecuentes que las buenas palabras, su tono de voz hacía que la gente se volviera a mirar, aunque nadie se atrevía a mirar a Lobb a los ojos.

Cuando hablaba de James Veitch se enfurecía tanto que se le hinchaba la vena de la sien.

—Me ordeña, me deja seco, y yo soy una vaca vieja con las ubres gastadas —exclamó, al tiempo que se metía una loncha de jamón en la boca—. A él lo que le interesa es que yo me dedique a recoger plantas hasta que se me caigan los huevos al suelo, el muy cabrón mentiroso. Gana dinero a costa de mis conocimientos, sin el menor respeto por ellos.

—¿A cuánto vende las secuoyas?

—A dos guineas la plántula. —Al ver que Robert no entendía la cifra, añadió—: ¡Eso son ocho dólares por árbol!

Robert abrió mucho los ojos.

—Por ese precio, en Ohio, comprábamos ciento cincuenta plántulas de manzano.

—Sí. ¿Y veo yo algo de ese dinero? No. Solo una miseria.

Robert dejó que siguiera despotricando, con la esperanza de que tarde o temprano se desahogara del todo, soltara la bilis y pudieran hablar más serenamente del trabajo. A él, en realidad, no le importaba cuánto costaran los árboles, ni siquiera cómo trataba Veitch a su empleado. Lo que él quería saber era si seguiría trabajando para Lobb.

Cuando este hizo una pausa, Robert se atrevió a preguntar.

—¿Y qué vamos a recolectar ahora?

William Lobb explotó.

–Maldita sea, muchacho. ¿Es que un hombre no puede descansar sin que lo atosiguen, sin que lo molesten? Acabo de bajarme del barco, me duelen las piernas, me duele la cabeza. ¡Lo único que quiero es dormir sin que me des la lata!

Y dejando el plato de comida a medio terminar, se puso de pie y se largó de allí. Robert se quedó solo y tuvo que pagar la cuenta.

Lobb se pasó varios días en su habitación. Si no hubiera estado ahí, Robert habría hecho planes por su cuenta, pero ahora que su jefe había vuelto, se sentía obligado a esperar sus instrucciones. Pero como no le gustaba estar ocioso, cuando podía le daba por ayudar a la señora Bienenstock. Le ordenó el patio trasero, y una tarde, los dos juntos, limpiaron el barro de la calle, frente a la casa. Un esfuerzo inútil, porque volvería a formarse en cuanto lloviera. Pero la señora Bienenstock había insistido.

–Hay que hacerlo –replicó la mujer, cuando él observó lo absurdo de la medida.

Mientras trabajaban, Robert le preguntó qué le ocurría a William Lobb. La señora Bienenstock hizo una pausa y se apoyó en la pala.

–Tiene el «mal francés», claro. ¿Qué crees que fue a hacer por ahí abajo, en América del Sur? No todo fueron plantas. –Le señaló la entrepierna–. Cuidado que no lo pilles tú también, con todos esos viajes a French Creek. Ya sabes –dijo, burlándose de él por lo de Molly.

Pero dejó de reírse al ver que Robert seguía muy serio.

–No te preocupes por él, muchacho, dentro de un día o dos ya estará otra vez en pie. He visto a otros sufrir mucho más que él.

Y tenía razón. William Lobb se levantó al día siguiente. No comentó nada sobre su enfado en la casa de comidas, ni le pagó la cena. Lo que hizo fue anunciar que se dirigirían hacia el sur para recolectar plantas de flor.

–Flores amarillas, eso es lo que según Veitch quieren ahora los ingleses. Amapolas, violetas, prímulas. Ya las tienen en granate, pero ahora quieren amapolas amarillas de California y violetas amarillas para plantarlas junto a sus coníferas californianas. De árboles ya sabes. Ya va siendo hora de que aprendas de flores.

Pasaron los dieciocho meses siguientes recogiendo una amplia variedad de flores, arbustos y árboles para que Veitch los vendiera a jardineros ingleses ávidos de novedades, y llegaron muy al sur, a Santa Bárbara, y muy al norte, a las montañas de Oregón. Más exacto sería decir que fue Robert el que llegó al norte: William Lobb estaba menos dispuesto a trasladarse a zonas remotas. Le dolían las articulaciones y sentía aturdimiento y unos dolores de cabeza que lo dejaban ciego. Eso en cuanto a lo físico. Mentalmente, en ocasiones se mostraba confuso y olvidaba las cosas. Emocionalmente, era temperamental y, si bien a veces le gritaba a Robert, casi siempre dirigía su ira contra Veitch, a quien le reprochaba que no apreciara sus dotes de recolector.

–Sin mí, Viveros Veitch no sería nada –despotricaba–. Solo venderían rosas y bulbos de narciso y setos de boj. ¡La planta más exótica que ofrecerían sería una subespecie del Sambucus nigra! Yo les he llevado rododendros y ceanotos. Les he llevado las fucsias que hoy se ven en todos los jardines ingleses. Les he llevado el pino rompecabezas de mono y el de tronco rojo. ¿Y qué recibo yo por todos los problemas? ¡Quejas y exigencias!

También protestaba si no recibía cartas de Veitch pidiéndole más semillas y especímenes.

–Eso es que ya ha encontrado a otro –sentenciaba–. Bridges, o Beardsley, o algún otro lacayo servil que trabajará para él por menos dinero.

Robert aprendió a no escucharlo, y a ofrecerse a viajar solo en los desplazamientos más fatigosos. A veces Lobb aceptaba. Pero en otras ocasiones, su paranoia incluía también a su ayudante, y llegaba a convencerse de que Robert intentaba apoderarse de su negocio. En esos casos insistía en acompañarlo, aunque ahora le costaba más viajar, y con cierta frecuencia alquilaba una carreta para no ir a lomos de su yegua baya. Aunque aprendía mucho de su jefe, a Robert le decepcionaba no haber vuelto a descubrir la magia y el encanto de aquel primer trayecto que habían compartido desde el Bosque de Calaveras hasta San Francisco, cuando Robert era la esponja y Lobb el caudal de conocimiento en el que se empapaba.

Al cabo de un año de viajes cada vez más difíciles, William Lobb decidió quedarse en San Francisco en la casa de huéspedes de la señora Bienenstock y centrarse en el proceso de empaquetamiento y envío, mientras encargaba a Robert la recolección. De hecho, fue ella la que lo sugirió.

–Por el amor de Dios –interrumpió a Lobb un día, cuando él estaba sentado en la cocina lamentándose de sus dolores y molestias desde que habían llegado de su último viaje a Monterey–. Quédese aquí a empaquetar y deje que el joven vaya por toda California en su lugar. ¿Acaso no dice siempre que el éxito de recolectar está en el empaquetado? Usted es el jefe: asuma el papel más importante y deje de quejarse.

Lobb se quedó en silencio unos instantes. Seguía demostrando más respeto por la señora Bienenstock que por cualquier otra persona, y sus manías persecutorias remitían en cuanto ella le dedicaba una mirada fija o alguna crítica.

–Tal vez tenga razón –admitió al fin.

La señora Bienenstock arqueó una ceja.

–¿Tal vez?

Aquel nuevo acuerdo también le convenía a Robert. Podía viajar solo, visitar a Molly de vez en cuando y disfrutar de pequeñas dosis de William Lobb, más manso gracias a la señora Bienenstock. Era, casi, feliz.

La obsesión de los británicos por las secuoyas gigantes no daba visos de remitir, y Robert realizaba excursiones periódicas al Bosque de Calaveras para recoger semillas. Cada vez que tenía la ocasión, dedicaba varios días a explorar las zonas circundantes. No se lo comunicaba a nadie –ni a William Lobb, ni a Billie Lapham, ni a la señora Bienenstock, ni a Molly–, pero en realidad buscaba más secuoyas. El propio Lobb había sugerido desde el principio la posibilidad de que crecieran más secuoyas en otros puntos de la cadena montañosa, a una altitud similar, pero su enfermedad había mermado su espíritu aventurero, y prefería recolectar en los lugares que ya conocía.

Fueron tres años de búsqueda, pero, a finales del invierno de 1856, Robert se tropezó al fin con más árboles gigantes. Avanzaba entre vegetación espesa, a menos de diez kilómetros al sureste del Bosque de Calaveras cuando el caballo tordo empezó a relinchar y a quejarse, y poco después a patear y encabritarse. Robert supuso que habría visto una serpiente, pero el caballo no miraba hacia abajo, sino hacia delante. Así que desmontó y sujetó las riendas con fuerza. El corazón le latía más deprisa. Aunque no veía nada, ni una presencia rojiza a lo lejos, Robert percibía cierta diferencia en el bosque que tenía delante: era más silencioso, con menos árboles y menos rumor de hojas.

Arrastró al caballo tordo entre los árboles hasta que vio la primera secuoya, y entonces lo ató de espaldas a la vegetación, le colgó un morral lleno de avena para que comiera y salió a explorar. El lugar estaba lleno de secuoyas gigantes, más espaciadas que en el Bosque de Calaveras, más grandes y aún más bonitas. Allí no había caminos marcados, ni carteles, ni risotadas de turistas que salieran de tabernas o se subiesen a tocones gigantescos. Le sorprendía que nadie hubiera encontrado aquella arboleda antes que él, aunque durante sus viajes había aprendido que la gente tendía a no salirse de los caminos más hollados y evitaba los lugares nuevos.

Robert era el único testigo de la existencia de aquellos árboles, y estaba decidido a que las cosas siguieran como estaban. No recogería piñas allí: el bosque seguiría intacto, como debía ser. A James Goodenough le habría parecido bien. Seguía mereciendo la pena pagarle a Billie Lapham por el privilegio de seguir recolectando en el Bosque de Calaveras, si con ello conseguía mantener en secreto la existencia de esas secuoyas. A Robert había llegado a caerle bien Billie Lapham, pero sabía que el hombre de negocios pretendería atribuirse la propiedad de ese nuevo bosque si tenía ocasión, y ampliar el negocio.

Al día siguiente continuó viaje hasta el Bosque de Calaveras. Al llegar y franquear los Dos Centinelas que marcaban el principio de la arboleda, vio que había baile en el Gran Tocón. Sí, cada vez que Robert llegaba a aquel lugar se encontraba con un baile, y aunque había acabado por acostumbrarse, seguía negándose a poner los pies en aquel tronco de árbol cortado. A los californianos les encantaba bailar, mucho más que a ningún otro pueblo que hubiera conocido. Era así tanto en el caso de los buscadores de oro como de los californios de México. Al parecer, cuando llegaban, se contagiaban de dos fiebres distintas: la del oro y la del baile. Los había por todas partes, incluso sin mujeres con las que bailar. En los campamentos mineros en los que había vivido, tras una larga jornada de doblar la espalda entre cribas y cedazos, los hombres bailaban unos con otros o se movían, solos, al ritmo de un violín y una guitarra.

Ese día eran solo dos parejas las que, sobre el tocón, bailaban una polca rápida silbada por uno de los hombres. Primero lo hacían con sus acompañantes, y entonces, a una seña que solo conocían ellos, cambiaban de pareja. A Robert siempre le sorprendía aquella fluidez exenta de palabras. Él no sabía bailar. A pesar de los intentos de Molly por enseñarle los pasos más simples, no había sido nunca capaz de sumarse a los bailes, después de la cena, cuando se apartaban sillas y mesas, o en el exterior, en torno a la hoguera. Y se quedaba ahí, en cuclillas, o de pie, y observaba.

En ese momento, su mirada se fue primero hacia las mujeres, como le sucedía siempre. Una era pechugona y de formas redondeadas, y en cuanto se dio cuenta de que Robert la miraba, empezó a exagerar sus movimientos y a contonear las caderas, para que los giros del baile realzaran las curvas de su cuerpo y las dibujaran en el aire. Él no sabía si ella pretendía incomodarlo, o si le gustaba la atención que le dedicaba, pero en cualquier caso desplazó la mirada hacia la otra mujer. Pequeña, ligera, con mechones de pelo que se le escapaban del moño, no miraba a Robert ni a los hombres que la llevaban, ni a nadie; solo bailaba como si no estuviera en brazos de un buscador de oro, sobre un tocón de secuoya gigante, sino en un lugar muy lejano.

Al menos ese día eran solo cuatro. Robert había presenciado un baile de gala el Cuatro de Julio en el que treinta y dos personas se habían subido al Gran Tocón a la vez. Y aún quedaba sitio para los músicos. Aquella celebración había salido en los periódicos de Stockton y Sacramento, e incluso en los de San Francisco, y la información se había acompañado de un dibujo del baile. En realidad se trataba más de anuncios que de noticias, pensados por Billie Lapham para publicitar el Bosque de Calaveras.

A continuación, apartó la vista de las mujeres y la fijó en los hombres que bailaban. Tenían la piel ajada de los buscadores de oro: su obsesión por el metal los llevaba a salir lloviera, nevara o brillara un sol abrasador, haciendo caso omiso del granizo, el calor, el hielo y el viento que les cuarteaba las mejillas y los labios. Y no era solo la piel la que los delataba como mineros, pues Robert también tenía la cara curtida de quienes vivían al aire libre: aquellos dos hombres aún conservaban un rastro de su obsesión por el oro en la mirada, ocho años después de que el metal se hubiera descubierto por primera vez en California, y seis años después del pico más alto de la fiebre. Sus sueños seguían repletos de destellos brillantes y diminutos. Era un sueño muy común en muchos de ellos, vinieran de donde viniesen. Robert había conocido a franceses, españoles, alemanes, holandeses y chinos que perseguían el mismo sueño. Había conocido a hombres, y a alguna mujer, de Maine y Florida, de Indiana y de Misuri, de Wisconsin y Connecticut. Había conocido a gente de Ohio. Una vez, incluso había conocido a un hombre que había vivido durante una breve temporada en el Pantano Negro, mucho después de la época de Robert. Había estado a punto de preguntarle por la granja de los Goodenough, pero se había mordido la lengua: aquel hombre estaba borracho y, además, Robert no estaba seguro de querer saber nada. A juzgar por sus ropas y por el coñac francés que bebían (un gasto extravagante habiendo tanto ron cubano y whisky local barato), parecía que a aquellos dos les había ido bien buscando oro, que habían conseguido no gastárselo todo en el juego. Era poco habitual: no era de extrañar, pues, que aquellas dos mujeres –que llevaban vestidos bien cortados y tenían la piel blanca y pálida de quien no pasa mucho tiempo a la intemperie– estuvieran dispuestas a bailar con ellos. Era aquella la clase de hombre que Molly andaba buscando para que la sacara de French Creek. Eran aquellos los turistas que Billie Lapham llevaba tiempo intentando atraer con sus anuncios, su carretera bien mantenida, su hotel y su bolera.

Y ahí estaba, precisamente, Billie Lapham.

–¡Goodenough! ¡Eres el hombre del momento! Hay una chica que andaba por aquí buscándote.

Robert se volvió. Como de costumbre, Billie Lapham llevaba el sombrero de copa echado hacia atrás, con el ala ligeramente separada del centro, y se atusaba el bigote con una mano mientras alargaba la otra para estrechar la de Robert.

–¿Nancy quiere verme? –preguntó Robert.

Billie Lapham se puso serio.

–Nance está algo indispuesta... Aunque sí, claro, ella también querrá verte, enferma o no. Asoma la cabeza por la puerta, haz que sonría otra vez.

Nancy, la esposa de Lapham, era una mujer débil y enfermiza, de pelo sin brillo y una cara ancha en los pómulos y estrecha en la barbilla, como la de un gato. La primera vez que la oyó toser, Robert supo qué significaba aquella tos. La tisis se la llevaría antes o después. Cada vez que llegaba al Bosque de Calaveras se preparaba mentalmente para la ausencia de Nancy y sentía alivio al encontrarla aún recibiendo visitas en el porche delantero del hotel Grandes Árboles, o barriendo el suelo de la sala, o fregando vasos en la parte de atrás. Siempre sonreía a Robert y parecía alegrarse de verlo.

A Billie Lapham también le alegraba ver contenta a su mujer. No solo no era un hombre celoso, sino que se mostraba hospitalario, e invitaba a Robert a cenar o a tomar un whisky, invitación que Robert siempre aceptaba. O le decía que si quería podía bailar gratis en el Gran Tocón, sin pagar los quince centavos que desembolsaban los demás. Pero de esa oferta Robert nunca se aprovechaba. Aun así, se alegraba de haber establecido con Lapham una relación comercial fácil que había derivado hacia lo amistoso, a lo que contribuían los cinco dólares que Robert le entregaba, en concepto de tarifa, cada vez que recolectaba semillas por allí.

Billie Lapham se acarició el bigote y observó a las parejas que bailaban la polca.

–Que quede entre nosotros, Goodenough, me voy a vender mi parte en el Bosque de Calaveras y voy a llevar a Nancy a vivir a Murphys. Allí hay más gente que podrá cuidarla, no como aquí, donde es ella la que se ocupa de los demás.

–¿Y a quién se la vende?

Billie Lapham torció el gesto.

–Me la ha comprado Haynes.

Ya hacía casi dos años que el doctor Smith Haynes era el socio comercial de Lapham, pero a Robert nunca le había caído bien. Era más adusto, de barba cerrada, mirada fija y chaleco ajustado, en cuyos bolsillos siempre llevaba las manos metidas. Insistía en que le llamaran «doctor», aunque Robert nunca había oído que hubiera curado a nadie. A Lapham lo trataba con un desdén gratuito.

Lo que preocupaba aún más a Robert era el desprecio que demostraba por el papel de Nancy como anfitriona del hotel Grandes Árboles. Haynes quería que una anfitriona fuera todo lo que Nancy no era: estridente, pechugona, divertida y segura de sí misma. Quería que sirviera bebidas a los visitantes, que les contara chistes, que flirteara con los hombres y se mostrara comprensiva con las mujeres. Y Nancy no hacía nada de todo aquello, aunque poseía un encanto discreto que funcionaba, siempre que se le diera la ocasión. Lo malo era que Haynes nunca se la daba. A medida que Nancy iba enfermando y debilitándose, Haynes la miraba con mala cara, como si hubiera contraído la tuberculosis expresamente para provocarlo. No podía despedirla, claro, porque era la mujer de su socio, y Billie Lapham la defendía a capa y espada, aunque no sin cierta angustia. «Está mejorando, tiene mejor aspecto, ¿no te parece?», le preguntaba a Robert en presencia de Haynes, y Robert le daba la razón, aunque era evidente que Nancy había empeorado. «A los clientes les cae bien», le recordaba Lapham a Haynes. Y era cierto, a pesar de que tenía poco pecho, a pesar de que no sabía bromear. Era amable, y les hacía caso cuando se quejaban de que la niebla ocultaba la vista de las secuoyas, o de las pulgas de las camas, o de que perdían cuando jugaban a las cartas, o de que les salían ampollas de tanto bailar sobre la superficie rugosa del Gran Tocón. Siempre que podía, se mostraba dispuesta a ayudar: rellenaba los colchones con menta poleo y romero para ahuyentar las pulgas, sugería excursiones para huir de la niebla, le pedía a su esposo que instalara una tarima en el tocón... Por lo demás, se mostraba comprensiva esbozando una sonrisa entre tos y tos. Pero a Haynes le parecía que no era suficiente. Sin duda, debía de alegrarse de que los Lapham se fueran.

–De hecho –prosiguió Billie Lapham–, tendrás que llegar a un nuevo acuerdo con Haynes sobre la recolección de semillas. A él siempre le ha parecido que cinco dólares cada vez no era suficiente para todo lo que te llevabas de la finca. A mí no me importa. Sé lo mucho que a Nancy le gusta verte. La sonrisa de mi mujer vale mucho más que los cinco dólares adicionales que Haynes quiere cobrarte.

–Gracias por la advertencia. Iré a verles a usted y a Nancy en Murphys cuando se trasladen.

Billie Lapham asintió.

–Nos encantará. Pero yo te hablaba de esa otra chica...

–¿Qué otra chica?

–La que acabo de decirte que te estaba buscando.

–Creía que se refería a Nancy.

–No. Era una visitante. Llegó ayer y preguntó por ti. –Billie Lapham sonrió–. Me pareció que era urgente, y por eso la envié a hablar con Nance. Las mujeres siempre saben qué hay que preguntar, ¿no? Así que mejor que lo hables con ella. Vamos ahora mismo. Además, quiero ver cómo está.

Robert lo siguió hasta el hotel con una creciente sensación de inquietud en el estómago. La última vez que había visto a Molly, hacía cuatro meses, ella le había comentado que quería visitar el Bosque de Calaveras para ver los árboles. Y sí, igual que con sus amenazas de mudarse a California, al parecer había cumplido con su palabra. Mientras estuviera en French Creek, a Robert le parecía que podía mantenerla separada del resto de su vida. Pero si venía hasta allí, se quedaría. A Haynes le encantaría y, ahora que Nancy iba a irse, Molly podía convertirse en la anfitriona que andaba buscando, con su risa, sus pechos generosos y su cama grande y abierta a cualquiera.

Nancy y Billie Lapham dormían en una habitación pequeña en la planta superior del hotel, un sitio más apto para una sirvienta que para los dueños. Pero así era como los emprendedores ganaban dinero: alquilando las habitaciones buenas y renunciando a su propia comodidad hasta que pudieran permitirse pensar en ella. Nancy estaba tumbada en una cama que ocupaba casi todo el espacio y que, sin embargo, era tan pequeña que en ella apenas no cabían dos personas. Aunque la ventana estaba abierta, aquel dormitorio olía a leche agria, como si alguien hubiera dejado un vaso allí mucho tiempo, a orinal que no se vaciaba con la frecuencia requerida y a cuerpo postrado. A Robert le habría gustado bajarla a peso e instalarla en una de las mecedoras del porche, pero sospechaba que Haynes no querría que estuviera allí, anunciando enfermedad a los visitantes.

Aguardó en el quicio de la puerta, con el sombrero en la mano, mientras Billie Lapham despertaba a su mujer. Nancy se quejó un poco, pero cuando Billie le susurró el nombre de Robert, hizo esfuerzos por incorporarse. Su cara puntiaguda se veía muy pálida, salvo por dos cercos rojos en las mejillas, como si la hubiera tenido mucho rato apoyada en las manos. Le sonrió.

–Robert –dijo con voz cansada–, me alegro mucho de que hayas venido.

–Sí, señora. Yo también me alegro.

Cada vez que se encontraba en su presencia, le salía la vena formal.

–No me trates de usted ni me digas «señora». Soy tu amiga, no la esposa de un ministro. Ven a sentarte a mi lado. –Nancy dio unas palmadas en la cama.

Robert miró a Billie Lapham, que asintió.

–Te he traído una jarra de agua fresca, Nance –le dijo su marido–. Recién sacada del pozo, está buenísima. Yo mismo la he subido. –Tras arrojar la leche agria por la ventana, aclaró un poco el vaso y lo llenó de agua–. ¿Quieres algo más?

–No, gracias, cielo. Me quedaré aquí un ratito conversando con Robert. Tenemos cosas de las que hablar.

Billie Lapham ahogó una risa.

–Eso seguro.

Su carcajada desconcertó a Robert, lo mismo que la sonrisa cada vez más amplia de Nancy. Los dos parecían compartir una broma a su costa.

Cuando Billie Lapham se alejó escaleras abajo, a Nancy se le desdibujó un poco la sonrisa, y Robert frunció el ceño. Muchas veces se sorprendía a sí mismo al constatar lo mucho que le importaba aquella mujer.

–¿Cómo te encuentras..., Nancy? –le preguntó, esforzándose por tutearla y usar su nombre de pila.

Ella levantó la mano que tenía libre y se señaló el cuerpo postrado en la cama, antes de dejarla caer.

–Bueno, es evidente, ¿no? Estoy cada vez peor. ¿Te ha contado Billie que nos vamos a Murphys?

Robert dijo que sí con la cabeza.

–La verdad es que lo hago para animarlo a él. Estar en la cama aquí o allí me da igual, la verdad. Pero a lo mejor a él le irá bien, se tranquilizará un poco. Y así no tendrá que tratar más con Haynes. Qué hombre... Ojalá le caiga una piña de pino de azúcar en la cabeza. –Al ver que Robert sonreía, Nancy elaboró algo más su venganza–. Una grande, de esas que miden dos palmos, bien bonita, verde, que pese mucho. Y con mucha savia de esa tan pegajosa, para que no pueda quitársela de encima, y que luego la mugre se le pegue también y no pueda limpiarse y vaya por ahí sucio. Eso es lo que me gustaría que le ocurriera a ese hombre.

–¿Quieres que me suba a un árbol y le tire alguna piña cuando pase?

–Hazlo. –Nancy cerró los ojos y apoyó la espalda en los almohadones–. Echaré de menos los árboles gigantes. Eso sí que lo voy a lamentar.

Robert esperó a que siguiera hablando. Al cabo de unos segundos le pareció que debía de haberse quedado dormida. El vaso de agua que sostenía en la mano se ladeó un poco. Él lo recogió con delicadeza y lo dejó en la mesilla de noche, sobre la que descansaban una Biblia, una vela y un montoncito de pañuelos recién lavados. Uno de ellos estaba arrugado: Robert vio unos puntos de sangre en él.

Y entonces vio algo más y le dio un vuelco el corazón. Justo detrás de los pañuelos había un pequeño tarro de cristal en el que podía leerse: «Bálsamo respiratorio de Jonah Parks... para una respiración eficaz».

Las palabras se acompañaban del dibujo esquemático de una mujer que sostenía un ramo de flores, un dibujo que el propio Robert habría podido esbozar hacía quince años, pues el tarro se veía muy antiguo.

Se acercó y lo recogió de la mesa. Nancy abrió los ojos.

—Nancy, ¿de dónde has sacado esto?

—Ah, me lo trajo un visitante la semana pasada, me dijo que me ayudaría a respirar. ¡Y así ha sido! ¿Por qué? ¿Lo has usado alguna vez?

—No.

Nancy lo miró más fijamente.

—¿Qué ocurre? —Como él no decía nada, a Nancy se le escapó un suspiro—. Robert Goodenough, nunca me cuentas nada.

—No, no es nada, en serio. Solo que una vez trabajé para el señor Parks.

—¿Ah, sí? Qué curioso. ¿Y dónde fue eso?

—En Indiana.

Robert no reveló que aquel bálsamo no era más que una mezcla de cera de abeja, alcanfor y raíz de sasafrás, cocinado todo en un cazo al fuego. Lo mismo ocurría con el aceite de serpiente, los crecepelos y demás remedios milagrosos que Jonah Parks inventaba. Nancy quería creer que la ayudaba a respirar, y por ese motivo, tal vez, la ayudaba. Robert permaneció unos instantes contemplando esa porción de su pasado, sin terminar de creerse que se hubiera abierto paso hasta la mesilla de noche de Nancy. Indiana quedaba muy lejos de California, y Ohio más lejos aún. Incluso así, el mundo era un pañuelo.

Nancy volvió a bajar los párpados, y Robert pensó que lo

mejor era salir discretamente y dejarla dormir. Pero cuando hizo ademán de levantarse, ella lo sujetó del brazo con una fuerza inesperada.

—¿Dónde te crees que vas? —le preguntó con los ojos aún cerrados.

—Creía que dormías.

—¿Crees que voy a dormir cuando tenemos que hablar de una mujer? Lo que hago es descansar un poco la vista, nada más.

Abrió de nuevo los ojos y Robert volvió a acomodarse en la silla.

—Ya sabes —prosiguió Nancy— que cuando te conocí, hace unos años, me costó creer que no estuvieras casado, o al menos que tuvieras una chica. «Alguien va a pillarlo», le dije a Billie. Eres un hombre atractivo. ¡No bajes la cabeza! Lo eres. Tienes unos ojos castaños llenos de brillo, cualquier chica estaría contenta si la miraras con ellos. Eres limpio, no bebes, no juegas, y escuchas a la gente. Si tuvieras algo de dinero para invertir, Billie te habría propuesto que fueras su socio en la gestión del Bosque de Calaveras. Sabíamos que cuidarías bien de estos árboles.

Robert no había oído nunca aquella idea, y no sabía cómo habría reaccionado si se lo hubieran propuesto.

—En cualquier caso, ahora ya es demasiado tarde. Aquí se queda Haynes, y Billie y yo nos vamos.

Nancy volvió a cerrar los ojos. Estaba claro que hablar le resultaba muy cansado, por lo que Robert tendría que esperar y permitirle reponer fuerzas. No le importaba: no estaba precisamente impaciente por oír hablar de Molly.

Nancy volvió a abrir los ojos.

—Así que me sorprendió mucho descubrir que sí tenías una mujer. ¿Por qué no nos habías dicho nada, Robert? Durante todo este tiempo, yo preocupada por ti cuando no tenía ninguna necesidad.

–Esto... –Robert no sabía bien cómo describir su relación con Molly de un modo que a Nancy le resultara satisfactorio–. No creía que fuera algo que te preocupara.

–Pues claro que me preocupa: me gusta saber si eres feliz, porque no siempre lo pareces, ¿sabes? Menos cuando estás entre árboles. En compañía de gente, con Billie, incluso conmigo, no dices gran cosa. ¡Pero si hasta ahora ni siquiera sabía que habías estado en Indiana! Yo esperaba que supieras que, si querías, podías contarme cosas.

–Lo... Lo sé. –Robert notó que se le hacía un nudo en el pecho, como cuando Molly le hacía demasiadas preguntas–. Es que no pienso mucho en el pasado.

Nancy podría haberle preguntado por qué, pero al parecer tenía la sensación de que ya lo había presionado bastante, así que se limitó a añadir:

–O sea, que cuando decías que te ibas a recolectar árboles, ¿en realidad estabas con ella?

–No –protestó Robert–. Casi siempre es verdad que estoy recolectando árboles. A ella la visito solo de vez en cuando.

–Claro.

Nancy sonrió una vez más. Era evidente que no se lo creía.

–¿Cuándo la viste?

–Ayer. Vino a visitarme. Se sentó exactamente donde tú estás sentado ahora.

Robert se sonrojó y se rascó la cabeza. Le costaba imaginar a Molly ahí, con sus curvas y su risa y su desesperación. La habitación era demasiado pequeña. También se sentía algo avergonzado, y se sentía culpable por sentirse avergonzado, porque era una falta de respeto hacia Molly. Ojalá pudiera salir de aquel dormitorio caluroso, de aire viciado, pero no podía dejar así a Nancy.

–¿Y qué te contó? –le preguntó.

–No gran cosa... No hacía falta. Quiere verte, claro. Qué suerte que hayas aparecido precisamente ahora.

–¿Dónde está?

–Le dije que no sabía cuándo te pasarías por aquí, y que sería mejor que tomara una habitación y esperara, que intentaríamos enviarte aviso, porque se trata de algo urgente. Me dijo que no podía permitírselo, así que la invité a quedarse descansando uno o dos días, y que después alguien la llevaría a Murphys, donde hay más alojamiento, y más económico.

La mente de Robert se concentró en la palabra que tanto Billie como Nancy habían usado: «urgente». Solo se le ocurría una razón por la que, en ese caso, algo pudiera ser urgente.

–¿Y dónde... «descansa» ahora?

–En el pajar. Billie sabe dónde. Le dije que se mantuviera alejada de Haynes. A ese hombre no le importaría lo más mínimo echar a una mujer en su estado, como el posadero de Belén. Así que está medio escondida.

Nancy hablaba cada vez más despacio, vocalizando menos, porque estaba cansada, y Robert no estaba seguro de si había entendido bien. O sí lo había entendido y se negaba a admitirlo.

–¿A qué te refieres, Nancy?

Nancy tenía los ojos cerrados. Esperó con creciente impaciencia a que los abriera, pero esa vez parecía haberse quedado dormida del todo. Así que si quería confirmar el motivo de la llegada de Molly, Robert tendría que ir a su encuentro.

No estaba en el pajar. A Robert no le sorprendió: ahí dentro el calor era bochornoso. Molly tampoco estaba en el establo, admirando los caballos, como a veces le gustaba hacer en French Creek. No estaba en el porche, haciéndose pasar por visitante, tomándose un café. No estaba en el salón, ni en la bolera, ni en el Gran Tocón, ni en la cocina, charlando con los cocineros.

Regresó al pajar para asegurarse de que no hubiera vuelto mientras la buscaba en otros sitios. Ahí se encontró con un peón joven que amontonaba paja en una carretilla para llevársela a los caballos.

−¿Está buscando a la señora? −le preguntó el muchacho−. ¿A la que está así? −aclaró, haciendo con una mano el gesto que Robert había temido desde que Billie y Nancy Lapham le habían sonreído de aquel modo: la inequívoca curva de un vientre hinchado por un embarazo.

−¿Sabes dónde está?

−Estaba aquí, pero ha ido a ver los árboles. −El chico sonrió mientras Robert se volvía y salía apresuradamente a tomar el aire.

Él nunca le había preguntado a Molly nada sobre hijos. De hecho, desde aquellas primeras noches que habían pasado juntos, nunca le había preguntado gran cosa sobre ella. Que él supiera, no tenía ningún hijo. Pero ella tampoco le había pedido que se retirara antes, ni que se pusiera nada en la verga. Él sabía que había mujeres que hacían cosas para impedir tener hijos, cosas que incluían baños calientes, o vinagre y mostaza, o visitas a médicos. Eran cosas de mujeres por las que él no preguntaba, ni sentía que tuviera que conocer.

Si estaba tan hinchada como daba a entender el gesto de aquel peón, ya debía de estar embarazada la última vez que se habían visto, cuatro meses atrás. Molly no le había dicho nada, pero ahora Robert intentaba recordar cómo la había visto. ¿Tenía la barriga hinchada y dura como la piel de un tambor? ¿Sus pechos, ya de por sí generosos, se veían más grandes?

No lo recordaba. Sus visitas a la cama de Molly se confundían unas con otras hasta formar una larga sesión de carne sudorosa y sábanas arrugadas, de un alivio que apenas lograba saciar sus ganas, por más a menudo que la penetrara. Que un niño pudiera surgir de un placer tan caótico parecía improbable. Pero, claro, sus padres habían tenido diez hijos de esa misma manera. Meneó la cabeza, de pie, bajo el sol. Las secuoyas, a lo lejos, lanzaban sus destellos rojizos.

Se dirigió hacia ellas. Había un camino que serpenteaba entre los grandes árboles, abierto como una herida para mayor comodidad de los visitantes, pero Robert lo ignoró, porque caminar entre el sotobosque no le importaba. Además de crear ese camino, Billie Lapham y sus distintos socios también habían puesto nombre a algunos árboles, y los habían escrito en unos carteles que habían colgado de ellos. A los visitantes les gustaba, porque querían ser capaces de diferenciar unas secuoyas de otras y entenderlas. Así que ahí estaban los Dos Centinelas, a la entrada del Bosque de Calaveras. Cerca se alzaba el Árbol del Descubrimiento, el que vio el cazador de Murphys mientras perseguía un oso pardo: se trataba de la secuoya que había sido talada y sobre la que ahora habían construido la bolera. También estaban las Tres Gracias, un trío de preciosos árboles que se elevaban juntos. El Viejo Solterón, un árbol tosco. El Eremita, que crecía solo, separado del resto. Los Siameses, dos árboles que crecían a partir de un mismo tronco. El Árbol Quemado, caído y vaciado por dentro a causa de un rayo, de modo que una persona podía pasar a través de él montada a caballo. Robert detestaba aquellos carteles, detestaba aquellos nombres. Alguna vez se le había pasado por la cabeza robarlos y quemarlos, pero sabía que colocarían otros.

Otra secuoya caída se había partido en dos en su descenso, y algunas de sus partes se encontraban medio enterradas. Billie Lapham había medido aquellas partes y calculaba que ese árbol era el más grande de todo el bosque, pues había alcanzado los ciento veinte metros de altura. A Robert le parecía que se trataba de una estimación exagerada, pero Billie Lapham defendía sus mediciones, y le había puesto el nombre de Padre del Bosque. Cada vez que lo veía, Robert se acordaba de su padre, razón por la que evitaba pasar cerca de allí.

También se mantenía alejado de la Madre del Bosque, que lo entristecía aún más, porque habían arrancado la corteza de los treinta primeros metros del tronco para enviarla a Nueva York, exhibirla y callar así a los escépticos que creían que eso de las secuoyas era un cuento. El tronco se veía desnudo, salvo por el andamio que aún lo revestía. Robert supuso que seguía ahí para mostrar a los visitantes cómo lo habían hecho. Si no era el motivo, no se le ocurría por qué iba Lapham a dejar ahí algo tan feo. Durante un par de años, la Madre del Bosque no parecía haber sufrido ningún perjuicio por el hecho de haber sido despojada de la corteza, pero hacía poco Robert se había dado cuenta de que empezaba a perder follaje. Se temía que acabara muriendo, tras centenares, tal vez miles de años libre del contacto humano. A Robert le caía bien Billie Lapham, pero no soportaba lo que él y sus socios habían hecho con el pretexto de promocionar los árboles del Bosque de Calaveras.

Había otros grupos familiares: la Madre y el Hijo, en el que un árbol era grande y el otro pequeño, y sus hojas se tocaban; el Marido y la Mujer, que se inclinaban el uno hacia el otro; las Tres Hermanas... Sin embargo, Robert no encontró a Molly en ninguno de aquellos árboles: la joven había optado por sentarse bajo uno de los Huérfanos, dos secuoyas que se alzaban en el extremo oriental del bosque, tan juntas y con las ramas tan entrelazadas que parecían haber crecido de la misma raíz.

Se la veía muy pequeña sentada bajo aquellos árboles gigantes, pero cuando reparó en él y se puso trabajosamente en pie, echándose a llorar al mismo tiempo, Robert se dio cuenta de que Nancy y Billie tenían razón sobre su estado: aquella mujer estaba a punto de dar a luz.

Aun así, se habían equivocado sobre algo muy importante. Se habían equivocado del todo. Aquella mujer no era Molly: era Martha.

Cuando reconoció a su hermana, dieciocho años después de haberla dejado escondida, subida a un manzano, una sonrisa se abrió paso en el rostro de Robert como una grieta en el yeso. Sonrió tanto que le dolió la cara y se dio cuenta de que no sonreía con una alegría tan pura desde que era niño.

Pantano Negro, Ohio

Otoño de 1838

¡Robert! ¡Tráeme un poco de agua fría!

–¡Martha! ¡Ve a buscar otra colcha!

James y Sadie Goodenough hablaban a la vez, y tuvieron que repetir sus palabras para que los entendieran. Estaban tendidos en la cama, la una al lado del otro, boca arriba. James se mantenía todo lo rígido que podía para contrarrestar los temblores que le sacudían el cuerpo. Así era como siempre se había enfrentado a la fiebre de los pantanos, luchando contra ella sin sucumbir a sus demandas. Si tenía frío, se negaba a cubrirse con mantas. Si le castañeteaban los dientes, se sujetaba con fuerza las mandíbulas. Su única concesión era el agua: si tenía sed, bebía, exigía agua fría recién sacada del pozo y no de la jarra que dejaban en el suelo, junto a la cama.

Como era de esperar, Sadie reaccionaba de manera muy distinta a la enfermedad: se recreaba en ella. Si tenía sed, se bebía toda la jarra hasta no dejar ni gota. Cuando tiritaba, la cama se movía tanto que a James le parecía que iba a caerse. Durante el pico de fiebre, deliraba y decía todo tipo de cosas incomprensibles: se reía, maldecía y mantenía conversaciones imaginarias, a veces con otros hombres, sobre cosas que a él lo avergonzaban. En ese momento tenía frío, y se frotaba los brazos con una fuerza innecesaria. Volviéndose en la cama, tiró de la colcha, se la quitó a James, y acto seguido gritó pidiendo otra.

Martha apareció cargada con la colcha de nueve retales y vaciló al llegar junto a la cama. En su rostro menudo se dibujaba la desconfianza, como siempre que estaba cerca de su madre.

–Todavía está húmeda de tu sudor, madre.

–¡Dámela!

Sadie le arrebató la colcha. Alguien llamaba en el piso de arriba y Martha subió por la escalera para ver qué querían.

James era menos expresivo. Aceptó la taza que Robert le alargaba y consiguió pronunciar apenas un «gracias, hijo», que contrastaba con la antipatía de Sadie. Robert lo observó mientras se bebía el agua y le recogió la taza; luego volvió a llenársela y la dejó en el suelo, a su alcance.

–¿Quieres algo más, padre?

–No. ¿Has dado de comer a los animales?

–Sí, padre.

–¿Cómo está el maíz? ¿Has entrado ya una parte?

–Mañana. El señor Day me ayudará ahora que el heno ya está dentro.

–¿Qué estás haciendo hoy? ¿Trabajas con Martha en el jardín?

–Sí. Vamos a encurtir pepinos y a cocer tomates. La señora Day dice que vendrá mañana a echar una mano.

–Los Day nos ayudan demasiado.

Robert se encogió de hombros. No podían hacer otra cosa: Nathan, Caleb y Sal también estaban enfermos. Uno de ellos se encontraba en el desván en ese mismo momento, pasando los temblores. Sobre sus cabezas, el techo se movía. Aquella era una de las ironías de la fiebre de los pantanos: que por lo general afectaba en el pico de la recolección, cuando hacían falta todas las manos. La cosecha estaba lista, pero la gente no, salvo Robert: con él se contaba para que hiciera la labor de un adulto, a pesar de tener apenas nueve años. Y Martha, sorprendentemente. Por lo general era la primera en sucumbir a la fiebre, y la última en volver a ponerse en pie.

—¿Has ido a ver cómo están las manzanas? —James no pudo evitar preguntarlo. Lo preguntaba todos los días—. ¿Estás seguro de que no están ya en su punto? Algunas de las de sidra ya podrían estar listas.

—No parece que lo estén, padre.

—Tráeme una. No, tráeme dos. Tráeme la más roja de las de sidra, y una Golden Pippin.

Robert suspiró, y James comprendió que estaba siendo un incordio. Su hijo tendría que apartar alguna valla para llegar a un manzano de Golden Pippin. Sabía que los frutos aún no estaban maduros, pero no podía evitar impacientarse.

Sadie asomó la cara entre los pliegues de la colcha.

—Deja de hablar de esas malditas manzanas —gruñó—. Si no estuviera en la cama, talaría yo misma esos árboles.

—Cállate. Te pones aún más idiota cuando estás enferma que cuando te emborrachas.

Ella le dio un puntapié a su marido, pero estaba tan débil que no surtió mucho efecto. James se arrimó al borde de la cama, aunque ahí seguía al alcance de sus patadas. Al oír el escándalo que uno de sus hijos estaba armando arriba —el castañetear de dientes, incontrolable—, estuvo a punto de echarse a temblar él también.

James y Sadie no habían pasado tanto tiempo juntos desde hacía meses. Tras su regreso de la reunión del campamento, en mayo, ella había evitado quedarse a solas con él, y se mantenía en silencio. Se dedicada a limpiar la casa, a trabajar en el jardín, e incluso se había empeñado en desbrozar una franja de tierra para plantar en ella patatas de invierno, algo que ya hacía años que le pedía a James. Él la había visto acercarse a los árboles –casi todos olmos, fresnos y robles– con un hacha, talarlos, cortar los troncos y las ramas, y amontonarlos para que se secaran y pudieran disponer así de leña. Todo aquello lo había hecho sola. Pero los tocones podían más que ella. Le dio hachazos a uno de ellos, hizo saltar algunos pedazos de madera, pero consiguió solo que lo que quedaba resultara más difícil de manejar, hasta que ya no pudo más y se dejó caer boca arriba junto al tocón, sudorosa, maldiciendo. James no dijo nada. Dolido aún por el comportamiento de su mujer en el campamento, se negó a ofrecerle ayuda o consejos. Sadie dejó en paz el resto de los tocones, que ahora formaban una hilera fea a lo largo del jardín cubierto de plantas trepadoras y zarzas.

Su nuevo arrebato de actividad coincidía, además, con una sobriedad insólita en ella, pues el licor de manzana se había terminado. Solo podía beber sidra, y así costaba emborracharse. Cuando se metía en la cama, de noche (el único momento en que estaban juntos, los dos solos), él ya no la buscaba. Dormían al lado, lo más lejos que podían el uno de la otra, castos como niños.

La fiebre de los pantanos volvió a sacar la peor cara de Sadie, aunque la dejó demasiado débil para actuar, por lo que debía recurrir a las palabras. A James no le quedaba más remedio que oír quejas interminables acompañadas de un torrente de maldiciones, así como retahílas de sonidos y palabras raras todas las tardes, cuando la fiebre subía más. Casi nada de lo que decía tenía sentido, pero con frecuencia soltaba nombres: los de sus hijos, el de John Chapman, los de sus familiares de Connecticut. A él, sin embargo, nunca lo nombraba. Nunca decía «James». Él no estaba seguro de si le habría gustado que pronunciara su nombre, pues los otros los acompañaba a menudo de maldiciones y murmullos, y prefería no saber qué pensaba de él en sus delirios. En realidad, ya lo sabía.

Mientras esperaba a que Robert le trajera las manzanas, se mantenía tumbado en la cama, moviéndose lo mínimo, y estudiaba las vigas del techo sobre su cabeza, con aquellas telarañas que las cubrían, una visión ya familiar gracias a las fiebres de los años anteriores. Cuando James había construido la cabaña, hacía ya nueve años, había usado troncos de pino para las paredes, mientras que el roble que había cortado en Perrysburg lo había reservado para los suelos y los techos. Su padre ya había usado madera de roble en Connecticut, y a James le gustaba la familiaridad de sus nudos, sus espirales, su textura densa. Más tarde descubrió que le habría ido mejor usar arce para los suelos, pues era más ligero, más flexible. Solo los ingleses usaban el roble para construir, y todo el mundo se burlaba de James por ello. «El inglés Goodenough», lo llamaron sus vecinos durante un tiempo, un sobrenombre que adoptó Sadie, aunque ella añadía algo de su cosecha y decía –en alusión al apellido de su esposo– que el inglés no era lo suficientemente bueno. Ahora él, sin embargo, se alegraba de tener la dura madera de roble sobre la cabeza.

Cerró los ojos un instante, y de pronto Robert ya estaba de vuelta con una Golden Pippin pequeña, amarilla y marrón, en una mano, y una manzana de sidra roja y verde en la otra (más verde que roja, a decir verdad). James cogió las manzanas y mordió la de sidra.

–No está madura. –Se la devolvió a Robert–. Dásela al cerdo.

La Golden Pippin tampoco lo estaba, evidentemente, o habría tenido una tonalidad más amarillenta. Pero James le dio un bocado de todos modos. Aún sabía amarga. Haría falta una semana, tal vez dos, hasta que pudieran recogerse. Para entonces, él ya se encontraría lo bastante bien como para dedicarse a la cosecha.

James se tendió y dejó caer la manzana sobre la cama. Sadie no tardó en sacarla de allí de un puntapié, y fue a parar a una esquina. Entonces empezó a balancearse hacia delante y hacia atrás y a vociferar, aunque aún era temprano, y por lo general no tenía fiebre a esas horas de la mañana. Se puso a gemir, a despotricar, a emitir sonidos, a moverse sin parar, y James oyó que gritaba: «¡Charles!». Sus contoneos, sus sonidos, eran inconfundibles. Cuando no tuvo duda de lo que estaba haciendo, se tapó las orejas con la almohada.

Lo castigué con su hermano Charlie. Yo no tenía fiebre, solo quería hacerle daño. Me había fijado en que me miraba mientras yo intentaba despejar de tocones la parcela, y él no había movido un dedo ni le había pedido a Caleb o a Nathan que me ayudaran, y ni siquiera me había contado qué era lo que estaba haciendo mal.

Yo necesitaba desesperadamente que las cosas mejoraran. Nadie me decía nada después del campamento. No me miraban a la cara ni me preguntaban cómo me iba, y me llenaban el plato sin preguntarme nada. Ni siquiera Sal, quien por lo general siempre tenía algún gesto de respeto por su madre. Era como si tuviera una enfermedad y todos se apartaran a mi paso.

Limpié la cabaña mejor de lo que la había limpiado nunca, fregoteé y barrí y quité hasta la última mota de polvo, retiré todas las telarañas, el moho, ventilé todo lo que podía ventilarse y volví a ventilarlo. Lavé toda la ropa para eliminar el barro, froté las botas y las dejé listas para el invierno. Arranqué las malas hierbas de todos los rincones del jardín, aparté las babosas de las lechugas, asusté a los pájaros y los conejos. Herví los tarros para dejarlos listos y que se pudieran preparar las conservas de verduras, y puse a secar las habichuelas en cuanto estuvieron listas.

Entonces se me ocurrió la idea de hacerme aquel huerto de patatas de invierno. Si las plantaba en otoño en una trinchera llena de abono y hojas muertas, crecerían incluso durante el invierno y estarían listas para comer antes, en primavera, que era cuando por lo general se nos acababa la comida. Mi padre ya lo hacía así en Connecticut. Se lo dije a James (una de las pocas cosas que le dije directamente) y su única respuesta fue «buena suerte». Caleb y Nathan y Robert me miraban mientras talaba los árboles, pero su padre debía de haberles dicho algo porque ninguno vino a ayudarme, aunque cuando Robert pasó por delante me susurró que afilara el hacha y me sería más fácil.

Cuando me empeñaba en hacer algo, nada me detenía. Así había sido siempre. Decidida. Mi madre decía que tenía mal genio, pero eso era porque me tenía envidia. Pero aquellos tocones..., de las pocas cosas en mi vida que me han derrotado. Yo no tenía ni idea de que los árboles tuvieran unas raíces tan fuertes, que se aferraran tanto a la tierra. Estaba claro que no tenían el menor interés en moverse. Me pasé un día entero intentando arrancar un tocón y solo conseguí sacar medio. Y aún quedaban otros veinte. Sudé como nunca y me dio el peor dolor de cabeza de mi vida, peor que el de la resaca. Tenía que sentarme cada pocos minutos porque estaba mareada, a punto de desmayarme, y veía puntitos negros delante de los ojos. A la mañana siguiente me levanté y supe que no podría volver a aquellos tocones, que si lo hacía me moriría seguro, más seguro que de las fiebres o de la picada de una serpiente de cascabel. Tenía que haber una manera de arrancarlos de allí, pero nadie me lo iba a decir, y yo era demasiado orgullosa para preguntar. Tal vez si John Chapman viniera, me lo diría, pero normalmente no nos visitaba en pleno verano. Así que dejé ahí los tocones, como si fueran una hilera de dientes cariados que no tenía más remedio que ver todos los días, cuando salía al huerto.

Ahora, en la cama con James, los dos teníamos los temblores, y yo me vengaba de él. No hay muchas maneras de librar una guerra cuando se está con fiebre, pero a mí se me ocurrió una: fingí que la fiebre era peor de lo que era, y empecé a soltar nombres, casi todos nombres de mi pasado, pero entonces me concentré en el de Charlie Goodenough, y no dejaba de repetirlo. Arrugué la colcha, me la metí entre las piernas y empecé a montarla y a gritar «Charlie, Charlie, dame, dame bien». Y la verdad es que, con fiebre y todo, me gustaba. Podría haber seguido con aquellas embestidas mucho rato. James susurró algo y se tapó las orejas con la almohada, y yo me eché a reír. Esto por los tocones, me dije. Esto por preocuparte más por tus manzanas que por tu mujer.

James dio gracias de que los contoneos de Sadie hubieran terminado y de que estuviera durmiendo cuando Hattie Day vino a ayudar a los chicos a preparar las verduras. Lo primero que hizo su vecina cuando llegó fue tender una cuerda de una punta a otra de la habitación y colgar en ella las colchas que Sadie había echado al suelo, para que Sadie y él quedaran separados de la cocina.

—A callar —dijo cuando James protestó débilmente—. No hace falta que nos veáis, y nosotros no tenemos por qué veros mientras trabajamos.

Lo dijo con tal convicción que él no intentó discutírselo. Sabía que Sadie sí lo habría hecho de estar despierta, y estuvo tentado de darle un codazo. Pero no lo hizo, y se quedó ahí tumbado, concentrado en la eficacia de la señora Day, al otro lado de la colcha.

Se pusieron a freír tomates y a encurtir huevos. Por lo general a los Goodenough no les hacía falta encurtir los huevos, porque comían los que producían a diario sus gallinas. Pero ahora que todos los miembros de la familia menos dos llevaban más de una semana enfermos y no bebían más que agua, los huevos empezaban a pudrirse. Hattie Day declaró que no podían desperdiciarse, que los encurtiría antes que los pepinillos. Los puso a hervir juntos, al lado de una cazuela con agua salada y vinagre, y la casa no tardó en impregnarse de un olor penetrante. Después puso a los chicos a pelar los huevos mientras ella cortaba los tomates en trozos y los cocía, al tiempo que hervía y secaba los tarros.

Robert y Martha casi no decían nada, y si se sabía que estaban allí era por el chasquido de las cáscaras de huevo al romperse, que se alternaba con el entrechocar de los tarros y el golpeteo de la cuchara de madera en el canto del cazo. James sintió un deseo repentino de ver a sus hijos trabajando, inclinados sobre la mesa, pero no se atrevía a retirar la colcha porque temía la mirada que le dedicaría Hattie Day. Así que lo que hizo fue pasar un dedo por los cuadrados de la colcha, azules, amarillos, marrones. El que le quedaba más cerca de la cabeza era uno de seda verde, aprovechado de un vestido viejo de su madre, que llamaba la atención más que todos los demás retales.

–La salmuera está lista –oyó que decía Hattie Day–. ¿Habéis terminado de pelar los huevos?

–Sí, señora –respondió Robert.

–¿Los habéis metido en agua como os he enseñado para quitarles todos los restos de cáscara antes de meterlos en los tarros?

–Sí, señora.

–Está bien. ¿Qué sabores os gusta añadir? Al señor Day y a mí nos gustan solo con sal y pimienta, pero tal vez vuestra familia prefiere otros.

–Sal y pimienta está bien.

–Tráeme los granos de pimienta, Martha. Echa un puñadito en cada tarro. Así. Yo, a veces, echo una remolacha pequeña para teñir el agua de rosa y que queden más vistosos. No cambia el sabor de los huevos. ¿Queréis que lo haga con estos?

–¡No, no!

James se sobresaltó. Pensó que Sadie estaba dormida. Hablaba con voz ronca, por lo que no le salía con tanta fuerza como habría querido. Hattie Day no debió de oírla, pero sí oyó las palabras de Martha, que pronunció en voz baja.

–Normalmente dejamos el agua así, tal como está.

–La muy puta se está adueñando de mi cocina –murmuró Sadie.

–Déjala en paz... Solo intenta ayudar. Y sabes muy bien que nos hace mucha falta.

Pero en realidad James compartía el sentimiento de Sadie. Había algo demasiado hogareño en el hecho de que Hattie Day estuviera en su casa, diciendo a sus hijos lo que tenían que hacer. Lo peor de todo fue que dijo algo que él no oyó bien, algo seguido de un sonido que llevaba mucho tiempo sin oír: las risas de Robert y Martha. «Nunca se ríen cuando están conmigo», pensó.

Y ya tuve bastante. Lo del agua coloreada no me gustó nada, pero que hiciera reír a mis hijos era algo que no podía soportar.

Tuve que hacer acopio de todas mis fuerzas, pero me levanté de la cama y pasé al otro lado de la colcha colgada. ¡Lárgate de mi cocina!, grité. Fue todo lo que pude decir, porque entonces la colcha se me enredó entre las piernas y me caí al suelo y perdí el conocimiento.

Cuando lo recobré, volvía a estar en la cama, y James seguía a mi lado. La colcha estaba colgada una vez más, aunque con un gran siete en medio, que era por donde había tirado de ella, y la lana del relleno se salía más que antes. Tendría que pedirle a Martha que la arreglara: sus puntadas eran más rectas que las mías y que las de Sal.

Pedazo de estúpida, murmuró James al ver que yo abría los ojos. ¿Por qué has hecho eso? Pero mientras lo decía sonreía. Tendrías que haber visto la cara que ha puesto Hattie Day, añadió en voz muy baja para que los demás no lo oyeran. Como si un gato se le hubiera metido por dentro de la falda.

Yo ahogué una risita. ¿Cuándo se va a ir?, pregunté yo, no en voz alta, pero tampoco baja. No me importaba que me oyera.

Cállate ya. Está siendo buena vecina. Cuando estemos bien y nos levantemos, ya no necesitaremos su ayuda.

En ese momento entró Martha con una taza de agua fresca y me ayudó a bebérmela. La miré a la cara y la vi tan cansada que sentí un dolor en el pecho. Pero no se me ocurrió nada que decirle salvo: ¿No se te irán a pegar esos tomates? Creo que huelen a quemado. Y ella se fue corriendo a ver. Notaba que James me miraba y no quería que me mirara, así que me giré e hice ver que dormía. Para mí era una tortura tener que oír a aquella puta mandando a mis hijos, mangoneando en mi cocina, pero no dije nada y dejé que lo hiciera.

James fue el primero de los Goodenough en recuperarse lo bastante para salir de la cama. Al principio solo podía tambalearse por la cocina para llevarle agua a Sadie o sentarse a la mesa un rato. Pero al poco ya estaba recogiendo leña, tronco a tronco, del montón que tenían junto a la puerta. Por último ya pudo dejar de usar el orinal y salir a la letrina, aunque el pajar y el huerto seguían pareciéndole lejanísimos, porque se cansaba de dar dos pasos. Se alegraba de respirar aire puro y sentir el sol en la cara, pero a la vez le molestaba un poco, porque en sus primeras incursiones fuera de casa tenía todos los sentidos a flor de piel. La luz brillaba más, la brisa soplaba con más fuerza, y el crepitar de las hojas y de las ramas parecía más estridente, mientras que los edificios circundantes y los árboles se recortaban con más precisión contra el cielo.

Aunque a primera hora de la tarde calentaba más, el sol era ya apenas un gajo que emitía un calor dorado, no blanco. Septiembre siempre le parecía a James un punto de inflexión, el momento en que la facilidad del verano debía sustituirse por el trabajo duro, por un esfuerzo suplementario para sobrevivir al invierno. Era cuestión de medidas: ¿había suficiente avena, maíz y heno para alimentar a los animales el resto del año? ¿Estaba el cerdo lo bastante engordado para que pudieran matarlo pronto? ¿Había producido lo bastante el huerto para que los Goodenough llegaran a la siguiente cosecha? No se quedaba tranquilo hasta que el granero estaba lleno, hasta que la despensa estaba llena, hasta que la bodega estaba llena. Y no siempre estaban llenas al terminar la recolección. El Pantano Negro era una tierra cambiante: demasiado húmeda o demasiado seca; demasiado podrida, demasiado muerta. Era demasiado impredecible para garantizar buenas cosechas.

Cuando pudo caminar un poco más, eran muchas las cosas que tenía que poner al día. Debía ir a los establos a ver cómo estaban los animales y comprobar si John Day les había llevado bastante heno, y también al huerto de la cocina. Había que poner a secar el último maíz, y aunque aún no pudiera ayudar, tenía al menos que inspeccionar los campos.

Sí, James tendría que haberse preocupado por el maíz, las verduras y los cerdos. En eso debería haber concentrado las pocas energías que tenía. Pero lo que hizo fue ir a ver sus manzanos: se detuvo dos veces a descansar, y su hijo menor fue a su encuentro a mitad del camino.

Para James, el huerto de los manzanos se encontraba en su clímax al llegar septiembre. El ciclo completo del árbol –la savia, las hojas, las flores–, culminaba en el fruto. De pie en la linde del huerto con Robert, contemplando los manzanos de los Goodenough, James vio un campo lleno de árboles cargados de manzanas con las que podría alimentar a su familia meses enteros. Sabía que uno no podía subsistir solo a base de fruta, pero si fuera posible, él se conformaría comiendo manzanas todos los días, y nada más.

Las manzanas, en su mayoría, no estaban aún listas. Habían alcanzado el tamaño adecuado, pero aún estaban verdes, con alguna mancha roja aquí y allá. A James le gustaban más en ese momento, antes de que pudieran comerse, cuando colgaban de los árboles y prometían mucho. Era como encontrar esposa pero no casarse con ella aún, como desearla y no saber nada sobre su temperamento, ni su pereza ni sus ganas de estar con otros hombres. Tal vez aquellas manzanas acabaran pasadas, picadas de gusanos, arrancadas por el viento, buenas solo para hacer compota..., pero todavía no. Allí, en los árboles, eran perfectas.

Los tres árboles de Golden Pippin estaban especialmente cargados de manzanas, y de los quince árboles que Robert y él habían injertado en primavera, doce tenían ya hojas y crecían con brío. Las vallas protectoras, con sus estacas puntiagudas, habían aguantado todo el verano y habían mantenido alejados a los ciervos, y a Sadie. En dos o tres años producirían manzanas dulces.

Las quince plántulas que John Chapman les había traído esa primavera crecían en su pequeño vivero particular y dentro de un año ya podrían trasplantarse, en cuanto James hubiera desbrozado para ellas una porción de terreno. Se ocuparía de ello cuando terminara la recolección, antes de que la tierra se helara.

–Parece que alcanzaremos una producción de cincuenta árboles dentro de un par de años –comentó, consciente de que era algo que ya había dicho otras veces. Pero en esa ocasión lo creía de veras.

Robert asintió.

–Eso está bien, papá.

–Sí. Entonces sí que estaremos bien asentados. De acuerdo, vamos a darles a estas una semana más.

Al día siguiente, James se sintió lo bastante bien como para ponerse a trabajar, aunque debía hacer pausas a menudo. A veces el corazón le latía deprisa, como el de un pájaro, e iba a sentarse a la sombra de un olmo, junto al campo del que Robert y él sacaban el maíz. Caleb no tardó mucho en poder unirse a ellos, y después lo hizo Nathan. Sadie y Sal fueron las últimas en levantarse de la cama, dejando a Martha con casi todas las tareas de la casa y la cocina. La pobre estaba cada vez más demacrada: tenía unas ojeras muy oscuras, y una arruga vertical muy profunda entre las cejas, algo que no era nada normal en una muchacha tan joven.

Una tarde, James regresó del pajar y se encontró a Sadie sentada en el banco, junto a la puerta, fumando una pipa y tomando los últimos rayos de sol. Parecía tranquila, descansada, sin rastro ya de la fiebre. No tenía ojeras, ni el ceño fruncido.

–¿Por qué no estás ayudando a Martha? –le preguntó–. Ella ya ha hecho mucho ayudándonos a todos.

Sadie apoyó la espalda en la casa, con la pipa entre los dientes.

–¿No es para eso para lo que tenemos hijos? ¿Para que nos hagan el trabajo?

James no vaciló siquiera antes de abofetear a su mujer. La pipa le saltó de la boca y fue a parar sobre un parterre de hierba seca. James se acercó enseguida a pisarlo, para que no se incendiara. Cuando se volvió, Sadie ya no estaba.

Entró en casa y vio que no estaba ayudando a Martha. La oía en el desván: se estaba metiendo en la cama. Martha no levantó la vista de las tortitas de maíz que en ese momento estaba friendo y James se alegró, porque no quería verla con el ceño fruncido.

Ya me fue bien que me pegara. Nunca me sentía cómoda cuando James y yo nos llevábamos bien. Tener una enemiga común como Hattie Day lo confundía todo, nos colocaba en el mismo bando, y aquello no estaba bien. James no había estado en mi mismo bando desde Connecticut. Y tal vez ni siquiera entonces lo estuviera.

Al final me aburrí de hacer ver que estaba enferma. Hice que Sal también se levantara, para no tener que enfrentarme sola al ratón de la cocina. Porque no soportaba la manera que tenía Martha de hacerme sentir la peor madre del mundo sin decir ni una sola palabra. Aunque la verdad es que seguramente yo era la peor madre del mundo.

Al principio me sentía débil como una muñeca de trapo, y por eso hacía las tareas sentada a la mesa, y dejaba que Martha cargara con las cosas de peso y cocinara. Por eso tardé unos días en ver el tarro de los huevos encurtidos. Pero entonces, un día, entré en la despensa a coger unos pepinillos para servirlos con pan, queso, lechuga y tomates. Había tres tarros de huevos encurtidos en el estante, y uno de ellos estaba teñido de rosa. Lo saqué de allí y lo dejé en la mesa.

¿Qué es esto?, le dije al ratón.

Martha estaba remendando la colcha de nueve retales y alzó la vista temerosa, como siempre.

Huevos encurtidos.

Ya sé qué son. ¿Por qué son de color rosa?

Martha carraspeó, como si al hacerlo fuera a salirle una respuesta distinta.

Por la remolacha que la señora Day metió dentro para que se colorearan, dijo.

Te dije que no quería el agua coloreada. Sé que me oíste decirlo.

Martha ni siquiera gimoteó. Intentó volver a su costura, pero las manos le temblaban tanto que no conseguía sostener la aguja. Así que la dejó y se pasó el pelo por detrás de las orejas.

¡No te toques el pelo, maldita sea! ¿Por qué desobedeciste lo que dije?

Lo siento, madre, dijo en voz tan baja que parecía casi un canturreo.

Nada de lo siento. A ti la señora Day te gusta más que yo, ¿verdad?

No, madre.

¿Querrías que Hattie Day fuera tu madre?

No, madre.

Pues a mí me parece que sí. A lo mejor tendría que enviarte allí ahora mismo y todos contentos. Que te ponga uno de sus sombreros de paja. A ti te encantaría, ¿verdad?

No, madre.

La expresión de su rostro era digna de ver.

Entonces, ¿por qué lo hiciste cuando sabías que yo no quería que metierais los huevos en agua coloreada?

Martha tardó un rato en responder. Y cuando lo hizo no la oí bien.

¿Qué has dicho?, le pregunté.

Me pareció que quedarían bonitos, susurró.

Para entonces ya estaba llorando.

¿Bonitos?, me eché a reír. ¿Es que no crees que esto es lo bastante bonito? ¿No te parece bonito?

Señalé la colcha de retales que sostenía en el regazo. Martha llevaba un buen rato remendando el siete, pero seguía sin verse bien.

¿Y mi cara qué?, añadí. ¿No es lo bastante bonita para ti? ¿Ni la de Sal? Ella es la guapa de la familia.

Martha levantó una esquina de la colcha para secarse las lágrimas.

Yo ya no dije nada más y seguí preparando la cena en la mesa. Pero, al pasar, le di un codazo al tarro de los huevos, que se cayó y se rompió.

Vaya, será mejor que limpies todo este desastre, le dije. Porque yo no lo voy a hacer, que te quede claro.

Cuando terminaron de poner el maíz a secar, las manzanas ya estaban listas (menos las de los tres árboles de Golden Pippin, que iban a necesitar unos días más). James contaba con Robert, Martha y Sal para que lo ayudaran con la recolección, mientras que Caleb cavaba en el huerto y plantaba cebollas y repollos. Nathan estaba otra vez en cama con fiebre.

La enfermedad había aplacado a Sal, hasta el punto de que la convivencia en el huerto era pacífica. Con un saco atado a un cinturón, Robert se subía a los árboles y recogía las manzanas de sidra más difíciles de alcanzar, mientras que Martha se dedicaba a las que quedaban más cerca del suelo. Sal, por su parte, recogía las que el viento había arrojado al suelo: ya estaban picadas, y las usarían para hacer sidra, de modo que no importaba que no las manipulara con cuidado. James les recordó a Robert y a Martha que debían dar medio giro a las manzanas para que se soltaran por el rabo, sin llevarse parte de la rama. También era importante que el rabo quedara en su sitio, porque si no, por ese agujero podía entrar la humedad y podían pudrirse. Además, debían meter las manzanas con cuidado en los sacos para que no se macaran. Casi todas las manzanas ácidas se pondrían enseguida a secar, o bien se usarían para cocinar o para hacer sidra y, por tanto, no importaba que se dieran golpes, pero James seguía siendo un perfeccionista y estaba decidido a mantener sus manzanas impecables. Separaba del resto las caídas, y pedía a sus hijos que vaciaran los sacos muy despacio en la carretilla, para evitar golpes. Él mismo las llevaba a casa. Las de mesa las colocaba en cajas una a una, y las metía en la bodega. Las caídas las metían en barriles y las dejaban fuera para que las llevaran a Port Clinton, donde se convertirían en sidra.

Le llevó una carretilla llena de manzanas ácidas a Sadie. Ella estaba ocupada preparando el pan mientras los últimos tomates del huerto se cocían en los fogones.

—Hoy el sol está muy fuerte —observó James—. Ya puedes empezar a secar aros de manzana. ¿Quieres que te envíe a Sal a ayudarte? Está recogiendo las del suelo, y no pasará nada si se quedan ahí uno o dos días más.

—No me digas cómo tengo que llevar la casa —murmuró Sadie. Estaba trabajando la masa, pellizcándola y golpeándola con fuerza.

Aquella superficie le recordó a James la carne suave y blanda de las nalgas de su esposa, cuando estaban recién casados. Para su sorpresa, el recuerdo se la puso dura, y tuvo que darse media vuelta para que ella no lo viera mientras descargaba las manzanas.

De todos modos envió a Sal a ayudar a Sadie, mientras Martha, Robert y él se quedaban en el huerto para terminar de recoger y almacenar las manzanas. Cada vez que volvía a casa con la carretilla llena, se fijaba en los progresos de Sadie y Sal. A media tarde ya habían cortado docenas de manzanas y extendido los aros sobre la colcha de nueve retales para que se secaran al sol. Pero no le pasó por alto que no les habían quitado el corazón, es decir, que en realidad no eran aros sino rodajas, con sus semillas y su centro duro formando estrellas.

Cuando terminaron de recoger todos los frutos de una hilera de manzanos, Robert lo celebró subiéndose al más alto de todo el huerto, uno de sidra que James había plantado junto a los Golden Pippin el primer año y que ya medía casi cuatro metros. Martha lo observaba, y James sintió lástima por ella. Aunque sus días de trepar a los árboles habían pasado hacía mucho, James aún recordaba la libertad de estar ahí arriba, entre ramas, balanceándose, con el sol en la cara.

—Sube.

Por un momento, a James le pareció que Robert se lo decía a él.

—No sé cómo hacerlo –dijo Martha debajo del árbol, con la cara vuelta hacia su hermano.

—Apoya el pie derecho en esa rama baja, y la mano izquierda en esa otra que tienes arriba, y te subes, y entonces pones el pie izquierdo en la siguiente rama.

Martha vaciló, y Robert le dijo:

—Eres más fuerte de lo que crees.

Aquello pareció espolearla. Ante la mirada atenta de James, su hija hizo lo que le había indicado Robert, y permaneció en esa posición como evaluando su propio atrevimiento. Entonces apretó mucho los dientes y levantó un pie del suelo.

—Muy bien, ahora levanta la mano derecha y agarra la rama, y a continuación sube el pie izquierdo tanto como puedas.

Robert iba indicando a Martha los pasos que debía dar, y ella se elevaba más y más del suelo. James resistió la tentación de acercarse y ponerse debajo del árbol, porque de haberlo hecho ella se habría asustado y habría podido soltarse. Además, aquello era cosa de los dos, su juego, y él no estaba invitado.

Al final Martha llegó a una bifurcación del árbol. Robert quedaba un poco por encima de ella. Los dos sonreían, y ella columpiaba las piernas hacia delante y hacia atrás y se puso a tararear: *Blest Be the Tie That Binds*.

James no quería interrumpir ese momento de placer, y buscó el suyo propio alejándose de la valla protectora y cogiendo una Golden Pippin.

—Bajad a probar esta –dijo.

Robert indicó a Martha cómo debía bajar, y entre los tres compartieron la manzana. James asentía mientras la saboreaba. Las Golden Pippin estaban casi listas.

Al final de la jornada, cuando volvieron a casa, tenían las mejillas coloradas y los ojos brillantes, como si padecieran de nuevo la fiebre de los pantanos. Pero no estaban enfermos, sino contentos. La casa olía a la jalea de manzana que Sadie preparaba con algunas de las manzanas ácidas. Ya habían entrado en casa los aros de manzana para que terminaran de secarse dentro por la noche. James debería haber mantenido la boca cerrada, no haber comentado que habría sido mejor quitarles el carozo antes. Tendría que haber mantenido la paz, protegido esa alegría tan excepcional que compartía con sus hijos. Pero no pudo evitarlo: Sadie era única a la hora de dejar su sello en todas las cosas, incluso en los aros de manzana.

–¿No has encontrado el descorazonador? –le preguntó.

Sadie estaba vertiendo la jalea de manzana en tarros y no le hizo caso.

–Sadie –dijo James.

Ella no alzó la vista.

–¿Qué?

Agitó el brazo, y un cucharón lleno de jalea caliente rebotó en la mesa y lo salpicó todo. James dio un paso atrás para no quemarse.

–¿Por qué no les has quitado el corazón a las manzanas antes de hacer los aros? Con las semillas, no sabrán dulces, sabrán amargos.

–Lo he hecho por Martha. –Sadie miró de soslayo a su hija–. Le gustan tanto las cosas bonitas ahora que Hattie Day ha estado por aquí que me ha parecido que le gustarían más con estrellitas dentro, aunque no queden tan dulces. A ti te gustan las estrellas, ¿no, niña?

Martha agachó la cabeza, como intentando esquivar la atención repentina de su madre.

–Pues a las próximas les quitas el corazón –dijo James, consciente, mientras lo decía, de que era inútil dar órdenes a Sadie. De hecho, tal vez la animara a hacer justo lo contrario, y entonces él tendría que reaccionar a su desobediencia deliberada, que era lo que ella quería. Y así seguiría su rencilla eterna, seguramente el resto de su vida. La mera idea lo agotaba.

No hubo tiempo de saber cómo habría reaccionado, porque en ese preciso instante oyeron el silbido inconfundible de John Chapman.

–¡John Appleseed!

Sadie dejó el cucharón en el cazo de jalea y se acercó corriendo a la puerta. Con ningún miembro de su familia se mostraba tan efusiva como con John Chapman. James sabía que debería darle igual: era comprensible que si veía a alguien solo dos o tres veces al año, uno se alegrara más que con alguien a quien veía todos los días. Aun así, apretó mucho los dientes y tuvo que esforzarse por saludarlo con alegría cuando John Chapman entró en casa siguiendo a Sadie, que llevaba una botella de aguardiente de manzana en cada mano.

–¡Siéntate, John! –dijo ella en voz muy alta–. ¡En la mecedora, junto al fuego! Todavía no hace mucho frío, pero tú no pasas demasiado tiempo a cubierto, así que necesitarás entrar en calor. Toma, cómete un plato de jalea de manzana, acabo de prepararla. Como si supiera que ibas a venir.

Sadie guardó las botellas de aguardiente con el cuidado que James reservaba a las manzanas dulces, y acto seguido sirvió un cucharón de jalea en un cuenco. En su afán por agradarlo, le tendió el cuenco tan deprisa que parte de la compota, espesa y caliente, se salió del borde y cayó en el suelo.

–No te preocupes. –Sadie se arrodilló para limpiarla con el delantal–. Ya está. ¿Quieres un poco de nata? ¡Martha! ¡Tráele nata al señor Chapman!

–No, no hace falta. –John Chapman le refrescó la memoria–. Recordarás que no como animales, ni nada que salga de ellos.

–Déjalo, Martha, qué niña más tonta. ¿No has oído al señor?

Martha permaneció atónita junto a la cocina, con la jarra de nata en la mano, como si en cualquier momento pudiera dejarla caer. Robert se acercó a ella, le recogió la jarra y la dejó en su sitio.

¿Hace solo cinco minutos, pensó James, estábamos contentos con las manzanas?

Pero John Chapman le dedicó una sonrisa a Martha, y ella se la devolvió con gesto débil. El hombre se veía tan desastrado como siempre, descalzo, con el pelo largo y un saco de café a modo de camisa.

–Me alegro de ver que ya habéis recogido las manzanas. –Señaló con la cabeza las rodajas puestas a secar–. ¿Buena cosecha este año?

James hizo ademán de responder, pero Sadie se adelantó.

–Ah, sí, ha sido la mejor temporada. Más manzanas que nunca. Tendremos muchas para hacer sidra y aguardiente, además de jalea y compota, y de las de secar.

–¿Y qué tal las Golden Pippin? –le preguntó Chapman a James.

James se incorporó un poco, agradeciendo la pregunta.

–Una buena cosecha. No son manzanas grandes, pero hay bastantes. Les estoy dando unos días más antes de recolectarlas. Pero hay una o dos que ya están maduras en la parte más alta del árbol. ¿Quieres probar una?

–Me gustaría. –John Chapman se apoyó en el respaldo y se balanceó.

–Robert, ve corriendo a traerle al señor Chapman una Golden Pippin que esté bien madura. O dos, si las encuentras.

Como había abundancia de Golden Pippin en ese momento, podía permitirse el lujo de ser generoso.

Toda la familia –incluido Nathan, que había ido a sentarse en lo alto de la escalera del desván al oír que llegaban visitas–

observó con atención a John Chapman mientras este le daba un primer bocado a la manzana que acababa de traerle Robert. Aunque no le cambió la expresión, movió la cabeza en señal de asentimiento.

–Tiene ese sabor sorprendente, sí. ¿A piña, dijiste que era?

–Así lo describía mi padre –respondió James–. Aunque yo personalmente nunca he probado una piña. También sabe un poco a pinaza. Todavía está algo áspera, porque acabamos de sacarla del árbol. Con el tiempo se suaviza. Toma esta otra –le dijo, alargándole otra Golden Pippin–. Guárdala hasta Navidad. Para entonces será dulce como la miel.

–¡Ya basta de manzanas! –exclamó Sadie, claramente molesta por el hecho de que John Chapman no le dedicara a ella toda su atención–. Toma un poco de aguardiente. Ahora ya es tarde para que sea medicinal, ya hemos pasado las fiebres, pero igualmente lo recibimos con gusto.

Retiró el tapón de corcho de una de las botellas y echó sendos chorritos en dos tazas.

John Chapman se guardó la Golden Pippin.

–Gracias, Sadie, pero de momento beberé solo agua. Quiero conservar un poco más el sabor de esa manzana.

Sadie se encogió de hombros y se tomó de un trago el aguardiente de una taza, y a continuación el de la otra.

–Martha, trae al señor un vaso de agua fresca.

Le lanzó una de las tazas deslizándola sobre la mesa. Su hija intentó atraparla, pero se cayó al suelo con estrépito.

Después de la cena, John Chapman me puso al día de las novedades. Todos desaparecieron y se metieron en la cama, o salie-

ron al pajar; unos maleducados, aunque por mí mejor porque
así lo tenía para mí sola. James y él se habían pasado casi toda
la cena hablando de manzanas, y yo ya no podía más. Después
de tantos años, ¿qué más se puede decir sobre los manzanos?
Por suerte el aguardiente me quitó el mal humor. Era bueno,
fuerte. Bebí poco, porque aún faltaban dos meses para que empezara el frío y pudiéramos hacer más.

Dejé que John Chapman siguiera hablando de Dios hasta
que ya era muy tarde: el fuego era apenas un montón de brasas, las velas se habían apagado y todos dormían ya. Él seguía
hablando de la necesidad de hacer un inventario moral de la
vida que habíamos llevado hasta ahora. Yo no entendí a qué se
refería. Me gustaba oírlo hablar, pero nunca me emocionaba
tanto como aquellos predicadores de los campamentos. Intenté no pensar en el último campamento, pero, claro, una vez que
me vino a la mente, ya no pude evitarlo.

John Chapman dejó de hablar y me miró con cara rara.

¿Estás bien, Sadie? Te has puesto colorada. ¿El aguardiente
es demasiado fuerte para ti?

No, no, no es eso, dije. No quería contarle que mi familia me
había abandonado en el campamento. ¿Alguna vez has querido ser otra persona?, le pregunté.

¿Qué quieres decir?

¿No te apetece alguna vez montarte en tu canoa y largarte?

John Chapman sonrió.

Pero es que eso es lo que hago. Constantemente.

Pues eso es lo que yo quiero hacer, también. Tal vez podría
irme contigo.

Solo tengo sitio para mí y para mis árboles, Sadie. Ya sabes
que voy solo.

Había sitio. Tenía una canoa entera solo para sus árboles.
Allí había sitio para mí.

Malditos árboles, murmuré.

¿Qué es lo que te molesta de los árboles?

Lo pensé durante unos momentos. No muchos, porque era algo que ya me había planteado antes.

Yo te diré qué es lo que me molesta, le dije. Cuando vinimos de Connecticut James se trajo ramas de sus malditas Golden Pippin y las plantó aquí. Las clavó en los árboles que le vendiste y fue algo mágico, porque tres de ellas crecieron y siguen creciendo tan bien como cualquier otro árbol. Como si siempre hubieran estado aquí.

¿Y eso a ti por qué te afecta?

No me afecta, le dije. Pero sí me afectaba, y John Chapman lo sabía. Es solo que..., bueno, a esos árboles les va mejor en el Pantano Negro que a mí. Ellos sí se han acostumbrado a este sitio. ¡Y son solo árboles!

John Chapman no dijo nada, pero me observó fijamente.

Se supone que los árboles no se mueven, pero a estos los mueven y van y crecen bien, añadí.

¡Sadie, los árboles se mueven constantemente! Mi negocio consiste en mover árboles. Voy a Pensilvania en invierno, recojo sacos de semillas de un molino de sidra. Después los llevo y se los entrego a alguien, y otros los planto en mis viveros. Uno o dos años después descalzo esas plántulas y las vendo a gente en Ohio, y también voy a Indiana. Y crecen bien. De las mejores manzanas del país, la mayoría ha venido de otras partes..., generalmente de Europa. Si lo piensas bien, al principio todos los árboles se mueven. La semilla tiene que ir a caer lejos de su madre para crecer, si no queda bajo su sombra y no se desarrolla. Los pájaros pueden llevar las simientes a kilómetros de distancia en sus barrigas, incluso a centenares de kilómetros, y entonces las cagan y el árbol crece donde cae, sin problemas. Tú ya sabes que yo no creo en los injertos que hace tu marido.

Pero debo admitir que impresiona que la rama de un manzano de Connecticut se haya convertido en un árbol en Ohio. Y ese árbol vino a su vez de una rama de Inglaterra.

Bueno, es que los árboles son lo mejor del mundo, ¿no?, dije. Supongo que son mejores que las personas.

Me levanté y empecé a echar ceniza sobre las brasas para ahogar el fuego.

John Chapman soltó una risita.

De hecho, los árboles son despiadados. Luchan entre ellos por la luz, por el agua, por todas las cosas buenas que hay en la tierra. Sobreviven solo cuando tienen suficiente espacio entre ellos. ¿Te has fijado en que tu marido deja una separación entre unos manzanos y otros? Cuanto más juntos se plantan, menos frutos dan. ¿Ves todos los vástagos que crecen en los bosques? En su mayoría no se desarrollan. Crece uno solo y mata a todos los demás. Lo de ahí fuera es un campo de batalla.

Lo miré.

Lo de aquí dentro también.

Yo solo hablo de árboles. No soy experto en personas.

Hora de acostarse. Aquí está tu ropa de cama.

Cogí la colcha de nueve retales que estaba extendida en el suelo con los aros de manzana y se la di. No me importó que los aros salieran disparados, y tampoco los recogí.

A la mañana siguiente, John Chapman ya no estaba, y los aros de manzana estaban extendidos sobre una sábana, en filas ordenadas. No pregunté quién lo había hecho.

Todos los días James iba a ver cómo seguían las Golden Pippin y les pasaba el dedo por la piel para notar si cedían ligeramente, lo que indicaba que ya estaban maduras. Robert lo acompañaba a menudo a inspeccionar la fruta, y a veces también lo hacía Martha. Ahora que ya sabía trepar a los árboles, le gustaba subirse en el manzano más grande y sentarse entre las dos ramas, sonriente.

Durante aquellos últimos días, mientras esperaban a que maduraran las Golden Pippin, Sadie se emborrachaba más. No había tomado aguardiente de manzana desde mayo, y empezó a beberlo como si fuera agua o café. El que había traído John Chapman era especialmente fuerte, y dos tazas le bastaban para embriagarse. Por suerte la botella se vaciaría pronto. John Chapman se había llevado a Port Clinton, en su canoa, dos barriles de manzanas caídas. En cuanto regresara con la sidra, al cabo de unos días, James se aseguraría de que no trajera más aguardiente. Y cuando Sadie se hiciera el suyo, él se lo aguaría en secreto, como hacía casi siempre.

El aguardiente de manzana se terminó el mismo día en que las Golden Pippin estuvieron listas para la recolección. Aunque en realidad no los necesitaba, porque eran solo tres árboles, James pidió ayuda a Robert y a Martha. Primero retiraron y dejaron en un lado las estacas puntiagudas con las que habían construido las vallas protectoras. Después empezaron con las Golden Pippin más pequeñas. James se subía a la escalera para recoger las manzanas más altas mientras sus hijos recolectaban el resto. Cuando terminaron de llenar una carretilla, la llevaron a la casa, levantaron la puerta de la bodega y metieron las manzanas en cajas de madera. James se movía por aquel sótano oscuro mientras Robert se las iba pasando desde arriba. Sal estaba en la cocina, removiendo la nata para hacer mantequilla, y Sadie seguía en la cama, durmiendo la mona, o eso creía James. Al salir de la bodega, se volvió y vio que su mujer tenía los ojos abiertos y lo miraba, aunque sin moverse.

–¿Estás bien, Sadie? –le preguntó James para su propia sorpresa, porque nunca le preguntaba aquellas cosas: ya conocía la respuesta.

Sadie se limitó a mirarlo apretando mucho las comisuras de los labios. James no dijo nada más, pero agarró las asas de la carretilla y la empujó fuera, seguido por Robert. Los perseguía el insistente batir de la nata.

De nuevo en el huerto, ya casi habían terminado de recolectar los frutos del segundo árbol cuando apareció Sadie, avanzando hacia ellos con una especie de cojeo veloz, como si corriera pendiente abajo y no fuera capaz de detenerse. Al verla, a James se le encogió el estómago: el suyo era el paso de alguien dispuesto a crear problemas. Sadie se detuvo justo debajo de la escalera de mano a la que él estaba subido.

–¿Dónde está mi botella? –preguntó, pasándose las manos por los muslos, arriba y abajo.

–Está vacía... Te la terminaste ayer.

–No, seguro que tú la has vaciado.

–Ah, no, la vaciaste tú solita, ha sido cosa tuya. Pero no te preocupes. John Chapman volverá dentro de un día o dos con la sidra, y cuando haga frío ya podrás prepararte tu propio aguardiente.

James se volvió, ignorando su furia, y regresó a las manzanas. Notaba su mirada clavada en la espalda, casi como una presencia física. Entonces, de pronto, la presión desapareció y él se atrevió a mirar de nuevo hacia abajo. Sadie mantenía la vista fija en el tercer manzano de Golden Pippin, aún cargado de frutas. Era el mayor de los tres; Robert iba a tener que subirse a él para recoger las más altas. James se fijó en su mujer, que seguía concentrada en el árbol, alerta de la cabeza a los pies.

–Déjalo en paz, Sadie –le advirtió, consciente, en cuanto lo dijo, de que acababa de empeorar las cosas al darle una idea.

Robert y Martha dejaron de recolectar manzanas y miraron a su madre. Sadie se dio cuenta de que la miraban y soltó:

–Apartad de mí vuestros ojos de Goodenough.

Y a continuación se dio media vuelta y regresó a casa con aquel mismo paso sincopado.

James dejó escapar un suspiro.

–Muy bien, ya casi estamos.

Ya estaban cargando las últimas manzanas del segundo árbol en la carretilla cuando Sadie regresó.

–Padre –lo advirtió Robert en voz baja.

James alzó la vista. Sadie tenía un hacha en la mano. Apenas tuvo tiempo de abalanzarse sobre ella, tirando al suelo las manzanas amontonadas en la carretilla, antes de conseguir sujetarle el brazo con el que se disponía a atacar salvajemente el tercer manzano de Golden Pippin.

–¡Aparta tus malditas manos de mí! –gritó Sadie, revolviéndose y blandiendo el hacha–. ¡Os voy a matar a todos!

James dio un paso atrás.

–¿Qué te ha dado, mujer? Baja el hacha, vas a hacerte daño.

Por el rabillo del ojo vio que Martha se acercaba corriendo al manzano grande y se subía a él. Oyó ruidos a su espalda, pero no se atrevía a apartar los ojos de su mujer. Supuso que debía de ser Robert, que recogía del suelo las Golden Pippin caídas. Finalmente no pudo más y se volvió a mirar.

–No las pongas con las otras, podrían estar macadas. Déjalas aparte para comerlas ahora.

En realidad no habría hecho falta que se lo dijera: Robert sabía de manzanas.

Ese fue el error que Sadie había estado esperando. Se volvió al momento, se acercó al manzano, blandió con fuerza el hacha y la clavó en el tronco con un chasquido sordo. El filo se hundió profundamente en él, pero no lo cortó del todo.

–¡No! –gritó James.

Corrió hacia el árbol y sujetó a Sadie, que intentaba separar el hacha del tronco. Forcejearon, y, al chocar ambos contra el manzano, una lluvia de frutas cayó sobre el suelo. Aferrándose el uno al otro para mantenerse en pie, con el hacha entre los dos, tropezaron y fueron a caer sobre la pila de estacas pulcramente amontonadas, convirtiéndola en un montón de pinchos que sobresalían como púas de puercoespín.

Finalmente Sadie consiguió dar un cabezazo a James en la frente, y él retrocedió tambaleándose, dolorido. Mientras agitaba la cabeza para despejarse, entrevió tres imágenes de sus hijos: Sal llegaba corriendo desde la casa, con los brazos cruzados sobre el pecho: se parecía muchísimo a Sadie; Robert, con una manzana en la mano, estaba inmóvil junto a la carretilla rebosante de frutas; la pierna pálida de Martha, con una bota embarrada, se balanceaba en lo alto del manzano. En ese momento vio a Sadie dar impulso al hacha para asestar al tronco el que sin duda sería el golpe mortal. Lo único que podía hacer James para impedirlo era interponerse en su camino.

El hacha se le hundió en el costado, le partió las costillas y se le clavó en un pulmón, llenándole de sangre el pecho. James cayó de rodillas. La sorpresa del golpe amortiguaba el dolor.

–¡Padre! –oyó, entre el rugido que inundaba sus oídos. Pero no sabía cuál de sus hijos gritaba. Sadie lo miraba con aquellos ojos tan azules como su vestido.

–Maldita sea –dijo su mujer–. Supongo que he ganado yo.

No era mi intención. Lo que yo quería era acabar a hachazos con todos los manzanos. Sin ellos no tendríamos que quedarnos en el Pantano Negro. Podríamos ir donde quisiéramos. Hacia el oeste, hacia las praderas, donde no había árboles. O hacia el este, incluso regresar a Connecticut. A cualquier parte menos aquí, eso era lo que yo quería. Podríamos movernos, como esas semillas que viajan en la barriga de los pájaros. Pero cometí el error de empezar con las Golden Pippin. Qué tonta fui. James nunca me dejaría tocar el árbol al que más quería de todos.

Me acerqué a él y agarré el hacha que tenía clavada en el costado. Había sangre por todas partes, y de él salían unos espantosos estertores. Yo no pensaba con la cabeza. Tal vez creía que si se la sacaba, la carne del costado volvería a cerrarse y estaría bien de nuevo. O a lo mejor estaba pensando en sacársela para seguir talando los árboles. Fuera lo que fuese lo que se me pasaba por la mente, no ocurrió lo que yo esperaba. James me vio venir: me dio una patada en los tobillos, yo perdí el equilibrio y caí hacia atrás. Levanté las manos y fui a caer de espaldas sobre las estacas que habían usado para construir la valla. Una de ellas estaba de punta, y me atravesó.

Lo curioso del caso es que al principio no me dolió más que una picadura de abeja. Me quedé ahí, sobre aquellas estacas, bajo el árbol, mirando hacia arriba. Veía la pierna de Martha colgando, pero no estaba tan cerca como para alargar la mano y tocarla. Todo estaba en silencio. Entonces, de pronto, empezó a costarme respirar.

Al cabo de un rato oí el canto de una codorniz a lo lejos, en el bosque, y me pregunté si sería John Appleseed que volvía con la sidra. Seguro que me vendría bien un buen trago de sidra nueva.

Entonces Robert estaba de pie junto a mí.

Madre, dijo.

Alcé la vista y lo miré, y aunque sentía dolor, aunque en realidad me estaba muriendo, supe que había llegado el momento de contarle lo que debía saber.

Tu tío Charlie es tu padre, le dije. No él.

Miré a James. Él abrió mucho los ojos, así que supongo que me oyó. Mi último golpe.

A Robert le cambió algo en la cara, como cuando se rompe un tarro, como si se hubiera rajado un espejo y yo pudiera ver mi cara partida en dos. Me dolió muchísimo hacerle daño, a mi niño de otro padre, al que quería más de todos. Bueno, creo que lo es, añadí para suavizar el golpe. No lo sé seguro. Al menos sabes que eres hijo de tu madre.

Él se quedó ahí, en la linde del huerto, como si ya nunca más fuera a estar del todo en sus cabales, del mismo modo que yo tampoco lo estaba.

Y ahora vete, le dije. Vete del pantano. Ve a las praderas, donde no hay árboles.

Él miró a Martha, que seguía sentada en lo alto del manzano, con el pie colgando de un lado a otro.

Déjala, le dije. Ella te retendrá.

El pie de Martha dejó de balancearse.

Tú tienes que salvarte, le dije. Vete ya. Vete ahora. Vete.

Y se fue.

Y yo también.

Pantano Negro, Ohio

1844-1856

Granja Day
Pantano Negro
Cerca de Perrysburg, Ohio

25 de junio de 1844

Gilbert Hotel
Racine
Territorio de Wisconsin

Querido Robert:
Hoy la señora Day me ha traído una carta que escribiste desde Wisconsin. Hace ya seis meses. La ha recogido cuando ha ido al almacén de Perrysburg. El señor Fuller la tenía ahí guardada, esperando a que algún Goodenough se pasara por el almacén. Llevaba meses en el mismo sitio, porque Caleb no va mucho a la tienda, y a nadie se le ocurrió pensar en mí hasta que la señora Day ha visto la carta por casualidad.

Me he alegrado tanto de saber de ti que he llorado. Hace casi seis años que te fuiste de casa, y estoy muy contenta de saber que estás vivo.

Querrás saber qué ha sido de tus hermanos y hermanas después de lo que ocurrió. Caleb y Nathan llevaron la granja lo mejor que pudieron, pero no pudieron igualar a padre. El primer invierno salimos adelante, porque teníamos lo que tú y el señor Day y padre habíais traído a casa en verano, y lo que tú y yo habíamos plantado en el huerto, y todas las manzanas. Los chicos salían a cazar, y pasamos el invierno, aunque la casa estaba siempre fría, y no tan limpia como tendría que haber estado. Los Day cuidaban de nosotros y nos traían sacos de harina y algún pavo silvestre. Otros vecinos también nos ayudaban. El señor Chapman llegó con los barriles de sidra, y cuando supo lo que había ocurrido se fue y ya no ha vuelto más por el Pantano Negro.

El verano siguiente la cosecha de avena fue escasa y guardaron el heno cuando aún no estaba seco, así que se pudrió. Sal y yo cuidamos del huerto, pero no era fácil acordarse de todo lo que teníamos que hacer, ni de cómo mantener alejados a conejos y ciervos. Sí me acordé de podar los manzanos, y no les pasó nada. La ropa nos iba pequeña y no teníamos dinero para nada, y casi nada que comer. Entonces Nathan cogió la fiebre de los pantanos y se murió, y después Sal se fue. Ahora vive en Toledo. Me da vergüenza decir a qué se dedica, así que no lo escribiré.

Después de eso la señora Day me dijo si quería irme a vivir con ella y su marido. Los Day no tienen hijos, y le vendría bien la ayuda. Me alegré de irme, porque no me gustaba estar sola con Caleb, porque había empezado a darle a la bebida. Me convertí en una especie de hija para los Day, aunque me hacían trabajar más duro, más como si fuera una criada pero sin cobrar. Fue la señora Day la que me enseñó un poco las letras, y por eso ahora puedo escribirte. ¿Te acuerdas de su sombrero de paja? Todavía lo lleva al pueblo, y me hace sonreír cuando la veo.

Bueno, así es como estamos todos. Caleb sigue en la granja, aunque no cultiva nada, solo un poco de maíz para el caballo y la vaca. Vendió los bueyes. Se dedica sobre todo a cazar y a vender pieles. Yo no voy mucho por allí, pero una vez, en octubre, cuando estaba con los Day, sí fui, y siento decirte que la cosecha de manzanas era muy pobre, y que Caleb no se había molestado en recogerlas, así que casi todas estaban por el suelo. La señora Day dijo que aquello era desperdiciar la abundancia de Dios.

Ahora ya puedo estar contenta porque sé dónde estás y sé que te acuerdas de tu familia. ¿Cuándo vuelves? Por favor, escríbeme a casa de los Day, porque no creo que Caleb me entregue ninguna carta tuya. O envía a por mí y yo iré, porque aunque los Day son amables conmigo, no son mi familia.

Soy tu hermana
Martha

Granja Day
Pantano Negro
Cerca de Perrysburg, Ohio

1 de enero de 1845

Gilbert Hotel
Racine
Territorio de Wisconsin

Querido Robert:
Llevo tiempo esperando carta tuya. Sé que las cartas tardan
mucho en llegar a su destino. No sé si Wisconsin está muy lejos
de aquí, pero el señor Day me dijo que está muy al oeste. Así
que pensaba que tal vez una carta tardaría dos o tres meses en
llegar, tal vez hasta septiembre. Y que entonces, cuando tú me
escribieras, tu carta tardaría otros tres meses en llegarme a mí.
Así que no esperaba saber de ti hasta diciembre, pero, claro, no
podía evitarlo: aunque acababa de escribirte, cada vez que la
señora Day iba a Perrysburg me emocionaba porque pensaba
que a lo mejor me traía una carta tuya.

Pero no he recibido ninguna carta durante todos estos
meses y por eso te escribo otra vez, el día de Año Nuevo, como
hiciste tú. Es de noche, porque durante el día no he podido
sacar tiempo: la señora Day me ha tenido planchando casi
todo el día, para secar la ropa que lavamos ayer y que estaba
helada. Me cuesta, porque tengo las manos pequeñas y la
plancha pesa, y me quemo los brazos. Pero al menos es un
trabajo que calienta, y con este frío algo es algo. Antes de
Navidad nevó una semana entera. Pero en tu carta decías que

en Wisconsin hacía más frío que en el Pantano Negro. Espero que te mantengas caliente con tantos caballos.

Recuerdo todas las frases de tu carta, porque la releí muchas veces, aunque ahora ya no la tengo. A la señora Day le pareció que Caleb debía verla porque estaba dirigida a todos los Goodenough. Cuando se la entregamos, dijo que la leería más tarde, que en ese momento estaba ocupado, aunque lo único que hacía era tallar una rama con la navaja, sentado junto a la puerta, y eso que había muchas cosas que hacer. Además, creo que Caleb no sabe leer, y yo se la habría leído, pero él no quiso. Unos días después volví para que me devolviera la carta pero me dijo que se había caído al fuego y se había quemado. Lloré un poco al saberlo, pero no delante de Caleb, sino cuando estaba sola.

Tal vez no tenga tu carta, pero recuerdo tus palabras y el nombre del hotel. Cada día espero oír de ti y que escribas y me mandes dinero para poder tomar una diligencia, o muchas, para llegar hasta Racine.

Sal vino a visitarnos en verano, la primera visita que hace desde que se fue, aunque Toledo no queda muy lejos. Ahora tiene un hijo, un niño al que llama Paul. Así que tú eres tío Robert y yo soy tía Martha. No dijo quién era el padre. Paul era travieso. Le tiraba del rabo al perro y echó al suelo las brasas encendidas de la chimenea. Entonces Sal le pegó, aunque es muy pequeño. Le conté a Sal que habías enviado una carta. Aunque no dijo nada, estoy segura de que querría que te saludara de su parte.

Te alegrará saber que encontré el Golden Pippin que plantaste en las trochas. Crece bien, aunque no tiene a nadie que lo pode. Pude recoger algunas manzanas y llevarlas a casa de los Day. Las comimos, y tenían un sabor tan intenso y tan dulce... ¿Te acuerdas?

*Mañana saldré al camino de Perrysburg con esta carta
y espero encontrar a alguien que la lleve por mí. Espero que
estés bien y que me escribas lo antes que puedas.*

Soy tu hermana
Martha

Granja Day
Pantano Negro
Cerca de Perrysburg, Ohio

15 de agosto de 1845

Gilbert Hotel
Racine
Territorio de Wisconsin

Querido Robert:
He tardado un poco en escribir porque no tenía papel y no quería pedírselo a la señora Day: no quiero que sepa que te escribo. He dejado de preguntarle si hay cartas tuyas cuando vuelve del colmado porque ha empezado a mostrarse rara con este tema. Sospecho que le preocupa que algún día me vaya para reunirme contigo y se quede sin nadie que trabaje para ella.

Pero sigo esperando esa carta tuya. No sé si aún estarás en Racine o si ya te habrás ido a otra parte. Hoy en día la gente se mueve mucho. Todos los días vemos a gente que pasa de camino hacia el oeste. Ahora el camino es mejor que cuando éramos jóvenes. ¿Te acuerdas del barro y de aquella vez que nos quedamos atascados? Desde que lo pavimentaron con macadán ya no está tan mal.

Hace mucho calor por aquí, y los mosquitos han llegado pronto. El señor y la señora Day están en cama con fiebre, y yo los cuido a los dos, y además tengo que ocuparme del huerto y de los animales. El heno todavía no está en el pajar, y si el señor Day no mejora pronto tendré que pedirle a Caleb que me ayude. Él sigue en la granja, y ahora tiene a una

mujer que vive allí, así que se porta un poco mejor conmigo.
No sé cómo se llama ella.

Creo que a lo mejor te has ido al oeste, así que escribiré
fuera de la carta, en el sobre, pidiendo al propietario del hotel
que te la envíe si sabe dónde estás. Pero a lo mejor sigues
ahí. He estado pensando que podría intentar ir a reunirme
contigo. He empezado a ahorrar para poder montarme en
la diligencia, aunque no es fácil, porque los Day no me dan
dinero. Gané un poco cosiendo una colcha de retales para una
mujer que tuvo fiebre en los ojos y se quedó ciega un tiempo,
y también cuidando al bebé de unos vecinos que viven cerca.
De momento tengo 31 centavos. Tendré que pagar algo a los
vecinos que envían las cartas por mí. Pero seguiré ahorrando
y algún día encontraré la manera de reunirme contigo.

Soy tu hermana
Martha

Granja Day
Pantano Negro
Cerca de Perrysburg, Ohio

1 de enero de 1846

Gilbert Hotel
Racine
Territorio de Wisconsin

Querido Robert:
Te escribo para desearte un buen y próspero Año Nuevo.
Espero que estés bien.

A mí me va bien. Ya llevo ahorrados 75 centavos para pagarme un viaje en diligencia hasta Racine. Hablé con algunos colonos que pasan por el camino y ahora sé que tendré que ir a Fort Wayne y Valparaíso, Indiana, y a Chicago para llegar a Racine. Me alegré de conseguir esa información, y la anoté, así me voy preparando para el viaje. Pero necesito al menos cinco dólares, y una carta tuya que me diga que estás ahí y que quieres que vaya.

Echo de menos la familia.

Soy tu hermana
Martha

Granja Day
Pantano Negro
Cerca de Perrysburg, Ohio

2 de mayo de 1846

Gilbert Hotel
Racine
Territorio de Wisconsin

Querido señor:
Estoy buscando a mi hermano, Robert Goodenough, de 17 años de edad. Una vez recibí una carta suya diciendo que trabajaba en su hotel, en los establos. Por favor, ¿podría decirme si sigue ahí, y si no es así dónde ha ido? Si sigue ahí, ¿podría darle el mensaje de que su hermana Martha querría saber de él?

Atentamente,
Martha Goodenough

15 de mayo de 1847

Fort Leavenworth
Cerca del río Misuri
Territorio de Misuri

Querido Robert:
Me llenó de una alegría inmensa recibir tu carta desde
Fort Leavenworth. Aunque han pasado tres años desde tu
última carta, nunca perdí la esperanza de volver a saber de
ti, incluso después de que el dueño del hotel de Racine me
escribiera para decirme que te habías ido de allí hacía dos
años y me devolviera todas las cartas que te había escrito.
Me dijo que te habías ido al oeste, pero que no sabía nada
más. El oeste es muy grande, es una palabra que cubre mucho
territorio. Fue un duro golpe para mí, pero aun así creía que
me escribirías de nuevo algún día, aunque nunca hubieras
recibido mis cartas.

No esperaba recibir carta tuya cuando fui a Perrysburg
con la señora Day. Ella me pidió que la acompañara para
cargar los pesados sacos de harina y maíz que quería
comprar. Le molesta la espalda. Sé que tú me recordarás
como una chica menuda y débil, pero ahora soy más fuerte
de lo que crees. Recuerdo que me lo dijiste un día. No lo
he olvidado nunca y esas palabras me han servido para
resistir en momentos difíciles. Y ahí estaba tu carta, en el
almacén, apoyada en un estante detrás del nuevo dueño, el

señor Malone. Yo la vi mientras él hablaba con la señora Day, y estuve a punto de gritar. Pero no lo hice, contuve la respiración y leí «Goodenough» y supe que era tu letra, aunque en realidad solo había visto tu letra una vez.

No quería pedírsela delante de la señora Day, porque tiene algo con los Goodenough y prefiere hacer ver que yo soy una Day. Ya llevo ocho años con ellos, pero sigo siendo Goodenough. Así que cuando salimos del almacén, tiré el pañuelo al suelo y tuve que volver a recogerlo. Entonces le pedí la carta al señor Malone. Él se sorprendió, y yo le recordé que soy una Goodenough, no una Day. Al principio me dijo que no, que esperáramos a Caleb o a su mujer. Pero yo le dije que podían tardar mucho y que yo se la llevaría a Caleb, y al final me la dio.

No gastaré papel ni tinta en describir todo lo que ha pasado en estos nueve años desde que te fuiste. Solo diré: Nathan murió de fiebres. Sal vive en Toledo y tiene dos hijos. Trabaja en un hotel, supongo que puede decirse así. Caleb sigue en la granja: vive con una mujer y tienen un bebé. Así que tú eres tío Robert y yo soy tía Martha. Yo vivo con el señor y la señora Day, que siguen teniendo su granja a unos tres kilómetros de los Goodenough. Trabajo duro para ellos, soy como la hija que no tuvieron, y como la sirvienta que no pueden permitirse.

He estado ahorrando el poco dinero que gano aquí para pagarme una diligencia que me lleve al oeste, contigo. Ahora tengo 4 dólares con 84 centavos, pero no creo que me alcance para llegar hasta donde vives ahora, porque creo que eso está mucho más lejos de Racine. Ni siquiera sé dónde está el río Misuri, pero voy a averiguarlo. Por favor, escríbeme y dime dónde vas a ir y yo iré a encontrarme contigo ahí, si puedes enviarme dinero para pagar parte del pasaje. O se lo pediré a Sal, a lo mejor podría prestarme algo, aunque no la veo nunca.

Pienso en ti y espero que no pase mucho tiempo antes de que volvamos a encontrarnos.

Soy tu hermana
Martha

Granja Day
Pantano Negro
Cerca de Perrysburg, Ohio

7 de julio de 1848

Fort Leavenworth
Cerca del río Misuri
Territorio de Misuri

Querido señor General:
Le escribo para preguntarle por mi hermano, Robert Goodenough. Trabajó en los establos de Fort Leavenworth y recibí una carta suya fechada el 1 de enero de 1847. Desde entonces no he sabido de él y estoy intentando localizarlo. Señor, ¿podría decirme si sigue trabajando ahí, o si sabe dónde ha ido? Es la persona que más me importa en el mundo, y me gustaría encontrarlo.

Atentamente,
Martha Goodenough

Granja Day
Pantano Negro
Cerca de Perrysburg, Ohio

1 de enero de 1850

Fort Leavenworth
Cerca del río Misuri
Territorio de Misuri

Querido Robert:
Te escribo para desearte un muy feliz Año Nuevo. Envío esta carta a Fort Leavenworth aunque sospecho que no estás ahí. Le escribí al General para preguntar por ti, pero no tuve respuesta. Pero quiero escribirte de todos modos y no sé a qué otro sitio enviarte la carta, solo donde sé que has estado.

Tengo malas noticias que darte sobre los Goodenough. Nuestra hermana Sal murió en verano, dejando a dos niños. Debería hacerme cargo yo de ellos, porque soy su tía, pero los Day no están dispuestos a acogerlos. Demasiadas bocas que alimentar y demasiados problemas, dijo la señora Day. Tampoco sugirió que se quedaran con Caleb, porque entiende que no sería bueno para ellos. Su mujer y su hijo lo dejaron, y ahora él ha vuelto a lo de antes. Así que los han llevado a un orfanato de Toledo. Yo lo lamento mucho. Me siento muy agradecida de que los Day me acogieran. Aunque a veces son difíciles, sé que habría estado mucho peor en un orfanato.

Ojalá supiera dónde estás. América es un país muy grande, podrías estar en cualquier parte. Si te encontrara, podríamos hacernos cargo de los niños y crear una nueva

*familia Goodenough, y darles una vida mejor de la que les
espera.*

*Seguiré esperando noticias tuyas, aunque es difícil. Yo sigo
ahorrando dinero (¡ya tengo 7 dólares con 30 centavos!), y
podría hacer el equipaje y salir en cuanto recibiera tu carta.*

*Soy tu hermana
Martha*

Granja Day
Pantano Negro
Cerca de Perrysburg, Ohio

11 de marzo de 1855

Fort Leavenworth
Cerca del río Misuri
Territorio de Misuri

Querido Robert:
Hace casi ocho años que recibí una carta tuya. No sé dónde estás ni si estás vivo. Todas las cartas que te envié a Fort Leavenworth me las devolvieron en un paquete. Al recibirlas me eché a llorar. Pero quería que supieras dónde estoy, así que te escribo de todos modos, porque a lo mejor algún día volverás a pasar por el fuerte y, si eso ocurre, esta carta te estará esperando.

He vuelto a la granja y vivo con Caleb. La señora Day murió de un tumor el verano pasado, y después de eso me fue difícil vivir con el señor Day. Lamento decir que iba a tener un hijo, aunque se adelantó mucho y nació muerto. Después de eso yo confiaba en que el señor Day me dejaría tranquila, pero pronto quedó claro que su intención era seguir siendo desagradable conmigo, así que no tuve otro remedio que volver a casa.

Hacía muchos años que no vivía aquí. La casa es muy fría y está muy sucia porque Caleb vive como un animal. Yo estoy intentando limpiarla. También voy a volver a labrar el viejo huerto, y hasta he podado los manzanos para ver si consigo que produzcan más. Me acuerdo de lo que te enseñó padre, porque yo también prestaba atención. Ya tengo ganas de ver las flores en mayo. Dos de los Golden Pippin siguen vivos y parecen estar bien. Espero con impaciencia que den sus frutos tan dulces.

Me siento mejor escribiendo, aunque tú no llegues a ver esta carta. Espero casi sin esperanza que, en alguna parte del mundo, acabes recibiéndola.

Soy tu hermana
Martha

señor Malone dijo que había una carta para mí. Resultó
que era la última carta que yo te había enviado a Fort
Leavenworth, que me la habían devuelto. Me decepcioné
tanto que solté alguna lágrima allí mismo. Entonces el señor
Malone dijo algo sobre una carta que había llegado para
los Goodenough hacía unos meses, y que se la había dado
a Caleb. Cuando volví a la granja se lo pregunté a él, y él
lo negó, pero cuando perdió el conocimiento, porque bebe
aguardiente de manzana, como madre, registré la casa y al
final encontré la carta, y todas tus cartas, metidas debajo de
una piedra suelta en la chimenea. Me enfadé tanto al saber
que Caleb me las había ocultado todos estos años que hice
una locura: lo desperté y le grité. Sé que tendría que haber
dejado las cosas como estaban, pero estaba tan furiosa
que no pude evitarlo. Cuando Caleb se dio cuenta de que
había encontrado las cartas, él también se enfureció y fue
desagradable conmigo. Eso me hizo hacer algo más insensato
aún, y después tuve que salir a toda prisa del Pantano Negro.

Llegué a pie a Toledo, donde creía que podría tomar una
diligencia que fuera hacia el oeste. Seguiría siempre hacia el
oeste, cambiando de diligencias cuando pudiera para llegar
a California. Pero en Toledo, un hombre que había estado
en California buscando oro me habló de América: me dijo
que era muy grande, que había muchas llanuras y una gran
cordillera de montañas en medio. Y me contó que más allá
de Chicago no había diligencias, que eran carromatos que
cruzaban aquellas llanuras y montañas, y que sería mejor que
fuera por mar. El lago Erie, después el canal hasta la ciudad
de Nueva York, y finalmente un barco que rodeara toda
América del Sur hasta San Francisco. Me dibujó un mapa
para que entendiera dónde iba. A mí me pareció raro ir hacia
el este y hacia el sur para llegar al oeste, pero mi vida es tan

rara desde hace tanto tiempo que sabía que tenía que hacerlo así.

He tenido miedo, porque yo nunca he salido del Pantano Negro desde niña, pero a veces ha sido emocionante, y la gente casi siempre ha sido amable y me ha ayudado. Ahora estoy esperando el barco que me llevará a California. Es un viaje muy largo, pero confío en Dios para que me lleve sana y salva hasta ti. Durante un tiempo, en el Pantano Negro, perdí la fe en Él, pero ahora la he recuperado.

Siempre soy tu hermana
Martha

California

1856

Martha no podía despegarse de Robert. Su hermana no le quitaba la mano del brazo mientras estaban sentados bajo las dos secuoyas conocidas como los Huérfanos y él se dedicaba a leer el fajo de cartas que ella le había entregado. En realidad no quería leerlas –leía despacio incluso cuando no estaba distraído–, pero Martha había insistido.

–Explican mejor que yo lo que me ocurrió y cuándo me ocurrió –dijo–. Además, me da placer verte leyéndolas al fin.

–Pero ¿cómo? –no dejaba de repetir él, incluso después de haber hojeado las cartas, sin haberlas entendido del todo–. ¿Cómo me has encontrado?

Él sabía –o creía saber– dónde vivía su hermana exactamente, pero jamás imaginó que ella pudiera encontrarlo en un país tan inmenso.

–No fue tan difícil –le explicó ella con paciencia–. Tenía la dirección de la casa de huéspedes de la señora Bienenstock en la carta que enviaste, así que sabía adónde iba. Se puede hacer de dos maneras: por tierra o por mar. Era invierno, y no quería viajar entre tanta nieve, así que sabía que tendría que ir por mar. Llegué al lago Erie y tomé un barco hasta Búfalo, después una barcaza por el canal de Erie hasta Nueva York. Tuve suerte, porque todavía no hacía tanto frío y el canal no se había helado, si no me habría quedado en Búfalo todo el invierno esperando el deshielo.

−¿Fuiste hacia el este?

−Sí, primero tuve que ir hacia el este para poder después ir al oeste a encontrarme contigo. Ya sé que es raro −añadió mientras Robert meneaba la cabeza−, pero a veces es lo que hay que hacer, retroceder para seguir adelante. Después me fui en barco rodeando toda América del Sur, y entonces hacia arriba, hacia San Francisco. He tardado seis meses.

Martha se colocó unos mechones sueltos por detrás de las orejas, levantándose un poco el gorrito. Robert reconoció ese gesto de la infancia, y le emocionó tanto que estuvo a punto de echarse a llorar. Parecía tan frágil... Y sin embargo hablaba con seguridad sobre América y sobre cómo había que hacer para recorrer sus vastas y peligrosas extensiones.

−¿Cuándo saliste de Ohio?

−A mediados de noviembre. Tuve que esperar varias semanas en la ciudad de Nueva York porque estuve enferma de... −Se señaló la barriga−. Cuando estuve mejor embarqué, pero todo tardaba tanto... ¿Sabes? Llegué a escribirte desde Nueva York, pero la carta acabó viajando en el mismo barco que yo. Y la señora Bienenstock la recibió una hora después de mi llegada.

−¿Cómo te pagaste el pasaje del barco? No es barato.

−Había algo de dinero en casa.

−¿Caleb sabe que lo has usado?

Su hermana le apretó el brazo con mucha fuerza, atenazándoselo, y lo observó fijamente con sus ojos grises.

−No vuelvas a mencionar su nombre.

Robert apartó la mirada y respiró hondo. Pasó varias veces la vista por un pino ponderosa, resiguiendo los surcos profundos de su corteza gris amarillento. Lo que en realidad quería preguntar era lo más obvio: ¿quién era el padre? Pero al parecer ella ya le había dado la respuesta. De pronto, entendió que un hombre pudiera sentir el deseo de matar a otro hombre.

–¿Y cómo supiste que andaba por aquí arriba? –le preguntó, cuando se hubo calmado un poco.

–La señora Bienenstock me dijo que te habías ido al Bosque de Calaveras. Es una mujer muy eficiente. Me buscó un barco de vapor para que me llevara a Stockton, e incluso me pagó el pasaje; me dijo que luego te lo cobraría a ti. Espero que no te importe.

–¡Pues claro que no!

–Después tomé una diligencia hasta Murphys, y allí pregunté un poco y todos te conocían. El hombre de los árboles te llaman. Gente amable... para ser un pueblo minero. –De nuevo, Martha parecía dar muestras de un conocimiento del mundo que no le correspondía–. Me ofrecieron un caballo y me indicaron el camino.

–¿Has cabalgado en este estado? –preguntó Robert señalando la barriga.

Martha se encogió de hombros.

–Quería encontrarme contigo, Robert. Eres mi familia. He viajado durante muchos meses, y no iba a esperar más cuando sabía que estabas tan cerca.

–¿Y por qué no le dijiste a Nancy que eras mi hermana?

–No quería que supieras por otros que estaba aquí. Quería sorprenderte, ver tu reacción con mis propios ojos.

–Pues sí me has sorprendido, sí. Creía que... –A Robert se le formó un nudo en la garganta al recordar lo que había llegado a pensar.

–¿Qué?

–Creía que habías muerto de la fiebre de los pantanos. Lo siento.

Se le quebró la voz al pronunciar aquellas palabras, y se le llenaron los ojos de lágrimas. Martha vio que reprimía los sollozos, y le apretó el brazo.

–No te creo. ¿Sabes por qué?

Robert negó con la cabeza.

–Porque cuando escribías todas esas cartas, ponías «Hermanos y hermanas», y no solo «hermana», que es lo que habrías puesto si creyeras que solo quedaba Sal. No. Tú creías que yo estaba viva, esperabas que estuviera viva, y a mí me pasaba lo mismo contigo.

Robert se calmó: las palabras de Martha le secaron las lágrimas, excepto una, que resbaló por su mejilla antes de poder apartarla.

–Tal vez tengas razón –dijo al cabo de un rato–. ¿Cómo puede ser que me conozcas más de lo que me conozco yo a mí mismo?

Martha sonrió.

–Es fácil conocer a los demás. Conocernos a nosotros ya no lo es tanto.

Fue entonces cuando Robert la vio de verdad. Tal vez fuera menuda, pero ya no era tan frágil como la recordaba y tenía un corazón inmenso. Estuvo a punto de echarse a llorar de nuevo, y para evitarlo se concentró en los aspectos prácticos.

–¿Estás cansada?

Martha negó con la cabeza.

–Tengo hambre. ¡Podría comerme un cazo entero de alubias!

–Volvamos al hotel, allí comerás algo.

Mientras recorrían el sendero que serpenteaba por el bosque, sin dejar de hablar, Martha se agarraba del brazo de Robert. Al principio parecía no fijarse en los árboles gigantescos bajo los que caminaban, y él no le señaló el Padre del Bosque, ni la Madre del Bosque, ni ninguno de los otros. Pero finalmente, al llegar junto a las Tres Gracias, ella pareció percatarse de ellos por primera vez.

–Son muy grandes, ¿verdad? ¿Por qué estos son tan grandes y otros no lo son tanto?

–No lo sé –respondió Robert, sorprendido de que a él nunca se le hubiera ocurrido esa pregunta–. Hay otro bosque con árboles como estos a unos kilómetros de aquí. Hay uno que es más grande aún, y más bonito. Nadie lo conoce, solo yo. Algún día te lo enseñaré, si quieres.

Ya estaba compartiendo con su hermana su regalo más preciado: su bosque secreto de árboles.

–Sí, eso me gustaría.

–Podríamos ir ahora mismo... Está a pocos kilómetros de aquí. A caballo podrías, ¿no?

De pronto, no podía quitarse de la cabeza la idea de llevar a su hermana a ver los árboles secretos.

Aquella impaciencia hizo sonreír a su hermana.

–Tal vez mañana. Tengo dolores de vez en cuando.

–Eso no suena bien. ¿Sabes cuándo vendrá el bebé?

–Pronto. Muy pronto. Ya está encajado.

Martha meneó la cabeza al ver su cara de preocupación.

–Tú no has estado nunca entre mujeres que hayan tenido hijos, ¿verdad? La señora Day y yo ayudábamos a otras vecinas en el Pantano Negro. El parto empieza mucho antes de que nazca el bebé. Solo se está preparando. Tengo tiempo.

Caminaron un rato en silencio antes de que Robert dijera:

–¿Qué vamos a hacer?

–Yo ya lo sé –respondió Martha con firmeza–. La señora Lapham y yo hemos hablado. Es muy buena mujer, la señora Lapham.

–¿Con Nancy? ¿Y qué ha dicho?

–Que deberíamos ir con ellos a Murphys. Se van mañana. Allí podré tener el niño.

Robert asintió. Aunque él estaba pensando a más largo plazo, la respuesta de su hermana le hizo darse cuenta de que por el momento era mejor concentrarse en los próximos días y dejar que el futuro fuera resolviéndose solo.

Nancy Lapham se alegró mucho al descubrir que Martha era la hermana de Robert, y no su amante. Saberlo pareció animarla.

–¡Una hermana! ¡Claro! –exclamó, incorporándose en la cama y alargando el brazo para darle una palmadita a Martha–. Tiene sentido. Tenéis ese aire Goodenough los dos, ahora que os veo juntos. Sí. ¡Oh! ¡Es maravilloso que os hayáis encontrado! Contadme cómo ha sido.

Y le pidió a Martha que le contara toda la historia de principio a fin, las cartas perdidas, el viaje en canoa, en barcaza, en barco, en vapor, en diligencia, a caballo. Martha ya empezaba a repetir frases enteras, se saltaba detalles innecesarios, omitía otros cuestionables, modelaba su periplo para que resultara más apto para una repetición. Nancy le preguntó muchas más cosas que Robert, no sobre el bebé ni sobre el padre de la criatura, sino sobre los meses a bordo del barco que había navegado frente a las costas de América del Sur y había rodeado el cabo de Hornos.

–¿Viste pingüinos? –le preguntaba–. ¿Nativos con lanzas? ¿Delfines? ¿Los hombres eran respetuosos? ¿Respetables? ¿Cuántas otras mujeres había a bordo? ¿Podías lavarte? ¿Cuánta agua dulce os daban? ¿La travesía fue movida? ¿Había ratas? ¿Pulgas? ¿Qué comías? ¿Había gorgojo en la harina? ¿Qué clase de fruta subieron a bordo? ¿Cocos? ¿Piñas?

Al oír la palabra «piña», Martha dio un respingo.

–Ah, Robert. ¿Quieres ir a buscarme la bolsa, por favor? La he escondido en el último cubículo del establo. Por favor.

Cuando Robert regresó con la bolsa, las mujeres ya se habían trasladado al porche delantero, ayudadas por Billie Lapham, y estaban sentadas la una junto a la otra en las mecedoras.

–Es todo un honor conocerla, señora –le decía en ese momento Lapham a Martha, con el sombrero en la mano–. Se lo digo de verdad, muy en serio. Una hermana de Robert es hermana mía.

–¿De dónde has sacado esto? –le preguntó Robert mientras le entregaba a su hermana una bolsa de lona bastante baqueteada.

–De Nueva York.

Ella se puso a rebuscar algo en su interior, y a Robert le dio por imaginar con gran asombro a su tímida hermana paseándose por las calles de la ciudad más grande de América. No parecía capaz de algo así. Pero lo cierto era que había cruzado todo el país para llegar hasta él. Iba a tener que cambiar la idea de aquella niña retraída e indefensa que recordaba de cuando eran pequeños. La última imagen de ella que conservaba era la de una bota que se balanceaba desde el manzano.

Martha sacó un pañuelo. Al desdoblarlo, algo se esparció sobre su regazo y rodó desde su barriga hasta los tablones del porche.

–¡Oh! –exclamó–. ¡No os mováis!

–¿Qué es? –preguntó Robert adelantándose con cuidado.

–Semillas. Son para ti. Las he traído sanas y salvas todo este tiempo, y ahora...

–No te preocupes, las veo.

Robert las fue recogiendo, hasta que tuvo diez o doce semillas marrones con forma de lágrimas. Las reconoció enseguida, pero aun así preguntó.

–¿De qué son?

–Del Golden Pippin de nuestra granja, del manzano que sabía a piña. Son del árbol que injertaste en las trochas, el que mencionabas en tu carta. Me pareció que podías plantarlas aquí.

Robert se pasó las semillas duras entre los dedos.

–Ya sé que son casi siempre ácidas –añadió Martha–. Pero ¿no es cierto que uno de cada diez manzanos sale dulce si se planta directamente de la semilla?

Robert asintió.

–Te acuerdas.

–Claro que me acuerdo. Aquí hay más de diez semillas, así que si las plantas todas es probable que al menos una te dé manzanas Golden Pippin dulces.

–Sí.

Nancy los observaba.

–¿De qué estáis hablando?

–De manzanas –dijo Martha–. De las manzanas de la familia.

Al cabo de un rato, Nancy se quitó de encima a los hombres.

–Ve a buscarme un chal, Billie. Martha y yo vamos a quedarnos aquí sentadas para conocernos mejor.

Le alargó una mano a Martha, y ella se la apretó.

Billie Lapham miró a Robert, que se encogió de hombros. Aquello iba a darle algo de tiempo para recolectar piñas de secuoya, que era lo que lo había llevado al Bosque de Calaveras, aunque ahora que tenía un rato libre se daba cuenta de que no quería dejar sola a su hermana, por temor a que todo aquello fuera un sueño del que pudiera despertar súbitamente.

Se obligó a sí mismo a dirigirse a los establos para recoger unos sacos y su escopeta, pero no dejaba de volverse para mirar a Martha. Al ver a las dos mujeres juntas comprendió al fin por qué siempre había sentido un cariño especial por Nancy Lapham, incluso a pesar de su enfermedad: Martha y ella se parecían hasta el punto de que podrían haber sido hermanas. Nancy tenía la cara ancha, y la de Martha era estrecha, y una tenía el pelo oscuro y la otra claro, pero las dos eran delicadas, tímidas, afectuosas.

Cada vez que Robert volvía la vista atrás, Martha se echaba a reír y lo saludaba con la mano. Su risa era musical, con un ligero tono de nerviosismo que rayaba en la histeria, aunque tal vez fuera solo el cansancio: sin duda, nueve meses de viaje debían de haber hecho mella en ella. Quizá le preocupara que, tras haber recorrido miles de kilómetros para encontrarlo, Robert se metiera en el bosque de secuoyas gigantes y desapareciera. No habría sido la primera vez que desaparecía de su vida. Pero en ese momento él no soportaba la idea.

Recogió su equipo y se dirigió a toda prisa hacia el bosque. Al llegar a la primera secuoya gigante, disparó contra varias ramas y metió las piñas verdes en un saco, sin molestarse en comprobar si estaban podridas o mordidas por las ardillas.

Sin embargo, al adentrarse más en el bosque, lejos ya del hotel, se sosegó un poco. De hecho, se alegraba de poder pasar un rato a solas mientras intentaba poner en orden todo lo que acababa de ocurrirle. En el espacio de una hora, su vida había cambiado por completo. Ver a Martha era un sueño que nunca había creído que pudiera hacerse realidad. Todas aquellas cartas que él había enviado eran como un anzuelo lanzado a lo desconocido para atraerla, o para atraer su recuerdo; en realidad no esperaba que viniera a buscarlo. Ahora lo había hecho, con un bebé Goodenough de camino, y aquello le había traído también un montón de nuevas responsabilidades y expectativas. Desde que tenía nueve años, Robert había vivido su vida más o menos solo: podía alejarse del trabajo, de la gente, irse, dirigirse hacia el oeste. Nadie lo había retenido. Cuando alguien lo intentaba –como Molly–, él se escabullía. Pero ahora no podía escabullirse de Martha. Ni quería hacerlo. Se había emocionado al sentir que ella le agarraba del brazo. Solo una minúscula parte de él había querido apartarle la mano y decir: «Ya no recuerdo qué es ser un hermano».

Mientras valoraba ese cambio tan repentino, sus instintos de recolector se apoderaron de él y empezó a recoger piñas de manera más metódica, y hasta encontró tres plántulas que llevarse consigo. Acababa de desenterrar la tercera cuando el mozo de cuadra apareció y le dijo que lo necesitaban en el hotel.

Aunque solo se había ausentado una hora, Martha estaba hecha un mar de lágrimas, en el porche, y Nancy se balanceaba en la mecedora siguiendo el ritmo de su llanto, sujetándole la mano.

–¡Martha, Martha, estoy aquí! No me he ido. Estaba recolectando semillas. Es mi trabajo. No te abandonaré. Te lo prometo.

–Tu hermano es un hombre bueno –añadió Nancy–. Billie y yo lo hemos dicho siempre. Cualquiera por aquí te lo dirá: Robert Goodenough es un buen hombre.

Martha asintió y le soltó la mano a Nancy para secarse los ojos.

–Lo sé. Sí, claro.

Pero Robert no estaba tan seguro de que lo supiera.

Al día siguiente emprendieron una procesión solemne montaña abajo, desde el Bosque de Calaveras. Robert estaba acostumbrado a viajar solo, con su caballo tordo, o en compañía de William Lobb antes de que la enfermedad de este lo obligara a permanecer en las inmediaciones de San Francisco. No estaba acostumbrado a viajar con mujeres, mucho menos si una de ellas estaba enferma y la otra casi de parto. Avanzaban juntos en una carreta con cama. Nancy iba tendida en un colchón, pero Martha prefería ir echada a su lado, apoyada en uno de los sacos de piñas de Robert. Un segundo carro transportaba las pertenencias de los Lapham: una estructura de cama, una cómoda, una mesa con sus sillas, colchas, vajillas y baúles llenos de ropa. Encajadas entre todos aquellos objetos iban las plántulas de secuoya y la bolsa de Martha. Dos de los hombres de Haynes manejaban las carretas, y Robert y Lapham iban detrás en sus monturas. Robert no había cabalgado nunca tan despacio. Aunque el camino estaba en unas condiciones aceptables, iban con cuidado por Martha, que de vez en cuando hacía una mueca de dolor, aunque él no sabía si era por los baches del camino o por el bebé, que se preparaba para salir.

Billie Lapham tenía montones de planes.

–Será mejor tener la base en Murphys –explicaba–. Desde ahí puedo relanzar el negocio y llevar a los turistas hasta el Bosque de Calaveras y hacer de guía sin tener que preocuparme de dirigir el lugar. Eso se lo dejo a Haynes. Seguro que Murphys y los campamentos cercanos, como Angels, Columbia o Jamestown, están llenos de buscadores de oro más que dispuestos a dedicar un día o dos a ver los árboles. Tal vez, incluso, los franceses y los chinos.

Robert sonrió para sus adentros. Era evidente que Billie Lapham no conocía a los buscadores de oro si creía que estarían dispuestos a abandonar su búsqueda para ir a ver unos árboles, por grandes que fuesen. Pero no dijo nada. Resultaba enternecedor enterarse de los sueños de Lapham, siempre optimista, incluso cuando su negocio fracasaba y su mujer se moría. Además, no había duda de que sentía algo por las secuoyas, y ese amor por los árboles lo hacía adorable a ojos de Robert. Por un momento estuvo tentado de hablarle del segundo bosque de secuoyas: con él tal vez cambiara la suerte del empresario.

Pero Lapham no le dio tiempo a intervenir, y prosiguió:

—Este estado está compuesto por personas de otros lugares, pero no conocen en absoluto California, solo el rincón en el que viven. La búsqueda de oro está muriendo, y la gente quiere moverse de un sitio a otro, ver un poco lo que hay antes de llevarse lo que han ganado a sus casas. Es posible que algunos de ellos estén buscando incluso un sitio en el que asentarse. Es el mejor momento para dedicarse al negocio del turismo. No solo por los árboles grandes, sino también por las montañas que hay por todas partes. He oído que existen formaciones rocosas y cascadas al sur de aquí, en el valle de Yosemite, que impresionan con su tamaño y sus formas. Un gran potencial. Y también está la costa, con sus ballenas y sus focas, y cañones llenos de pinos de tronco rojo. Aunque yo tengo la mente puesta en un lago que queda al norte de aquí y que llaman Bigler. ¿Lo conoces? Dicen que es el más bonito del mundo, inmenso, con playas de arena y bahías verdes. Perfecto para barcos de vapor y salas de baile.

No era así como Robert imaginaba un lago, pero lo cierto era que él no estaba metido en el negocio del turismo. Tal vez el entusiasmo de Billie Lapham pudiera contagiar incluso a curtidos buscadores de oro y convencerlos de que dejaran sus cedazos y se fueran a ver árboles gigantes, ballenas y cascadas, y a remar en un lago verde esmeralda. ¿Qué sabía él? Se alegraba, eso sí, de no haber dicho nada de las secuoyas secretas, porque de otro modo tal vez las destrozaran con más salones de baile y más boleras. Que Lapham se llevara sus atracciones turísticas al lago esmeralda.

–¿Y Nancy? –preguntó–. ¿La acompañará ella a ese lago?

–Sí, por supuesto. No pienso ir a ninguna parte hasta que ella esté mejor. Le daremos un tiempo para que se restablezca en Murphys, y después ya veremos.

Permanecieron un rato en silencio, cabalgando entre los pinos y los cedros que flanqueaban el camino. El cielo era un fondo de azul intenso. En otras ocasiones, Robert había disfrutado de ese trayecto desde el Bosque de Calaveras, admirando los árboles, y los pinzones y los papamoscas que volaban de un lado a otro, y las cadenas de montes que se divisaban a los lejos. Pero ahora le distraían sus acompañantes, y se daba cuenta, por ejemplo, de lo mucho que Billie Lapham se preocupaba por las mujeres que iban en la carreta.

–¿Estará bien tu hermana? –preguntó en voz baja Lapham entre el rumor de las ruedas del vehículo y el repicar de las pezuñas de los caballos.

La pregunta fue como un puñetazo en el estómago para Robert.

–¿A qué te refieres?

Billie Lapham frenó el caballo y dejó que las mujeres se alejaran un poco más. Sacándose un pañuelo del bolsillo, se secó la frente.

–Bueno, es muy menuda, ¿verdad? Se parece bastante a Nancy en eso. Los médicos siempre advirtieron a Nance que era muy pequeña para tener hijos con facilidad. Le dijeron que era un riesgo que no debía correr. Claro que tal vez nosotros lo habríamos intentado igualmente –añadió, al ver la expresión en la cara de Robert–, pero entonces ella enfermó y ya no hubo nada que hacer. De todos modos, te digo que puedo adelantarme hasta Murphys y buscar un médico que os espere en el hotel, listo para examinar a Martha en cuanto lleguéis.

Robert se fijó en su hermana, en su barriga hinchada que sobresalía de su cuerpo diminuto, y supo que Lapham tenía razón. Había mujeres hechas para dar a luz fácilmente; a otras les costaba. Era probable que Martha fuera de estas últimas. Además, se veía muy pálida, con la frente sudorosa. Aunque en ese momento sonreía por algo que le comentaba Nancy, también se agarraba con tal fuerza al borde de la carreta que los nudillos se le habían puesto blancos.

–¿No le importaría adelantarse?

–En absoluto. A mi caballo no le vendría mal un galope después de ir al paso toda la mañana. Tú cuida de las mujeres. ¡Nance! –le dijo a su esposa–. Yo voy a adelantarme para ocuparme de unos asuntos en Murphys y para preparar vuestra llegada. Quiero asegurarme de encontrar habitaciones en la parte de atrás, lejos del *saloon*. Robert se queda con vosotras. Nos vemos allí, ¿de acuerdo?

Su esposa asintió: conocía a su marido.

Billie Lapham estaba a punto de espolear al caballo cuando a lo lejos, por el camino, apareció una carreta que avanzaba hacia ellos. Desde donde se encontraba, lo único que distinguía Robert era una sombrilla roja y amarilla que giraba lentamente.

–¿Qué turista elegante será esa? –se preguntó Billie Lapham en voz alta.

Se detuvieron y vieron acercarse más el vehículo. Al cabo de unos momentos quedó claro que la sombrilla era de seda china, y que quien la hacía girar era Molly Jones, que iba sentada en el lecho de la carreta, conducida por un cochero de edad avanzada y expresión perpleja. Apenas había sitio en el camino para los dos carromatos, que se detuvieron, muy juntos.

–¡Hooola! ¡Pero bueno, Robert Goodenough, menuda alegría para mis ojos cansados! ¡No me habías dicho que esos grandes árboles quedaban tan lejos!

Nancy y Martha se incorporaron y observaron a Molly, antes de volverse a mirar a Robert. Billie Lapham contemplaba alternativamente a Molly y a Robert, y ahogaba una risita. Robert seguía petrificado a lomos de su caballo tordo, incapaz de moverse con todas aquellas miradas clavadas en él, incluidas las de los cocheros, que hasta ese momento se habían mostrado invisibles.

–¿No vas a bajarte del caballo y a saludarme con un beso?

Solo al desmontar y subirse a la carreta, vacilando con la mano apoyada en uno de los bordes, Robert se dio cuenta de la corpulencia de Molly, y comprendió mucho después que todos los demás que ella también estaba encinta. Que esperaba un hijo suyo. Que llevaba el hijo del que el día anterior había creído librarse cuando la que apareció resultó ser Martha.

Molly se inclinó hacia él y lo besó en los labios.

–¡Sorpresa, cielo!

Nadie dijo nada, pero el caballo tordo relinchó, y su relincho sonó como una risotada.

–No estarás huyendo de mí, ¿verdad?

Molly escrutó a las mujeres de la otra carreta, dedicándoles una expresión que decía a gritos: «¡Explíquense!».

Al menos Nancy supo cómo reaccionar.

–Soy Nancy Lapham –dijo, alargando su mano pequeña, blanquísima–. Y este es mi esposo, Billie.

Billie Lapham se quitó el sombrero de copa y bajó la cabeza en dirección a Molly.

–Señora...

Molly volvió su atención hacia Martha, y clavó la mirada en su vientre.

–Bueno, ¿y a quién tenemos aquí?

Robert estaba demasiado atónito para hablar. Martha, en plena contracción, se aferró al costado de la carreta una vez más, sin poder decir nada. Aquel silencio produjo de nuevo en Molly la expresión que él ya le había visto el día que la dejó en French Creek: aquella desesperación, el deseo de ejercer el control cuando estaba claro que no lo ejercía. Era casi insoportable, y no quería que los otros la vieran.

–Esta es mi hermana Martha –consiguió balbucir al fin–. Acaba de llegar desde Ohio.

Al momento, el gesto de Molly se suavizó y se echó a reír.

–¡Claro! Debería haberlo adivinado. Pero si sois clavados... No me habías dicho que tenías una hermana. Y mira por dónde está esperando un niño, como yo. ¿Para cuándo, cielo?

–Pronto... Ahora –dijo Martha entre quejidos.

–A mí todavía me quedan dos meses, creo, pero ya estamos iguales. A ver si son gemelos... –dijo Molly, mientras se ceñía la tela de su falda amarilla, ya muy dada, a la barriga.

–Nosotros nos dirigimos a Murphys –le explicó Robert–. Billie y Nancy van a instalarse allí, y Martha y yo...

No terminó la frase, aunque varios pares de ojos lo observaban para ver cómo lo hacía.

–¿Qué? No irás a abandonar los grandes árboles cuando yo ni siquiera los he visto, ¿no? ¡Ya que he venido hasta aquí...!

Robert se encogió de hombros sin saber bien qué responder.

–¿Vais a quedaros en el hotel nuevo de Murphys?

–Así es, señora –respondió Billie Lapham, percibiendo claramente que Robert necesitaba ayuda.

–A mí me ha encantado. Tiene dos plantas, con balconadas en tres de sus lados. Hay lavamanos en todas las habitaciones, y caoba por todas partes. No me gustó la primera habitación que me ofrecieron, así que pedí que me mostraran todas las demás y escogí una que daba al frente, a la calle. Se puede una sentar en el balcón y contemplar todas las idas y venidas, que son muchas, porque hay un *saloon* y un restaurante. Además, me dieron permiso para guardar mi colchón en el pajar.

Robert imaginó el gran colchón de plumas en el que tanto tiempo había pasado, y empezó a comprender.

–¿Has dejado French Creek?

Molly arrugó la nariz.

–Por supuesto. No supondrás que voy a educar a un hijo allí, ¿no? No con todos esos buscadores de oro, todos esos bribones por todas partes. Ni hablar. No. Este niño va a tener una vida mejor.

Y le sonrió, expectante.

–¿Por qué no te vas al Bosque de Calaveras y te alojas en el hotel? –le sugirió Robert–. Yo regresaré dentro de uno o dos días.

–¿Y por qué habría de querer quedarme ahí yo sola? –Molly le dio unas vueltas a la sombrilla una vez más, como si intentara hipnotizar con ella a Robert–. ¿No vas a volver conmigo y mostrarme los árboles?

Martha miró a Robert con los ojos muy abiertos, la mano aún agarrada con fuerza al costado de la carreta, como sobresaltada. Aquella mirada terminó de decidirlo.

–No –le respondió a Molly–. Martha está a punto de tener un hijo. Yo la llevo a Murphys y quiero estar presente. Soy su hermano. Y eso es lo que hace un hermano.

Molly dejó de dar vueltas a la sombrilla.

—¿Te duele, cielo? —le preguntó a Martha, que asintió—. Pobrecilla. Deberías estar en la cama, y no en una carreta. Sí, claro, seguid viaje todos. Yo me instalaré en Calaveras y veré lo que hay que ver. ¿No hay una bolera ahí arriba?

Billie Lapham enderezó mucho la espalda.

—Por supuesto, señora.

Estaba muy orgulloso de su bolera.

—Tal vez la pruebe, si esto no se interpone en mi camino —dijo Molly, al tiempo que se daba unas palmaditas en la barriga—. Dame otro beso, Robert, y sigo mi camino. Nos vemos tan pronto como estés listo para venir a buscarme.

Curiosamente, Molly parecía acabar de salir de una situación incómoda con su dignidad intacta.

—Encantado de conocerla, señora —dijo Billie Lapham, levantándose el sombrero una vez más. Nancy murmuró algo, en sintonía con él.

—Lo mismo digo. ¡Y buena suerte, cielo!

Molly le hizo una seña a Martha, y le dio un golpecito al cochero con la punta de la sombrilla, tras lo cual se pusieron en marcha.

Todos permanecieron unos momentos en silencio. En cuanto Molly se hubo alejado lo bastante, Billie Lapham se echó a reír.

—¡Maldita sea, Goodenough, nos tienes en ascuas!

Cuando Billie Lapham se adelantó al galope hacia Murphys, la carreta prosiguió lentamente su viaje montaña abajo. Robert iba al paso, tras ella, hasta que Nancy lo llamó.

–¡No te quedes ahí, Robert Goodenough! Ponte a nuestro lado y responde algunas preguntas.

Robert suspiró. Habría preferido no tener que hablar, estar solo para poder asimilar la nueva realidad de Molly, de otro bebé. Su vida se estaba llenando rápidamente de otras personas, y a él le faltaba tiempo para imaginar todos los cambios que estaban a punto de producirse. Aunque nadie más parecía preocupado, tal vez porque no era la vida de los demás la que se estaba poniendo patas arriba.

Adelantó el caballo tordo para quedar a la altura de las mujeres. La mera idea de mirarlas hacía que se sonrojara. A pesar de sus evidentes dolores, Martha parecía divertida, y Nancy no disimulaba una sonrisa de oreja a oreja.

–Muy bien –dijo–. Ahora tienes que contárnoslo todo.

A regañadientes, Robert les contó que había conocido a Molly en Texas, que había vuelto a verla en Sacramento y que la había visitado varias veces en French Creek. Les habló de su trabajo de cocinera, aunque no de los demás aspectos de su empleo. Esperaba que ellas no especularan demasiado. Le resultaba embarazoso tener que hablar de esa parte de su vida, pero al menos así Martha se olvidaba un rato de sus contracciones. La joven dejaba que fuera Nancy quien formulara las preguntas, pero escuchaba las respuestas tan atentamente como podía.

Cuando Nancy, finalmente, concluyó el interrogatorio, Martha se miró la barriga y dijo:

–Este bebé va a tener primos.

Que Martha lo expresara así, con aquellas palabras sencillas que dejaban claras las cosas entre Molly, su hermano y ella, hizo que Robert se sintiera mucho mejor.

Billie Lapham tenía ya listas dos habitaciones traseras para ellos en el hotel Murphys cuando llegaron, a primera hora de la tarde, y había buscado a un médico e incluso a una de las pocas mujeres de la localidad para asistir en el parto. La habitación era tan bonita como había dicho Molly. Más bonita, de hecho, que cualquier habitación en la que se hubiera alojado Robert: tenía una alfombra en el suelo, papel a rayas en las paredes, un cabecero de caoba maciza, un aguamanil, y cristales buenos en las ventanas. No se imaginaba poder dormir bien en un sitio así.

Aguardó junto a la puerta mientras la mujer acostaba a Martha, pero ella lo echó con un gesto.

–Fuera –murmuró–. Aquí no hace nada. Tampoco vamos a necesitar a ningún médico. Esto no es ninguna enfermedad.

–No estaré muy lejos –le gritó Robert a su hermana, pero ella ya había empezado a sufrir el tipo de dolores que bloquean todo lo demás, y dedujo que no lo había oído.

Esperó durante un rato en el pasillo, pero salió en cuanto Martha empezó a gritar y se puso a caminar por la calle principal.

Murphys era como cualquier otro pueblo minero, lleno de tiendas de suministros y de alcohol, pero tenía un empaque –como un edificio con buenos cimientos– que hacía probable que sobreviviera a la fiebre del oro y se convirtiera en algo más. Robert, sin embargo, no veía nada de todo eso: estaba tan alterado por los gritos de su hermana que apenas se fijaba en los sólidos tablones dispuestos para caminar por las calles, ni en los edificios de ladrillo ni en las alcantarillas que se habían excavado. Durante un rato estuvo sentado en un *saloon*, con un vaso de whisky, pero como no le gustaba beber acabó por irse dejando la copa intacta.

Prefería las afueras de Murphys, donde habían acampado algunos buscadores de oro. Un arroyo, afluente del río Stanislaus, pasaba por detrás del hotel, y se quedó un tiempo sentado junto a la orilla, observando a una familia que sacaba barro del lecho del riachuelo y lo pasaba por un gran cedazo antiguo, de los que ya casi no se veían. No era habitual ver a mujeres y niños buscando oro. Habría querido abordar a la mujer y preguntarle qué le estaba ocurriendo a Martha, cómo podía sobrevivir una mujer a tanto dolor. Pero no lo hizo. Estaba acompañada por aquellos dos niños que veía, y era evidente que había sobrevivido a su nacimiento, y seguramente le diría que su hermana también sobreviviría. Así que siguió ahí sentado, tomando el sol, y los observó mientras ellos seguían buscando sus diminutas pepitas de oro, intentando no pensar.

Ahí fue donde lo encontró Billie Lapham. Lapham era un hombre que mostraba físicamente sus emociones y, nada más verlo llegar corriendo por el camino, Robert supo que Martha estaba bien. Soltó entonces el hondo suspiro que hasta ese momento, sin saberlo, había estado reprimiendo.

–Goodenough, acabas de tener un sobrino. –Billie Lapham le estrechó la mano y se secó la frente. Era evidente que le complacía ser el portador de buenas noticias.

–¿Cómo está Martha?

–Oh, está bien. Cansada, claro. Es increíble por todo lo que tienen que pasar las mujeres, ¿verdad? –Meneó la cabeza, asombrado–. Pregunta por ti, y le he dicho que venía a buscarte. He buscado por todas partes menos aquí atrás. Vamos, te llevaré con ella.

La encontró tendida en la cama, con el bebé en brazos, ajena a toda la actividad que se desarrollaba a su alrededor. Nancy Lapham le traía una taza de té, el doctor guardaba botellas e instrumental médico que Robert prefería no mirar demasiado, y la mujer metía sábanas en cubos de agua. Antes de acercarse a su hermana, le pagó al doctor y también le dio algo a la mujer. Entonces se sentó en una silla, junto a la cama.

–Martha –dijo.

–Oh, Robert –murmuró ella, con la voz ronca de tanto gritar–. Estás aquí.

Martha tenía el pelo sudoroso y arrugas alrededor de los ojos y de la boca. El dolor que acababa de sentir había dejado su huella. Pero cuando alargó la mano para sostener la suya, lo hizo con pulso firme.

–¿Estás bien? –preguntó Robert.

A pesar de que aquella mujer se llevaba ya las sábanas, la habitación seguía impregnada del olor metálico de la sangre.

–Sí, claro que estoy bien. Pero me alegro de que ya esté fuera. Míralo.

Le señaló el rostro diminuto, arrugado y rojo con el orgullo que solo una madre puede sentir por su hijo recién nacido. Pero en ese momento Robert no era capaz de apreciar a su sobrino; solo le preocupaba su hermana.

–¿Qué nombre le pondremos? –preguntó Martha.

Robert meneó la cabeza.

–Eso decídelo tú.

–Quiero llamarlo como nuestro padre: James.

Robert torció el gesto.

–Como tu padre, querrás decir –soltó, aunque al instante lamentó haber sacado el tema en un momento como ese.

Pero Martha lo miró fijamente.

–Sé lo que digo. Nuestro padre. Yo nunca hice el menor caso de lo que dijo madre sobre tío Charlie. Solo intentaba..., bueno, lo típico de madre. Discutir hasta el último momento.

Robert no estaba tan seguro. Había guardado las últimas palabras de su madre en un armario alto que jamás abría. Pero tal vez dejara que Martha lo abriera por él.

–Para empezar lo llamaremos Jimmy –prosiguió ella–. James es demasiado serio para un niño tan pequeño.

Robert tenía otro recuerdo vago del nombre de Jimmy: estaba grabado en una de las cruces de madera que señalaban las tumbas de sus hermanos y hermanas muertos en el Pantano Negro. Cuando su madre estaba borracha, increpaba a Dios y a las fiebres por haberse llevado a su hijo mayor. Tal vez un nuevo Jimmy era algo así como una respuesta a aquella pérdida.

La carita roja soltó un grito repentino. Robert retrocedió como habría hecho su caballo al ver una serpiente, pero Martha se abrió el vestido y se acercó el niño a un pecho. Robert apartó la mirada.

–¿Necesitas algo?

–Un poco de pan empapado en leche estaría bien. ¡Me muero de hambre! Y una toalla para ponérsela a Jimmy como pañal.

Robert bajó al restaurante y pidió comida para Martha y para él, y también unas toallas. No estaba acostumbrado a aquellas peticiones domésticas, y se descubrió a sí mismo pensando en la colchoneta en la que dormía al raso, en su caballo tordo, que estaba en el establo, en los campamentos que rodeaban Murphys, en las hogueras que los buscadores de oro encenderían pronto mientras cenaban galletas saladas y fumaban puros. ¿Volvería él a disfrutar alguna vez de aquellos fuegos de campamento? No imaginaba a Martha sentada en torno a uno de ellos con el bebé en brazos o, más tarde, con el niño jugando a sus pies. Pero lo cierto era que tampoco se la había imaginado nunca enfrentándose a la dureza de una travesía en un barco que rodeaba América del Sur.

Mientras comían juntos en la habitación del hotel y el bebé dormía en la cama, junto a Martha, él le preguntó más cosas sobre su viaje, sobre Nueva York y, tímidamente, sobre el Pantano Negro. Martha le estaba contando algo divertido sobre Hattie Day, y de pronto se detuvo.

–Tú ya sabes que nunca podré volver allí –dijo, interrumpiendo su propia historia–. Por lo que le hice a Caleb.

Robert tragó saliva.

–¿Está...?

–No lo sé. Yo me fui. Pero había mucha sangre. –Martha clavó la mirada en la vela que ardía junto a la cama–. Creía que tal vez vendrían a buscarme a Nueva York, y por eso fui muy discreta mientras estuve allí, y subí a bordo del barco en el último momento. Pero un país entero me separa ahora del Pantano Negro. No van a venir a buscarme hasta aquí, ¿no?

–Claro que no. Yo te mantendré a salvo. –Robert intentó sonar convincente, ocultar la sorpresa que le había causado oír hablar de sangre–. Podemos vivir en algún lugar apartado. Aquí hay muchísima tierra. A California se viene a empezar de nuevo.

Martha apartó los ojos de la vela y lo miró.

–¿Y Molly?

–¿Molly qué? –dijo Robert, en un tono más seco del que pretendía.

–Ahora es de la familia. Su hijo también será un Goodenough, y ella también una vez que te cases con ella.

–¿Casarme con Molly?

–Parece muy simpática. Decidida. Y estaría bien vivir con alguien que también acaba de tener un hijo. Hace que las cosas sean más fáciles. –Martha ahogó una risa al verle la cara–. No has pensado mucho en todo esto, ¿verdad?

Robert negó con la cabeza.

–No he tenido mucho tiempo.

–Bueno, pues ahora ya puedes empezar a planear. Mañana subes al Bosque de Calaveras, hablas con ella del futuro y te aseguras de que no le importe que yo viva con vosotros.

–¡Pues claro que no le importará!

Robert no añadió: «Nadie ha hablado de vivir juntos». Martha estaba presuponiendo cosas, y sospechaba que Molly hacía lo mismo. Suponía que así eran las mujeres: prácticas, ocupadas del cuidado de sus hijos.

Para alivio suyo, ya no iba a tener que seguir hablando del futuro: el cansancio acabó por apoderarse de Martha, a quien se le cerraban los ojos. Robert, en silencio, desenrolló la colchoneta y la extendió en el suelo. Cada vez que su sobrino despertaba, hambriento, él fingía estar dormido.

A la mañana siguiente, a pesar de las interrupciones de la noche, Martha amaneció despejada y con la cara fresca, e insistió en que él regresara a Calaveras a ver a Molly.

–Por favor –añadió al ver que Robert vacilaba–. Me tranquilizará saber dónde encajamos Jimmy y yo en el futuro. Además, ella espera un hijo tuyo. Tienes que asegurarte de que esté bien.

Los Lapham ya estaban con ellos: Nancy se había sentado con Martha, y Billie se paseaba de un lado a otro con el recién nacido en brazos.

–Tú vete, Goodenough, nosotros cuidaremos bien de tu familia –dijo Billie, acunando al bebé.

–Pues claro que lo haremos –añadió Nancy–. Yo voy a traerme mi labor de ganchillo y me sentaré aquí todo el día para haceros compañía. Este pequeño necesita ropita de abrigo para el invierno.

–Está bien –admitió Robert finalmente–. Esta misma noche estaré de vuelta.

Una parte de él sentía alivio por poder alejarse de su sobrino. Lo había sostenido en brazos una sola vez, brevemente, pero aquella piel enrojecida, aquellos ojos tan cerrados y aquella boca entreabierta le resultaban ajenos. Aunque no dijo nada, no entendía que los demás cantaran tanto las virtudes de un bebé que parecía más un animal que un ser humano.

Se inclinó hacia su hermana y le besó la frente. Ella le sonrió.

–Saluda a Molly de mi parte. Dile que ya tengo ganas de que los primos jueguen juntos.

Robert asintió.

Cuando ya se iba, oyó que Nancy Lapham quería pedir que trajeran una bañera de latón para que Martha pudiera lavarse y se quitara el sudor y la sangre del día anterior.

En el Bosque de Calaveras, Robert encontró a Molly apoyada contra el tronco conocido como De tal Palo tal Astilla. Estaba conversando con otros visitantes, con el aire de quien lleva toda la vida instalada allí. Al desmontar y dirigirse hacia ella, Robert la oyó decir:

–A mí me gusta el vals, sobre todo ahora que estoy tan gorda. ¡Imagínenme intentando bailar la polca con esta barriga!

El grupo que la acompañaba se echó a reír.

A Molly se le iluminó la cara al verlo, y le pasó el brazo por el suyo.

–Robert Goodenough, tenías razón sobre este sitio. ¡Es maravilloso!

–¿Ya has paseado entre los árboles?

–No, solo he visto estos. –Señaló los Dos Centinelas–. Esperaba a que vinieras y me los mostraras tú. ¿Cómo está tu hermana?

–Bien. Ya ha tenido el niño. Lo va a llamar James... Jimmy. Ella... te manda recuerdos.

Robert no se atrevió a reproducir su frase de los primos jugando juntos, ni lo de vivir todos en un mismo hogar. Era demasiado pronto.

—Voy a llevar a mi caballo al establo y nos vamos a ver los árboles. Solo puedo quedarme un día.

Molly frunció el ceño.

—¿No te vas a quedar a pasar la noche? Aquí la comida es buena. Tuve una larga charla con el cocinero. Y me encanta la bolera. ¿La has probado?

Robert negó con la cabeza, recordando lo despectivo que se había mostrado William Lobb con aquel juego.

—Le he prometido a Martha que volvería esta noche. Todavía está bastante cansada, y quiero asegurarme de que esté bien, que sepa que estoy a su lado.

Al pensar en su hermana sintió una punzada de preocupación y lamentó haber ido al Bosque de Calaveras.

Pareció que Molly estaba a punto de decir algo, pero se interrumpió.

—Está bien, pues, Robert Goodenough. Disfrutemos de lo que nos queda del día.

Lo acompañó a los establos para dejar el caballo tordo. Molly llevaba allí solo un día, pero estaba claro que conocía bien el lugar, y saludaba con gran familiaridad a todas las personas con las que se cruzaba: al parecer, se había presentado tanto a los trabajadores como a los visitantes. De hecho, parecía mucho más interesada en el elemento humano del Bosque de Calaveras que en las propias secuoyas, algo que para Robert carecía de sentido. Por otra parte, de esa manera él se ahorraba tener que llevarla a seguir el recorrido de dos kilómetros para ver todos los árboles. Ella se conformaba con admirar los que quedaban más cerca, sin adentrarse demasiado en el bosque, e insistía todo el rato en ir cogida del brazo de Robert, como había hecho Martha dos días antes. En esa ocasión a él le parecía que el peso de las expectativas era aún mayor que con su hermana. Ella avanzaba como un barco que navega por aguas sosegadas a ritmo lento, orgulloso. Los visitantes con los que se cruzaban sonreían al ver a una mujer tan corpulenta entre unos árboles tan grandes, reacción que Molly aceptaba como si fuera una reina o un presidente y no esperara menos de los demás.

Cuando se acercaban a alguno de los árboles con nombre, Molly se detenía y entrecerraba los ojos. El Viejo Solterón, leyó en voz alta una placa que habían colgado del tronco.

–Ah... –Miró de soslayo a Robert–. Quedémonos aquí un rato.

Sin esperar su respuesta, se instaló en un banco cercano colocado de manera que, desde él, se tuviera una buena perspectiva del árbol. Robert se sentó muy recto a su lado.

–¡Échate hacia atrás! –le dijo ella, tirándole del hombro–. Estás más tenso que un gato en una tormenta.

Robert sabía que se había sentado como si estuviera a punto de ponerse de pie otra vez, volver al establo y salir galopando en su caballo tordo. Apoyó la espalda en el banco e intentó no pensar en su hermana.

Molly se colocó bien las faldas alrededor de la barriga.

–Y ahora debemos mantener una pequeña charla.

Robert estudió el Viejo Solterón. Era un árbol enorme, grisáceo, algo separado del resto y ubicado un poco más arriba de la colina. Habría podido ser más grande aún, pero la copa había muerto y se había caído, dejándolo con la corona redondeada que se veía en los ejemplares gigantes más viejos. Ahora empezaba a entender mejor el porqué de su nombre.

–Fíjate. Ni siquiera puedes mirarme.

Hacia la mitad del tronco había una ristra de huecos de pájaro carpintero. Robert los contó mentalmente y, a continuación, preguntó lo que debía preguntar.

–¿Ese bebé es mío?

Notó que ella se estremecía a su lado. Aunque al pensar la pregunta había considerado que era lógica, al oírse a sí mismo pronunciarla en voz alta comprendió que resultaba muy ofensiva.

Pero Molly no se enfadó ni gritó.

–Es tuyo. Nunca, en toda mi vida, he estado tan segura de algo –respondió sin alterarse.

Él sabía que no conseguiría sacarle una respuesta más sincera.

–¿Quieres...?

Robert no pudo terminar la frase.

–¿Y cómo sabes que quiero algo de ti?

Robert se dio cuenta de que, al fin, Molly había abandonado el tono alegre. Todo un alivio.

–Te trataré bien –dijo.

–¿Y qué significa eso? No sé si lo sabes, pero ni siquiera has dicho que te alegras de verme. ¿Te alegras?

–Yo...

–Yo creo que no te alegras. Eso es lo que creo.

Molly volvía a poner esa cara que él tanto detestaba, que lo hacía sentir como si tuviera una banda metálica alrededor del pecho, oprimiéndolo. Esta vez, además, estaba enfadada.

–Sí que me alegro. Pero...

–No me quieres aquí, ¿verdad?

–Molly, para. Déjame... –Robert levantó la mano–. Déjame hablar.

Miró a Molly a los ojos, y ella se quedó muy quieta, con las manos entrelazadas sobre la barriga.

–Mi hermana Martha llegó apenas hace dos días. Hacía dieciocho años que no la veía. De hecho, ni siquiera sabía si estaba viva o muerta.

–¿No lo sabías?

–No.

–¿Y el resto de tu familia? ¿Tus padres?

–Están muertos.

–Nunca me lo habías contado. ¿Cuándo murieron?

–Hace dieciocho años.

Molly arqueó las cejas.

Robert vaciló. Como ella esperaba que dijera algo más, finalmente pronunció en voz alta las palabras que nunca había dicho.

–Ellos... se mataron el uno al otro cuando yo era niño.

Aquellas palabras rasgaron el aire como un cuchillo al cortar la carne: encontrando un poco de resistencia primero, hundiéndose después sin esfuerzo.

Molly lo miró fijamente.

–Dímelo otra vez, no sea que no te haya oído bien.

–Se mataron el uno al otro.

–¿Cómo pueden dos personas matarse la una a la otra?

Robert suspiró y le contó, lo más brevemente que pudo, lo que había ocurrido en el huerto. Sentía una astilla de tristeza clavada en el corazón.

–Después de aquello me fui. Y no regresé nunca.

–Dios mío... –Molly seguía sentada, inmóvil, retorciéndose las manos en el regazo. No era una persona fácilmente impresionable, pero Robert notaba que la familia Goodenough había logrado asombrarla–. Dejé allí a Martha –añadió Robert–. Nunca me perdonaré a mí mismo por haberla abandonado. De hecho, no debería haberla dejado sola hoy.

Pero Molly ya empezaba a rehacerse, y el enfado iba sustituyendo a la sorpresa inicial.

–¿Y por qué diablos nunca me contaste nada de todo eso, Robert Goodenough? Yo te hablé de mi padre y de mi madre, de mis hermanos y de mi hermana, pero tú nunca me dijiste nada de los tuyos... Solo me contabas cuentos tontos sobre el charlatán de los remedios y la pata de palo, y tenías tantas cosas en tu pasado de las que hablar...

—Lo siento, Molly, pero no se lo cuento a nadie. Así es más fácil.

Ella lo miraba, furiosa, y él se dio cuenta de que no se iba a conformar con tan poco.

—Si no le hablo a la gente de ello, no me hace falta pensar en ello, y es como si no hubiera ocurrido.

—Pero ocurrió.

—Sí.

—¿Y no lo sabes de todos modos? Bajo todo ese silencio, tú sabes que sigue estando ahí.

—Sí.

—¿Y no es mejor ser más abierto? Al menos así eres sincero, y no tienes algo ahí metido, mortificándote.

—Quizás sí. Supongo que tú y yo somos diferentes.

—Supongo.

El enfado de Molly se apagó tan pronto como se había encendido. Le cogió una mano a Robert.

—Dios mío, me siento muy mal por ti, Robert. Este mundo está lleno de penas, ¿verdad?

Siguieron ahí sentados un rato, y Robert no apartó la mano.

—A mí la Biblia nunca me ha dado mucho consuelo —dijo Molly entonces—. Pero entiendo que estos árboles puedan darlo. Llevan aquí mucho más tiempo que nosotros y nuestras locuras, y seguirán riéndose de nosotros dentro de unos cuantos siglos, ¿no crees?

—Sí.

Era más fácil seguirle la corriente que explicarle lo que realmente pensaba. La primera vez que había visto los árboles gigantes, a Robert también le había maravillado su antigüedad, y todo lo que habían presenciado. Ahora, sin embargo, no los veía en absoluto como testigos. Los árboles vivían en un mundo distinto al de las personas. Por más que podara sus ramas, recogiera sus frutos, recolectara sus piñas o desenterrara sus plántulas, ellos no le respondían. Incluso su caballo le respondía más que aquellos árboles. No estaban hechos para eso. No tenían personalidad. No le gustaba que la gente les otorgara características humanas, cuando era evidente que no eran humanos. Por eso no le gustaba que pusieran nombre a las secuoyas. El Viejo Solterón era un árbol, no un hombre. Pero sabía que él, a veces, también caía en la trampa. Por ejemplo, se había sentido tontamente complacido cuando Martha había escogido los Huérfanos para sentarse debajo, aunque aquellos árboles no fueran huérfanos.

Pero dejó que Molly convirtiera aquellos árboles en testigos de la locura humana, y le dijo:

–Molly, tengo que volver a Murphys. No me siento bien dejando a Martha sola.

Ahora ya le resultaba más fácil pronunciar aquellas palabras tan sencillas.

A Molly también le resultaba más cómodo aceptarlas.

–Vuelve con ella –le dijo–. Haz que el caballo galope más que nunca.

–Puedes venir conmigo, si encuentro carreta.

–No, te retrasaría en tu regreso. Yo bajaré dentro de un día o dos. –Molly estiró las piernas y se señaló los pies–. Por el momento me voy a quedar aquí un poco, y voy a contemplar los árboles.

El tordo no era un caballo especialmente brioso, pero ahora su jinete le transmitía que era el momento de galopar. En una hora y media ya habían bajado la montaña.

Pero Robert también percibía algo, un temor que corría más que su caballo.

Al llegar al hotel, se detuvo en el quicio de la puerta de la habitación, con la mirada fija en la cama empapada en sangre; en la cabeza de Martha vuelta hacia la puerta, como si lo esperase, con los ojos muy abiertos, como dos velas apagadas; en Billie Lapham a su lado, cubriéndose el rostro con un pañuelo, llorando. Y entonces pensó: «Dios existe y es muy duro, me da con una mano, pero me quita más con la otra para que al final me quede con menos de lo que tenía al principio».

Se quitó el sombrero, avanzó hacia la cama y tomó a Martha de la mano. Apenas empezaba a enfriarse.

–Si todavía estás en esta habitación –dijo–, quiero decirte que no debería haberte dejado en el Pantano Negro. Lo hice porque estaba asustado y solo pensaba en mí mismo, cuando debería haber pensado también en ti. Era solo un niño, pero debería haber cuidado de ti y no lo hice, y eso es algo que lamentaré el resto de mi vida.

Oyó un quejido a su espalda, y cuando se volvió vio a Nancy, que estaba junto a la puerta con Jimmy en brazos, envuelto en el chal de Martha.

–Lo siento mucho, Robert. De veras que lo siento.

–¿Qué ha pasado?

–Una hemorragia. El médico dice que ocurre a veces cuando queda algo dentro de la madre que debería haber salido. Estaba bien, conversaba conmigo mientras el bebé dormía, y de pronto había sangre por todas partes. Billie ha salido corriendo a avisar al médico, pero ya era demasiado tarde.

Jimmy lloriqueaba.

—Sé que no debería sostenerlo en brazos, por mi enfermedad —dijo Nancy—. Pero Billie no está sereno. Siempre ha sido más sensible.

Contempló con ternura a su marido, que seguía llorando.

—Toma. —Se acercó y le entregó al niño—. Vamos, cógelo —insistió al ver que Robert vacilaba—. Eres todo lo que tiene.

Robert unió ambos brazos, como había visto hacer a Nancy, y sostuvo a Jimmy. El cambio hizo que el pequeño dejara de llorar unos instantes y abriera los ojos. Era la primera vez que Robert se los veía abiertos. No eran castaños, ni azules aún, sino de una mezcla turbia de los dos colores, y no centraban la mirada; aun así, Robert vio claramente que eran ojos de Goodenough. Miró a Jimmy y fue como ver a toda su familia junta en una sola cara: joven y viejo, hombre y mujer, niño y niña.

Cuando el recién nacido constató que la persona que lo sostenía en brazos tampoco lo alimentaba, empezó a llorar de nuevo, manifestando su malestar.

—Vas a tener que buscarle algo que comer —dijo Nancy—. El problema es que solo hay veinticinco mujeres en este pueblo, y ninguna de ellas tiene hijos.

A Robert, el llanto del bebé le resultaba casi insoportable.

—Mécelo y muévelo un poco arriba y abajo —le sugirió Nancy—. Eso es lo que he estado haciendo yo.

Robert se llevó a su sobrino al pasillo, porque pasearse con él delante de la madre a la que nunca conocería le resultaba cruel.

Mientras se paseaba por aquel corredor cubierto de alfombras, vio que dos hombres venían en dirección contraria: el dueño del hotel y otro que se presentó como el *sheriff*. Se mostraron expeditivos, y hablaron en voz alta para hacerse oír sobre el llanto del pequeño.

—Solo hemos venido a asegurarnos —declaró el *sheriff*—. ¿Tiene dinero para enterrarla?

Robert asintió.

—Entonces vendrá alguien a tomar las medidas para el ataúd. Le costará seis dólares. ¿Quiere que haya velatorio, servicio religioso? Tendríamos que enviar a alguien a Stockton para que acuda el ministro a nuestra iglesia. Podría tardar un día o dos.

—No, no hace falta esperar.

El propietario del hotel pareció aliviado: una muerte en su establecimiento ya era una mala noticia, pero que el cadáver tuviera que permanecer en él más de lo imprescindible era pésimo para el negocio. Miró a Jimmy, que no dejaba de chillar.

—Parece que tiene las manos ocupadas. Haré que dos chicos caven la tumba por usted. Le costará un dólar. ¿Le parece bien?

Robert no pudo sino asentir. Todas aquellas cuestiones prácticas, acompañadas de los gritos insistentes de Jimmy, le impedían asumir del todo el hecho de que Martha estaba muerta.

—¿Sabe qué hacía mi mujer para calmar a un bebé? —le dijo el *sheriff*—. Le metía el dedo meñique en la boca, así tenía algo que chupar. A veces eso es todo lo que quieren...: mamar. Pruébelo.

Robert frunció el ceño, pero acercó el dedo meñique a la boca del bebé y lo movió sobre sus labios. Jimmy la abrió y empezó a chupárselo, con una energía sorprendente.

—¿Lo ve? Por supuesto, cuando descubra que esa teta no tiene leche, llorará aún con más fuerza —concluyó el *sheriff* ahogando una risita.

–¿Van a quedarse en la habitación esta noche? –preguntó el dueño del hotel.

–Supongo que sí.

–Tendrá que pagar por adelantado y abonar el importe de las sábanas y el colchón... Han quedado inservibles.

Robert asintió. Los tirones que le daba su sobrino en el dedo empezaban a hacerle daño.

–Le daré otro consejo –dijo el *sheriff* al ver que Robert estaba desbordado–. Saque el último cajón de la cómoda y fórrelo con una colcha. El bebé puede dormir ahí.

Le dio una palmadita en la espalda y entró en la habitación en la que yacía el cuerpo de Martha.

No era la primera vez que Robert veía muertos. Había visto morir a hombres por culpa de fiebres, picaduras de serpientes, caídas del caballo e incluso, en una ocasión, vio a un toro matar a una persona de una embestida. A veces no estaba claro por qué algunas personas morían: parecía, simplemente, que se rendían. Había cavado tumbas y trasladado cuerpos, había estado presente en entierros, con el sombrero en la mano en mitad del camposanto. Algunos de aquellos muertos eran desconocidos, a otros los conocía y sentía aprecio por ellos. Pero nunca había tenido que enfrentarse a lo que implicaba la muerte de un ser querido, con esa incómoda mezcla de emociones y aspectos prácticos que resolver. No había asistido a los momentos finales de sus padres (los dos seguían teniendo los ojos abiertos cuando él se había marchado, mirándose fijamente). Debieron de ser Nathan y Caleb los que se hicieron cargo, los que fabricaron los ataúdes y cavaron las tumbas.

Debió de ser Sal la que corrió a avisar a los vecinos, y Martha y ella y la señora Day las que lavaron y vistieron a Sadie y a James antes de enterrarlos. En aquellos momentos, él debía de estar ya siguiendo el curso del río Portage hasta el lago Erie, adentrándose en América, perdiéndose.

Ahora, mientras empezaba a reaccionar tras ese instante congelado que había sido ver a Martha en aquella cama empapada en su propia sangre, Robert temía sentarse en la alfombra del pasillo y no poder levantarse ya nunca más. Lo único que lo privaba de hacerlo era la succión intensa y persistente que notaba en el dedo meñique. Indignado al constatar que lo que le habían dado para que mamara estaba tan seco que lo único que sacaba era su propia saliva, Jimmy emitía unos chillidos agudos que le brotaban de las comisuras de los labios. Seguro que enseguida empezaría a llorar de nuevo. Robert debía pensar en algo.

Caminó deprisa por el pasillo con el bebé apoyado en un brazo, y entró en la cocina del restaurante, donde un hombre que mascaba tabaco freía unos filetes. A su alrededor, por todas partes, había escupitajos de tabaco.

–¿Tiene leche? –le preguntó Robert.

El hombre miró fijamente al recién llegado y al bebé y, con un movimiento de cabeza, le indicó la puerta trasera.

–Ahí, en el arroyo.

–Le importa si me llevo un poco para el... –Robert movió el brazo con el que sostenía a Jimmy, lo que hizo que este se sobresaltara y emitiera un quejido que más bien parecía el maullido de un gato.

El cocinero torció el gesto.

–Diez centavos la taza. Lo añadiremos a su cuenta. ¿En qué habitación está? No importa, ya me acordaré. Y ahora, sáquelo de aquí. Los bebés que lloran...

Meneó la cabeza y lanzó un escupitajo de tabaco.

Algo más arriba de donde trabajaba la familia que buscaba oro había una lechera plateada medio hundida en el arroyo; el agua era la manera más eficaz de mantener las cosas frías. Robert, con dificultad, la sacó con una mano. ¿Podría desprenderse en algún momento de aquel niño, soltarlo un momento? ¿Cómo lo hacían las mujeres? Pensó en todas las mujeres que había visto cargando niños: las indias se los ataban con telas a la espalda, o al pecho, para tener las manos libres y poder seguir trabajando. Las mujeres blancas los envolvían fuertemente con telas y los dejaban al cuidado de chicas o ancianas. Pero los recién nacidos, por lo general, se quedaban en la cama con sus madres unas semanas, hasta que ambos ganaban fuerzas.

Robert dejó a Jimmy en el suelo. Entrecerraba los ojos, lloraba, retorcía el rostro entero por el malestar que sentía. Extendía los brazos, y sus manos eran como dos estrellas en el aire. Robert vaciló entre la lechera y el bebé, pero finalmente decidió que Jimmy podía quejarse y patalear, pero que aparte de eso tampoco podía moverse mucho.

Levantó la tapa, vertió algo de leche en una taza que había llevado consigo, sacó un pañuelo –no muy limpio, pero no tenía nada más– y hundió un pico en la leche, empapándolo todo lo que pudo. Entonces se sentó, se puso al pequeño en el regazo y lo envolvió mejor con el chal para que dejara de agitarse. Al pasarle la tela empapada en leche por los labios, Jimmy no hizo caso y siguió gritando. Robert lo intentó varias veces más, pero su sobrino parecía haber llorado tanto que ya no pensaba en comer. Desesperado, Robert le metió el dedo meñique en la boca una vez más, y entonces él se calmó y empezó a chupar. A continuación retiró el dedo, se envolvió en él parte del pañuelo empapado en leche y lo volvió a introducir. Su sobrino pareció tan indignado al notar en el paladar y la lengua el tacto áspero de la tela, que Robert no pudo evitar sonreír un poco. Pero el niño siguió mamando con expresión resignada. Al cabo de un momento, Robert retiró el dedo y se lo cubrió con otra parte del pañuelo, empapada esta vez con más cantidad de leche.

–Aquí tienes, muchachito. Chupa esto.

Volvió a meterle el dedo, y el niño mamó. No se trataba de una solución ideal, porque la leche que salía era muy poca, pero tendría que servir hasta que se le ocurriera una manera mejor de alimentarlo.

Finalmente, más por cansancio de tanto llorar que por haber quedado saciado, Jimmy se quedó dormido, y Robert se lo sentó en las rodillas, junto al arroyo, sin atreverse a moverse, no fuera a despertarlo de nuevo. Estudió la cara de su sobrino, que estaba menos roja ahora que había dejado de llorar. Tenía los párpados de un azul muy pálido, la nariz chata, y la boca, en forma de arco, le seguía temblando como si aún estuviera mamando. Todo en él parecía delicado, frágil. Pero estaba tranquilo. Y vivo.

–¡Estás aquí! ¿Has conseguido que se duerma?

Nancy Lapham acababa de aparecer detrás de él. Hacía meses que Robert no la veía con un aspecto tan robusto. Las crisis hacen que incluso los enfermos saquen fuerzas de donde no las tienen. Se echó un poco hacia delante para contemplar la cara de Jimmy.

–Qué dulce es. ¿Martha te dijo quién era el padre?

Robert negó con la cabeza, apretando mucho la boca para silenciar un secreto que jamás pronunciaría en voz alta.

–He estado preguntando aquí y allá si hay alguna mujer en los pueblos vecinos, o en los campamentos, que tenga un hijo recién nacido y esté dispuesta a amamantarlo. Todavía no he encontrado a ninguna, pero seguiré preguntando.

–Gracias.

–Si quieres, dámelo y lo acostaré en nuestra habitación esta noche –le ofreció Nancy.

Para su propia sorpresa, Robert se descubrió reacio a entregar a Jimmy, ni siquiera a alguien tan comprensivo como Nancy. El vínculo con su sobrino ya se había estrechado.

–No importa. Me lo llevaré conmigo a la... la...

Se interrumpió.

–Ya la han trasladado –dijo Nancy anticipándose–. Está en el cobertizo, donde fabrican el ataúd. La enterrarán más tarde... Billie vendrá a buscarte cuando llegue el momento.

Robert asintió y se levantó con mucho cuidado para no despertar a Jimmy. Cuando llegó al dormitorio, no quedaba ni rastro de la presencia de Martha, salvo por su bolsa de lona, que seguía en una esquina como un perro abandonado. El colchón y las sábanas ensangrentadas se habían retirado, y en su lugar habían instalado otro nuevo, de paja, menos cómodo que el de plumas, aunque Robert suponía que acabaría durmiendo en el suelo de todos modos.

Dejó a Jimmy en el centro de la cama y abrió el último cajón de la cómoda. A continuación abrió la bolsa de Martha en busca de alguna cosa con lo que forrarlo. Encontró dos vestidos, algo de ropa interior, un cepillo, las cartas y la colcha de nueve retales, enrollada. Robert la sacó y la extendió sobre sus rodillas. Ver de pronto aquellos retales distintos devolvió a su mente un caudal de recuerdos. Se quedó ahí sentado un buen rato, acariciando un retal de un azul intenso, otro marrón, y otro de seda verde: estaba muy desgastado y deshilachado, pero seguía siendo el más bonito de todos. No se movió de allí hasta que Billie Lapham llamó a la puerta.

Asistieron juntos al entierro de Martha en el camposanto, junto a la iglesia del pueblo. Fue poco lo que allí se dijo, pero, a petición de Robert, Nancy cantó *Blest Be the Tie That Binds* con voz temblorosa.

Robert pasó los dos días siguientes probando maneras distintas de alimentar a su sobrino. Le asombraba que resultara tan difícil introducir algo de leche en su cuerpo. Cuando Jimmy rechazaba el pañuelo empapado –y quién podía culparlo por ello–, Robert intentaba dársela con una cuchara, pero solo conseguía que se atragantara. Se acercó a un rancho situado a las afueras de Murphys y tomó prestado el cuerno de una vaca que habían perforado para que por sus agujeros saliera leche, y que usaban para alimentar a los terneros cuando sus madres morían, pero resultaba demasiado grande para la boca de Jimmy. Pasó un buen rato modelando un pezón con un retal de piel, dándole forma de cono, mientras Billie Lapham, a regañadientes, sostenía al bebé –después del funeral de Martha, Nancy perdió las pocas fuerzas que le quedaban y tuvo que volver a acostarse–. El bebé consiguió mamar de la teta de piel, pero al cabo de nada vomitó toda la leche que había tragado.

Oír a Jimmy llorar ya era bastante tortura. Peor era, sin embargo, constatar que su llanto resultaba cada vez más débil, y que sin duda había empezado a rendirse. Desesperado, Robert se paseaba por todo el pueblo y los campamentos cercanos de buscadores de oro, para encontrar mujeres y preguntarles qué debía hacer. Fuera donde fuera, era recibido con miradas de curiosidad, pues no era nada habitual ver a un hombre llevando en brazos a un bebé, y mucho menos a un recién nacido. Las mujeres con las que se encontraba tenían muchos consejos que darle. La que había ayudado en el parto rompió en triángulos una toalla y le mostró a Robert cómo ponérselos a modo de pañal. Otra le enseñó a envolver bien al niño. Cuando terminó de colocarle el chal de Martha alrededor del cuerpo, el niño quedó tan inmóvil que solo podía mover la boca, y parecía atónito por ello.

La mujer más sensata era la que Robert había observado buscando oro con su familia hacía unos días. Ahora estaba sentada junto al arroyo, reposando mientras su marido y sus hijos trabajaban. Tenía manchas de polvo en la nariz y en la mejilla, y se las frotaba mientras contemplaba a Jimmy.

–¿Vomita la leche de vaca? Entonces vas a tener que buscar leche de cabra o de oveja. ¿Y si no las encuentras? Pues una mujer que tenga un bebé. Ve más lejos, a otros campamentos, o mejor aún, baja hasta Stockton. Allí hay más mujeres, y tal vez más niños.

Robert frunció el ceño. Stockton estaba casi a cien kilómetros de allí. Incluso si encontrara la manera de atar a Jimmy para poder llevarlo a caballo hasta tan lejos, tardaría un día más en llegar hasta allí. Su sobrino podría llegar ya muerto. Y no había ninguna garantía de que hubiera recién nacidos en Stockton.

–Claro que siempre puedes probar con las indias –añadió la mujer–. Hay miwoks acampados más arriba, cerca del bosque de Cally.

Robert recordaba con claridad que había bebés entre ellos, sin duda, los había visto hacía poco atados a las espaldas de sus madres. Era una imagen tan natural, que resultaba fácil olvidarse de su existencia.

Arrugó la frente.

–¿Crees que lo harían?

La mujer se encogió de hombros.

–Todo el mundo tiene un precio.

Robert no estaba tan seguro. La mayoría de los indios que

había visto se mantenían a distancia de los hombres blancos, como si dieran un paso atrás, atentos a lo que pudiera ocurrir. ¿Por qué iba a aceptar una mujer india amamantar a un niño blanco que tal vez, cuando creciera, expulsara a su familia de sus tierras?

Pero al día siguiente comprendió que no tenía alternativa. No había cabras ni ovejas en las inmediaciones. Jimmy seguía rechazando la leche de vaca, y el agua azucarada que Robert conseguía hacerle tragar no lo alimentaba. Cuando dejó de llorar del todo, Robert se fue a ensillar el caballo tordo. Tendría que volver a subir al Bosque de Calaveras.

Jimmy era demasiado pequeño y poco firme para atarlo y llevarlo a la espalda o al pecho. Lo que hizo Robert fue envolverlo muy firmemente con el chal, tarea que ya se le daba mejor. Luego le pidió a Billie Lapham que lo sostuviera un momento y se lo entregara cuando él ya se hubiera subido al caballo. Le dolía el brazo de llevar al pequeño a cuestas casi sin interrupción durante dos días, pero no se le ocurrió nada mejor.

–Goodenough, jamás pensé que te vería cabalgando por ahí con las alforjas llenas de pañales y agua azucarada –dijo Billie Lapham, que seguía junto a la montura–. ¿Quieres que te riegue las plántulas mientras no estás?

–Ah, sí.

Robert se había olvidado de las secuoyas que había recogido. Aquellos últimos días solo había pensado en la manera de mantener con vida al pequeño Jimmy.

–Me gusta ver que te ocupas de tu sobrino. Tu hermana se habría alegrado. –A Billie Lapham se le llenaron los ojos de lágrimas–. Pobre chica.

Se sacó un pañuelo del bolsillo y se sonó la nariz. A Robert se le ocurrió entonces que la pena que Lapham sentía por Martha era un ensayo general de la que sentiría cuando muriera su esposa. Molly tenía razón: el mundo estaba lleno de penas. Robert habría querido subir la montaña al galope, pero no se atrevía. Como llevaba a Jimmy en un brazo, debía montar con una sola mano, e intentaba no pensar qué ocurriría si el caballo se encabritaba ante la visión de una serpiente o tropezaba con alguna raíz. Pero el animal parecía comprender que Robert lo montaba distinto, que había un pasajero nuevo, más exigente, y adaptó el paso hasta convertirlo en un trote más suave.

Había estado tan imbuido con los aspectos prácticos de cuidar a un bebé que no había tenido tiempo para pensar en nada más. Ahora que Jimmy estaba tranquilo y que Robert tenía un plan y se había puesto en marcha, tuvo la oportunidad de pensar en Martha. Pero al instante ya no pensaba, solo lloraba, y sollozaba tanto que el caballo tordo se detuvo y volvió la cabeza para ver algo tan excepcional. Robert tuvo que espolearlo para que volviera a ponerse en marcha.

Al final, vacío ya de lágrimas, se calmó tanto como su apagado sobrino, y siguieron cabalgando montaña arriba, hacia los grandes árboles.

Cuando vio de nuevo la sombrilla roja y amarilla a lo lejos, en esta ocasión descendiendo hacia ellos, Robert sintió tal alivio que estuvo a punto de echarse a llorar de nuevo. Solo en ese momento se dio cuenta de que llevaba todos aquellos días esperando ver a Molly para arreglar las cosas con ella.

Molly iba tumbada en la carreta, conducida por el mismo cochero viejo, y le daba vueltas a la sombrilla mientras cantaba:

I came to the river
And I couldn't get across
So I paid five dollars

For a big bay hoss.
Well, he wouldn't go ahead
And he wouldn't stand still
So he went up and down
Like an old saw mill.

Turkey in the straw
Turkey in the hay
Turkey in the straw
Turkey in the hay
Roll 'em up and twist 'em up
A high tuck a-haw
And hit 'em up a tune called
Turkey in the Straw!*

El cochero viejo la acompañaba silbando la melodía. Entre el canto y los silbidos, Molly no oyó a Robert la primera vez que la llamó.

–¡Molly! –gritó otra vez.

En esa ocasión ella se incorporó, entrecerró los ojos y lo miró mientras la carreta se detenía.

–¡Robert Goodenough, aquí estás otra vez! –exclamó, apuntándolo con la sombrilla–. ¿Has venido a buscarme?

* *Turkey in the Straw* (El pavo en la paja) es una famosa canción folklórica de los Estados Unidos:

Llegué al río / y no pude cruzarlo / Así que pagué cinco dólares /y me dejaron un caballo grande, bayo. / Pero el caballo no quería avanzar / y no se mantenía en pie / Y subía y bajaba como una sierra vieja. El pavo en la paja / El pavo en el heno /El pavo en la paja / El pavo en el heno / Enróllalos, levántalos, alrededor de una hierba y / tócales una melodía que se llama / El pavo en la paja. [*N. del T.*]

Entonces se fijó en el bebé y se quedó en silencio. Tal vez porque la de ella era una de las pocas voces de mujer a su alrededor, Jimmy despertó de su estado de letargo y, en el brazo de Robert, soltó un quejido agudo y desgarrador.

–Dios mío. –Molly se apretó sus pechos hinchados y se echó a reír–. Ese grito me ha estremecido aquí. Siento un cosquilleo... Cuidado, pequeñín, no vaya a empezar antes de la cuenta... ¿Ese es tu sobrino? ¿Para qué lo has traído aquí arriba?

–Martha... –empezó a decir Robert, pero no pudo terminar.

A Molly le bastó ver sus ojos enrojecidos y el gesto de tristeza para darse cuenta de todo. Se arrodilló en la carreta y extendió los brazos.

–Venid los dos conmigo.

Robert le entregó el bebé, y cuando él desmontó ella ya se lo había acercado al pecho. Alargó el otro brazo y estrechó a Robert con fuerza. El pequeño quedó emparedado entre los dos. Por un instante, Robert sufrió por Jimmy, pero empezaba a darse cuenta de lo resistentes que eran los recién nacidos, y enseguida se relajó y se permitió incluso apoyar la cabeza en el hombro de Molly. Por primera vez desde que Nancy le había puesto el niño en brazos, Robert sintió que no era el único responsable de velar por él.

Cuando se separaron, ella bajó la mirada y se fijó en el pequeño, que acercaba la boca a sus pechos, buscando algo que intuía muy cercano.

–¿Con qué lo alimentas?

–Solo le doy agua azucarada. No aceptaba la leche de vaca, y no hay mujeres en Murphys que puedan amamantarlo. Se me ha ocurrido que...

Robert se interrumpió al ver que Molly se desabrochaba la parte superior del vestido y mostraba un pezón inmenso, oscuro. Sujetándose el pecho con una mano, se incorporó un poco y se lo ofreció al bebé, que se aferró a él como un hombre a punto de ahogarse que sube a la superficie para aspirar una bocanada de aire. Sin soltarse, empezó a mamar con las pocas fuerzas que le quedaban en los exhaustos labios.

Molly soltó una risita.

–Me hace cosquillas... ¡Ah!

La desesperación llevaba a Jimmy a succionar con más fuerza, pues parecía saber que estaba donde debía estar, haciendo lo que debía hacer.

–¿Funcionará? –preguntó Robert.

–No sé. He oído que a veces pasa, pero yo no lo he visto nunca. –Molly torció el gesto–. Va a tener que seguir mamando, a ver si así sube la leche.

Media hora después, a Molly le subió la leche.

Robert no se acostumbraba a vivir en un hotel. Compartía una cama grande con Molly, y tenía dolor de espalda porque era más blanda que las camas a las que estaba habituado. A veces, cuando ella se dormía, él se echaba en el suelo. Pero eso no era de gran ayuda, porque también percibía a otras personas cerca, oía murmullos, y risas, y gemidos en las habitaciones adyacentes, y música y gritos que venían de abajo, y gente que caminaba por la calle. Jimmy dormía en el cajón, cerca de la cama, y se despertaba cada dos horas para mamar, porque en su estómago diminuto cabía muy poca leche y se vaciaba pronto. A Robert le despertaban muchos sonidos cuando dormía en el bosque: osos que hacían crujir los arbustos, lobos que aullaban u otros animales que olisqueaban en las inmediaciones. Pero, no sabía por qué, aquellos sonidos le perturbaban menos que el llanto insistente de Jimmy: tal vez porque este le reclamaba algo, y en cambio los animales nunca le pedían nada.

A Molly le encantaba Murphys. Se instaló en su habitación preferida, con su cama de caoba y sus balcones que daban a la calle, como un buscador de oro que se hubiera apoderado de un tramo de río. Al cabo de menos de una hora sus vestidos y sus enaguas colgaban ya del cabecero y los pies de la cama, y había atado las cintas de sus gorritos para poder dejarlos en los ganchos de la puerta. Los zapatos se apilaban en un rincón, mientras que el cepillo, el espejo de mano, la polvera, la lata de colorete y las horquillas ocupaban todo el tocador. La habitación olía vagamente a comida, por el restaurante de abajo, y más claramente a carne tibia, a polvos de talco, a leche agria y a caca de bebé. Robert no se quejaba. Daba las gracias cada vez que veía a Jimmy durmiendo en brazos de Molly, con las mejillas tersas y sonrosadas, después de dos días de tenerlas grises y chupadas. Y también daba las gracias cada vez que ella le daba unas palmaditas al colchón y lo invitaba a subir a la cama y unirse a ellos.

Molly le pidió al dueño del hotel que le buscara una cuna a Jimmy, o que mandara fabricar una de inmediato.

–A los bebés hay que mecerlos –dijo cuando Robert señaló que su truco recién descubierto del último cajón de la cómoda parecía funcionar.

Al poco, una cunita tosca, hecha de madera de olmo, apareció en el dormitorio, y entonces fue cuando Robert empezó a comprender que Molly se estaba instalando. Él había dado por sentado que se quedarían en Murphys un día o dos, y luego... ¿qué harían? Él tenía que enviar piñas y plántulas a William Lobb en San Francisco, pero le costaba imaginarse a Molly y a Jimmy viviendo en la casa de huéspedes de la señora Bienenstock. Estaba casi seguro de que allí no había entrado más mujer que ella, y un bebé en aquel lugar sería como un vestido amarillo en un funeral. La propia ciudad de San Francisco era un sitio demasiado duro, demasiado sucio para un recién nacido. Pero, por otra parte, él debía llegarse hasta allí con más frecuencia que a cualquier otra parte, y Molly y Jimmy no podían seguirle a todos lados mientras él se dedicaba a recolectar sus plantas y sus semillas. A él le retrasaría mucho el trabajo, y además el bebé estaría mejor en un sitio fijo.

Lo que Robert no se cuestionaba era que Molly y él ahora estaban unidos por un vínculo: más por su sobrino que por el hijo que él había engendrado, ciertamente, pero es que Jimmy era un bebé real, con sus exigencias, mientras que el suyo era aún solo un bulto bajo el vestido de Molly.

Ella no tardó en conocer a todo el personal del hotel: al dueño, al cocinero, al camarero, a la doncella... Su embarazo parecía darle más hambre y más ganas de compañía. Se llevaba muchas veces a Jimmy al *saloon* y lo amamantaba allí, sentada entre los clientes, riéndose, cantando. Su voluminoso estado tampoco era un freno para ella en la cama, y no era precisamente discreta: gritaba tanto cuando lo hacían que la gente que pasaba por la calle la oía perfectamente.

Sin embargo, no trabó amistad con Nancy Lapham como cabía suponer de dos mujeres rodeadas de hombres. Robert seguía esperando que buscaran la compañía la una de la otra, pero más allá de saludos corteses y alguna pregunta de Nancy sobre el estado de Jimmy, más bien se evitaban. Robert se lo comentó a Billie Lapham una tarde, cuando los dos acudieron al establo a ver cómo seguían sus caballos. Lapham estaba fascinado por Molly, por aquella solidez sensual combinada con aquella manera de ser suya, tan franca.

—Esto, bueno —dijo, secándose la frente con la palma de una

mano, pues al parecer echaba de menos su pañuelo–, Nancy es rara para esas cosas. Se siente más cómoda con mujeres de su mismo tamaño, como tu hermana. Con mujeres como Martha sabe cuál es su sitio. Pero con Molly... Ella es tan..., está tan llena de vida que hace que Nance se sienta más enferma aún. No me lo ha dicho, claro –se apresuró a añadir–. Y la admira por haberse hecho cargo de Jimmy con esa naturalidad. Los dos la admiramos. Tu mujer es única.

Billie Lapham pronunció aquellas últimas palabras en tono de incredulidad, como si no acabara de asimilar la suerte que había tenido Robert dando con una mujer como ella.

Molly, por su parte, se mostró más directa respecto a Nancy.

–Está enferma –dijo cuando Robert le preguntó por ella–. No quiero hacerme amiga de una mujer que se está muriendo. Tal vez te parezca cruel, pero la perdería enseguida, y ¿quién quiere ofrecerse voluntariamente a la tristeza?

Tras dos semanas en Murphys, Robert empezó a sentir que nadaba en un barro espeso, incapaz de escapar de ahí. Su vida diaria se había vuelto lenta: dormía cada día hasta más tarde, se hundía cada vez más en la cama de plumas, y en la carne de Molly. Ya no cazaba su propia comida, sino que se zampaba filetes grasientos en el restaurante. Era otro el que cuidaba de su caballo tordo y le lavaba la ropa y le encendía el fuego con una madera que tampoco cortaba él. Nunca había llevado una vida tan fácil, y no lo soportaba. Solo los mofletes de Jimmy, cada vez más hinchados, su mirada cada vez más enfocada y el bienestar indudable del bebé, llevaban a Robert a sentir que todo aquello merecía la pena.

Para romper con la vida muelle del colchón de plumas, un día subió cabalgando hasta el Bosque de Calaveras con Billie Lapham, que fue a cerrar unos tratos con Haynes mientras Robert recogía más piñas de secuoyas. Le pareció que sería un alivio encontrarse entre los árboles gigantes, pero solo le recordaban la muerte de Martha y la última vez que había estado ahí. Trabajó, pues, con escaso placer, con una tristeza que lo corroía por dentro y que ni siquiera los árboles conseguían apaciguar.

Había decidido quedarse a pasar la noche, acampar al aire libre como hacía antes. Pero al llegar al hotel Grandes Árboles a media tarde para asearse un poco, se encontró con una carta de William Lobb esperándolo, una carta que había llegado inmediatamente después que él a las montañas.

Lobb se expresaba con la misma brevedad de siempre.

Casa de huéspedes Bienenstock
California y Montgomery
San Francisco

20 de agosto de 1856

Goodenough:
Un hombre de la frontera galesa quiere plantar en su finca el mayor bosque de árboles de tronco rojo de Gran Bretaña. Le interesa partir con ventaja respecto a sus amigos ricos, así que quiere plántulas más que semillas. Tráeme 50 lo antes posible, y unas pocas de secuoya para impresionar a sus vecinos.

William Lobb

Regresó enseguida a Murphys, aliviado por tener algo concreto que hacer, pero sin saber bien qué decirle a Molly. Cuando entró en la habitación, ella se estaba paseando arriba y abajo con Jimmy al hombro como si fuera un saco de harina, dándole palmaditas en la espalda para que eructara. Sonrió al ver a Robert.

–¡Robert Goodenough! Supongo que no has aguantado fuera ni una noche. ¿Echabas de menos a tu pequeña familia?

–Molly, yo...

–Dame un masaje en los pies, ¿quieres, cielo? Se me hinchan de ir cargada con dos bebés.

Se echó en la cama y los levantó.

Mientras le sostenía un pie entre las manos, Robert miró a su alrededor y se fijó en la cuna nueva que había junto a la cama, en el cubo lleno de pañales en remojo y en la cuerda que cruzaba la habitación, de la cual colgaban otros pañales puestos a secar. Sobre una mesilla seguían los restos de un filete que Molly se había hecho llevar a la habitación. El lugar tenía un aire general de permanencia que lo incomodaba.

–Molly, tenemos que hablar de lo que vamos a hacer –dijo.

–Bien, lo primero es levantar a Jimmy y ponerlo en su cuna.

Apenas se puso a masajearle los pies de nuevo, volvió a la carga.

–William Lobb me ha escrito. Debo regresar a San Francisco y recoger plántulas de árbol de tronco rojo por el camino.

Esperaba que Molly le plantara cara, que hubiera quejas. Pero Molly lo sorprendió:

–¿Cuánto tiempo tenemos para hacer el equipaje?

–Ah, no esperaba que tú...

–Porque ya hace mucho tiempo que tengo ganas de ver la ciudad. ¿Sabes? Llevo tres años en California y no he estado en San Francisco. ¡Y nunca he visto el mar! Ahora es tan buen momento como cualquier otro. Será más fácil hacerlo ahora que cuando nazca el niño.

–Pero es que no hace falta que vengas conmigo. Puedo regresar a Murphys después. ¿No estás bien instalada aquí?

Molly ahogó una carcajada y señaló la habitación.

–¿A esto le llamas tú estar bien instalada? Menudas ideas

tienes tú de lo que es instalarse. Yo estoy bien instalada cuando tengo unos fogones donde cocinar y la puerta de mi propia casa, y un huerto lleno de alubias y tomates. Da igual, es mejor que vayamos contigo. Si no, ¿quién me asegura que volverás? Ese William Lobb del que tanto he oído hablar te encargará que recolectes algo más, y después algo más, y ya no te veremos el pelo.

Robert dejó de masajearle los pies, escocido por sus palabras, aunque de hecho no estaba seguro de poder rebatírselas.

–Tengo que irme mañana –fue todo lo que dijo.

–Pues mañana puedo estar lista.

–¿Seguro?

–Mírame.

Molly se levantó y empezó a descolgar ropa de ganchos y a doblarla. Mientras se movía por la habitación, Jimmy la seguía con la mirada desde la cuna, en silencio.

–¿Y Jimmy?

–¿Qué pasa con Jimmy? ¿Es que crees que no hay bebés que viajan por todo el país? Estará bien siempre que se alimente y lo llevemos bien envuelto para que se sienta seguro. Los pequeños no necesitan mucho más. Cuando empiezan a caminar, la cosa se pone más difícil.

–¿Y no tendrás... al otro... por el camino?

No habían hablado del bebé que esperaba Molly. Hasta que llorase y necesitase alimento no reclamaba su atención. Robert no se cuestionaba si era suyo o no lo era. Jamás obtendría una respuesta satisfactoria a esa pregunta.

Molly negó con la cabeza.

–Todavía falta un poco para eso. Tú saca mi baúl de debajo de la cama, ¿quieres, cielo?

Más deprisa de lo que él suponía, Molly desmontó la habitación, y acto seguido salió a pedir que le preparasen el resto de las cosas que tenía en el establo, dejando a Robert solo con su sobrino. Jimmy no se puso a llorar cuando Molly se fue, pero se quedó mirando fijamente a Robert, que seguía a los pies de la cama, con aquellos ojos de pestañas larguísimas que parecían los flecos de sus mejillas.

–Bueno, Jimmy, otra vez nos ponemos en marcha.

Tal vez fuera la voz de su tío, suave y algo melancólica, pero lo cierto es que a Robert le pareció que Jimmy sonreía un poco.

Salieron de Murphys acompañados de algo parecido a una fanfarria. Robert había conocido a mucha gente mientras buscaba desesperadamente a alguna mujer que pudiera amamantar a Jimmy, y muchos se referían a él como el hombre desesperado del bebé hambriento. Molly también era muy famosa por su risa, que llenaba la sala del hotel, por sus saludos exagerados desde los balcones delanteros y por sus paseos por el pueblo: solía llevar a Jimmy en un brazo y utilizar el otro para sujetarse la abultada barriga, mientras el vestido amarillo –ya dado al máximo– le arrastraba por el suelo recogiendo polvo. Robert había contratado una carreta para que los llevara a Stockton, donde tomarían el vapor hasta San Francisco. Una vez allí instalaría a Molly y a Jimmy, y él regresaría a recolectar plántulas de árboles de tronco rojo, porque no veía nada claro cómo iba a poder hacerlo llevándolos a ellos dos.

Empezó a congregarse un corro de gente cuando Billie Lapham y algunos otros hombres se pusieron a cargar la carreta con las cosas de Molly y la cuna de Jimmy, así como con los sacos de piñas de secuoya y sus plántulas. Incluso Nancy Lapham salió y se sentó en una silla, en el porche delantero del hotel. Había insistido en vestirse, e hizo hincapié en que quería besar y abrazar a Jimmy y a Molly, aunque se apartó del abrazo inmenso de la mujer encinta tan pronto como pudo.

Robert se acercó y fue a sentarse a su lado unos instantes.

Nancy le tomó la mano.

—Todo está cambiando, ¿verdad?

Parecía triste.

—Yo seguiré viniendo por aquí a recoger secuoyas —le aseguró Robert—. Pararé a verte.

—¡Más te vale! —dijo Nancy, al tiempo que le apretaba la mano—. Si me entero de que has estado en el Bosque de Calaveras y no pasas por Murphys, lo pagarás muy caro, Robert Goodenough.

Robert sonrió. Costaba imaginar a Nancy haciéndole pagar por algo. Hizo además de levantarse, pero ella le apretó la mano con más fuerza.

—Pero algo me dice que no volveré a verte.

—No digas esas cosas, Nancy.

—No, no es eso. —Se encogió de hombros, como si quisiera ahuyentar sus propios pensamientos—. Es... No importa. Tú ahora vete con tu familia. Cuida de ese pequeño.

—Nos veremos pronto —dijo él—. Muy pronto.

—Sí, claro.

Nancy lo soltó.

Tras muchos apretones de manos y palmaditas en la espalda —Billie Lapham lo abrazó dos veces, Molly se reía y lloraba a la vez, el propietario del hotel le decía que tenía trabajo asegurado en su establecimiento en cuanto quisiera, y Jimmy no dejaba de berrear en medio de tanto ruido—, lo que más recordaría Robert de aquella despedida era la imagen de Nancy sentada en el porche del hotel, inmóvil, vestida de blanco, observándolos y asintiendo una sola vez.

Porque resultó tener razón.

Robert únicamente había tomado el vapor de Stockton a San Francisco una vez, en su primer viaje con William Lobb. Por lo general prefería el caballo tordo y una o dos mulas, y desplazarse solo para bajar de las laderas doradas de Sierra Nevada hasta las llanuras de California central, donde las montañas desaparecían; y después, tras un día cabalgando sin descanso bajo un sol radiante e inclemente, la neblina azul de unas montañas nuevas empezaba a reverberar frente a él: no había buscadores de oro que ensuciaran las llanuras, y los indios y los californios que se encontraba en el camino se mostraban benévolos con él.

Pero no podía viajar así con Molly, Jimmy y la carreta llena de sus pertenencias; habrían tardado demasiado. Al embarcar en el vapor, Molly sonrió.

–¡Esto sí que es bueno! –exclamó–. Había visto estos barcos de vapor en Sacramento y siempre soñaba con montarme en uno algún día. ¡Y el día ha llegado!

La dejó en cubierta, junto a la gran rueda de palas, y fue a llevar al caballo tordo a su establo temporal. En esa ocasión, Robert no pudo quedarse mucho tiempo con su caballo; tenía otras cosas de las que ocuparse. Estuvo unos momentos pasándole los brazos por el cuello, percibiendo bajo los pies ese vaivén del barco que el animal tanto detestaba.

–Lo siento –le susurró.

Cuando se iba, el animal se volvió para mirarlo y en ese momento soltó un largo, abundante y caliente chorro de orina que recorrió la cubierta.

Molly iba a estribor, amamantando a Jimmy y viendo cómo quedaban atrás los edificios de Stockton. Cada vez que saludaba a las personas congregadas en el muelle, estas le devolvían el saludo. A Robert le asombraba que fuera capaz de amamantar al bebé estando de pie.

—Esto sí que es viajar —dijo, sonriendo de oreja a oreja—. Podría pasarme una semana entera aquí dentro.

—Molly, yo voy a tener que ir a recoger pinos de tronco rojo —dijo Robert, anticipándose a lo que tendría que hacer para cumplir con lo que le había escrito William Lobb en su carta—. Cuando lleguemos a San Francisco tendré que irme enseguida, en cuanto estés instalada.

La sonrisa de Molly se esfumó, y en su rostro apareció una expresión a medio camino entre el enfado y la lástima.

—¿Es que no puedes disfrutar de esto y nada más? ¿Cuánto tiempo vamos a pasar aquí?

—Son unas diez horas hasta San Francisco.

—Pues te propongo una cosa: durante estas diez horas, no pensemos en árboles. Toma, sujeta a Jimmy. —Molly separó al ya adormilado pequeño de su pezón y se lo entregó—. ¡Yo voy a divertirme un rato!

Algo estaba cambiando entre ellos: Molly había dejado atrás la desesperación y empezaba a impacientarse. Aunque se había visto obligada a irse de Murphys por culpa de Robert, parecía que ya no lo estaba siguiendo a él, sino más bien que era ella la que iba por delante, obligándolo a él a decidir si quería seguirla o no.

Robert se sentó en un banco, al sol, con Jimmy sobre las piernas, mientras el paisaje se deslizaba ante sus ojos, igual que en su primera travesía con William Lobb. Había indios alineados en la orilla, a lomos de sus caballos, e incluso los mismos niños (o tal vez, ahora, fueran ya sus hermanos menores) jugando a perseguir el barco de vapor. Tras aquellas semanas de cambios tan rápidos, la familiaridad del viaje era todo un alivio, como lo era el peso sólido del bebé. Le parecía que debía pensar en algo, preocuparse por un problema y encontrarle solución, pero se estaba tan bien ahí sentado, al sol, que al cabo de un rato cerró los ojos y, como Molly le había sugerido, se permitió, sencillamente, estar ahí. Al poco tiempo ya estaba tan profundamente dormido como su sobrino.

Se diría que la señora Bienenstock ya lo había visto todo en la vida, porque no dio la menor muestra de sorpresa cuando Robert llegó con una mujer embarazada y un bebé de semanas, después de que otra mujer embarazada hubiera estado allí hacía un tiempo preguntando por él. Así era California. La gente se había ido hacia el oeste dejando atrás problemas de todas clases; lo que encontraban en California era el espacio y la libertad para crear nuevos problemas. Aunque la señora Bienenstock no había hospedado nunca a mujeres ni a niños en su casa, se echó a un lado y dejó que Molly y Jimmy cruzaran la puerta sin decir nada, más allá de:

—Los pañales póngalos en remojo fuera, los olores mejor en la calle que aquí dentro.

Robert quiso decir algo, explicarse, pero ella le cortó.

—Necesitarás una habitación más grande. Toma la del segundo piso, la de atrás. Serán dos dólares más por semana. Suban —añadió, dirigiéndose a Molly—. Les traeré sábanas. ¿O tiene ropa de cama suya y prefiere usarla?

—No hace falta, gracias.

Molly y la señora Bienenstock se miraron la una a la otra y asintieron a la vez, entendiéndose sin necesidad de recurrir a las palabras, y dejando al margen a Robert.

Esperó a que Molly empezara a subir la escalera y se volvió para hablar con la casera.

–¿Está por aquí el señor Lobb?

La señora Bienenstock frunció el ceño.

–Está en los muelles, aunque debería estar en la cama. Ni siquiera ha podido bajar a pie hasta allí: ha tenido que pedirle a una carreta que lo lleve porque tiene las piernas muy mal. Lleva un tiempo echando pestes de ti, preguntándose cuándo traerías los pinos de tronco rojo. Son cincuenta, ¿no? ¿Dónde están?

La mujer echó un vistazo a la carreta cargada con todo lo que habían traído de Murphys: la cuna de Jimmy puesta boca abajo para mantener en su sitio las montañas de almohadones y sábanas y mantas, el colchón que Molly siempre llevaba consigo y allí en medio, metida entre las demás cosas, la colcha de nueve retales de los Goodenough.

–Todavía no los he recolectado... He estado ocupado con... otras cosas.

–Eso seguro. –A la señora Bienenstock parecía hacerle gracia.

William Lobb apareció una hora después, cuando Robert ya había descargado sus pertenencias y estaba en el patio, esparciendo las piñas para que se secaran.

–¡Goodenough! –gritó, al tiempo que salía tambaleándose–. ¿Dónde están esos malditos pinos de tronco rojo que te pedí? Acabo de ver a Beardsley husmeando por los muelles. Es posible que él también envíe esos pinos a Gales. ¡Tenemos que adelantarnos!

Sin darle tiempo a responder nada, Molly asomó la cabeza por la ventana de su habitación.

–¡Cielo, súbeme unas toallas si la señora Bienenstock tiene alguna que le sobre! ¡Eh! ¡Hola, hola! –gritó, dirigiéndose a William Lobb–. Usted debe de ser el famoso William Lobb. No irá a agotar al pobre Robert, ¿verdad? Ahora hay otras personas que también lo necesitan.

Lobb alzó la vista y vio a Molly asomada a la ventana, con su negro pelo rizado y los pechos apoyados en el alféizar.

En ese momento Jimmy empezó a llorar.

—¡Vaya, ya vuelve! ¡No olvides las toallas!

Y Molly volvió a meter la cabeza dentro.

William Lobb se fijó de nuevo en Robert. A diferencia de la señora Bienenstock, él no se quedó callado.

—¿Quién diablos es esa mujer? Esa no es tu hermana. A ella la conocí. Una chica menuda y callada. De pelo claro. No tenía demasiado... —Lobb se señaló el pecho—. ¿Dónde está ella?

La lúgubre inmovilidad en la expresión de Robert hizo que Lobb se detuviera en seco.

—Oh, muchacho, lo siento.

Robert recogió una piña de secuoya parcialmente mordisqueada por una ardilla y la lanzó aparte.

—¿Quién es? —preguntó Lobb apuntando con un movimiento de cabeza a la ventana de arriba. En esa ocasión formuló la pregunta en un tono menos imperioso.

Robert seguía rebuscando entre el saco de piñas para no tener que alzar la vista.

—Molly. La conocí en Texas. Lleva varios años en French Creek. Tal vez ya se la había mencionado alguna vez.

—¿Y el bebé?

—Es mi sobrino.

William Lobb asintió.

Permanecieron en silencio unos instantes, Robert con sus piñas, Lobb inspeccionando las plántulas de secuoya. Las agujas empezaban a amarillear, y eran de menor tamaño que las que Robert traía normalmente, pero el inglés no comentó nada. Cuando consideró que había pasado el tiempo suficiente, dijo:

–Hay un barco que zarpa para Panamá dentro de tres días. Si puedes recoger cincuenta pinos de tronco rojo y traerlos hasta aquí antes, podremos llevarlos a Gales rápidamente. No hay tiempo para poner a secar esas piñas –añadió, señalando las que Robert tenía esparcidas a sus pies–. Tendremos que enviarlas verdes.

–¿Por qué tiene tanta prisa?

–El caballero no ha contratado a ningún recolector en particular, solo ha dicho que el primero que le envíe una cantidad suficiente de plántulas para crear con ellas un bosque será el que obtenga el encargo. Beardsley, claro está, intentará hacerse con él. Tal vez Bridges también, y no me sorprendería que los hermanos Murray probaran suerte. El hombre también intenta plantar un pinar, así que habrá mucho más trabajo si está contento. Querrá cualquier clase de conífera que podamos enviarle, seguramente plántulas o plantones. Así que necesitamos esos pinos de tronco rojo de inmediato para demostrar nuestra capacidad recolectora. Creía que, en vez de traerte a una mujer y a un bebé, los habrías traído ya.

–¿Y qué dice Veitch?

–Este encargo no es a través de Veitch. Es algo aparte. El pago lo recibiremos todo nosotros.

–¿Ya no recoge nada para Veitch?

Lobb frunció el ceño.

–Ya estoy harto de él. Yo estoy enfermo y cansado. Ya he tenido bastante. Esta será mi manera de demostrarle lo que pienso de él, y me pagarán mejor.

–¿Y yo qué?

–¿Tú? –William Lobb se encogió de hombros–. Tú, muchacho, puedes hacer lo que quieras. Yo no me interpondré en tu camino. Parece que hay gente que depende de ti. –Arqueó las cejas para señalar la ventana por la que había aparecido Molly.

–Pero... –protestó Robert, que no sabía si su jefe lo estaba despidiendo.

–Tú ya tienes suficientes conocimientos: úsalos. ¿Dónde vamos a encontrar en tan poco tiempo cincuenta pinos de tronco rojo?

Al menos Lobb había usado la primera persona del plural. Ya era algo. Robert se quedó pensativo unos instantes.

–Tiene que ser cerca de aquí.

–Sí. ¿Y?

–Tiene que haber muchas plántulas germinando.

–¿Y dónde puede haberlas?

–En algún sitio en el que haya habido un incendio hace un año.

En lugar de destruir los pinos de tronco rojo, los incendios despejaban el suelo del bosque, eliminaban el espeso sotobosque que los rodeaba, y proporcionaban a las semillas un lecho nuevo lleno de minerales. Robert había visto muchas más plántulas de pinos de tronco rojo creciendo en tierras quemadas que en suelos llenos de agujas viejas.

–Sí, fuego. Hubo un incendio arriba, en los montes de Oakland hace un año. Allí hay buenos pinos de tronco rojo, y están apenas al otro lado de la bahía. Sí, Oakland nos servirá. Puedes tomar el ferri para cruzar.

–Pero necesitaré su ayuda.

Lobb torció el gesto.

–Escúchame, muchacho, yo no puedo hacer nada. Me duelen mucho las piernas y no tengo fuerzas. Todos estos años viajando me han pasado factura. –Hizo una pausa–. No dejes que te ocurra a ti. Aunque, en fin, parece que tú vas por el buen camino. –Y volvió a apuntar con la cabeza la ventana de Molly.

–Pero puede mostrarme dónde están los pinos, organizar la carreta. No tendrá que cavar nada. Pero venga conmigo, por favor.

Robert no sabía por qué insistía tanto en que Lobb lo acompañase. En cualquier caso, siguió mirando fijamente a su jefe hasta que Lobb cedió.

–Malditos sean esos ojos castaños tuyos, Goodenough. Está bien. Olvídate del ferri. Baja a los muelles y reserva una barca y un barquero dispuesto a llevarnos a primera hora de la mañana, lo más temprano posible para poder disponer del día entero. Y lo de las carretas... A ver, creo que con una nos bastará si apilamos bien los cubos. Eso... Los cubos... Nos hacen falta más. Muchos más.

Cuando Robert y él empezaron a tratar de la logística de la recolección, William Lobb pareció iluminarse y recobrar su energía, pues se puso a caminar de un lado a otro del patio de la señora Bienenstock sin esa rigidez en el paso que había adoptado durante el último año.

A Molly no pareció importarle que Robert tuviera que partir casi inmediatamente después de su llegada a San Francisco. Como él, estaba acostumbrada a hacer las cosas sin esperar demasiado de los demás. Cuando él fue a informarla, Molly estaba ocupada en la habitación, extendiendo mantas en la cama, colgando sus vestidos en perchas, dejando sus frascos en la cómoda. Jimmy dormía en la cuna, tapado con la colcha de nueve retales. Una vez más, aquella mujer parecía capaz de convertir cualquier espacio en un hogar y trazar una marca tangible allá donde Robert no habría dejado la menor huella.

Sintió alivió al encontrarla de buen humor, alegre. Lo único que pareció decepcionarla fue no poder ir a ver el mar de inmediato.

–Podrías convencer a la señora Bienenstock para que te lleve hasta Black Point –le sugirió Robert–. O hasta Seal Rocks, donde construyen un fuerte. Desde allí hay una buena vista.

–No, yo quiero verlo contigo –insistió Molly–. De todas formas, tengo mucho que hacer por aquí. ¡Cuántas casas hemos visto por el camino! ¡Y cuántos salones! ¡Y cuántos barcos! ¡Esto van a ser unas pequeñas vacaciones!

La escapada a Oakland también fueron unas pequeñas vacaciones para Robert: allí no había que pensar en mujeres ni en niños, y solo vieron a cuatro buscadores de oro borrachos; allí no debía ir con cuidado para no dejar huellas de barro en el suelo de la señora Bienenstock, ni tenderse en una cama demasiado caliente porque Molly estaba a su lado. Y allí no notaba las cuatro paredes que se le caían encima. Después de cruzar la bahía en una barca lo suficientemente grande como para que en ella cupieran cincuenta cubos, dos hombres, el barquero y la montura de Robert, este ensilló a su caballo para llegar al galope a los montes, mientras William Lobb se detenía en el pequeño pueblo para alquilar una carreta con la que seguiría sus pasos. Hacía casi un año que los dos hombres no salían juntos a recolectar plantas. Lobb también parecía alegrarse de encontrarse al aire libre, lejos de las responsabilidades de la ciudad y de todo aquello que lo debilitaba. Caminaba casi con paso normal, y tenía la frente lisa, sin rastro de las arrugas de su ceño fruncido.

–Ahí arriba –dijo, mientras señalaba la cadena de montes que se alzaban sobre Oakland–. Sigue el camino de los indios hacia arriba, y en el cruce ve a la derecha. Unos dos kilómetros más arriba encontrarás un bosquecillo muy bonito. Lo estaba reservando. Allí deberías encontrar suficientes plántulas. Llévate algunos cubos y así ya te vas adelantando... Nosotros llevaremos el resto.

Tenía razón sobre el bosque de pinos de tronco rojo: era una sucesión de árboles muy altos, con su característica corteza rojiza y sus ramas con agujas que eran de mayor tamaño cuanto más arriba se encontraban. Robert sabía que no disponía de demasiado tiempo para recoger cincuenta plántulas, pero de todos modos, tras adentrarse un poco en el bosque, dedicó unos minutos a sentarse en un tronco y observar a su alrededor. El incendio del año anterior había quemado partes de muchos de los árboles, pero la corteza de los pinos de tronco rojo era gruesa y contenía muchos taninos, que evitaban que ardieran, y las ramas crecían a partir de la mitad del tronco, lo que hacía que las llamas no pudieran usarlas como escaleras para llegar a las copas. El fuego había limpiado el suelo del bosque y, ahora, unas plántulas diminutas brotaban por todas partes, entre un tapiz verde esmeralda de tréboles.

Aunque no eran tan grandes como las secuoyas del Bosque de Calaveras entre las que había estado apenas unas semanas atrás, esos pinos le proporcionaban aquella sensación de bienestar tan conocida ya para él que nacía de sentirse insignificante. Ojalá pudiera llevarme conmigo esta sensación allá donde fuera, pensó Robert. Tal vez, entonces, no me resultaría tan difícil adaptarme a todas las cosas que me han ocurrido.

Pasó unas horas muy contento buscando plántulas y cavando para sacarlas de la tierra. Mientras lo hacía, pensaba en cuáles no sobrevivirían al largo viaje por mar, y en cómo se verían las demás plantadas en suelo extranjero. Era un alivio pensar solo en los árboles y en sus necesidades, olvidarse por un momento de lo que los demás necesitaban de él. Aunque no era fácil encontrar tantas plántulas en una sola jornada, Robert no se daba prisa, ni se preocupaba, y se limitaba a trabajar a un ritmo constante, llevando lo que tenía a lomos de su caballo tordo hasta el camino más ancho en el que William Lobb lo esperaba con la carreta. Al pobre animal no le gustaba nada que volvieran a cargarlo con cubos, pero Robert había llevado consigo un cargamento extra de azucarillos y manzanas Gravenstein primerizas para lograr que se mantuviera razonablemente tranquilo.

Cuando empezaba a ponerse el sol desenterró la plántula número cincuenta y la metió en un cubo. Cuando la llevó a la carreta, Lobb asintió, satisfecho.

—Ya tenemos suficientes, muchacho. Buen trabajo.

De nuevo en Oakland, el dueño de la barca no aparecía por ningún lado, y Robert fue a buscarlo por los salones que se sucedían en la calle principal. Lo encontró inconsciente en uno de ellos y no consiguió despertarlo.

—Está demasiado borracho para navegar —informó Robert a William Lobb al regresar a la carreta, sin saber bien cómo reaccionaría su jefe.

Pero Lobb mantuvo el optimismo.

—Lo despertaremos a primera hora —dijo—. Mañana no zarpan vapores, así que Beardsley no podrá adelantarnos y salir antes que nosotros. El *Star of the West* inicia su travesía pasado mañana. Tenemos tiempo.

Lobb estaba demasiado agarrotado como para dormir a la intemperie, así que tomó una habitación en uno de los hostales sencillos de la localidad, pero Robert metió al caballo tordo en un establo, pidió prestada una manta y se alejó a pie de Oakland. Encendió una hoguera y se arropó con la manta para dormir bajo las estrellas. Desde la llegada de Molly no había podido hacerlo. Ahí tumbado, junto al fuego, le maravillaba constatar lo silencioso que estaba todo sin Molly y sin Jimmy, y lo fácil que era llevar aquella vida errante. Pero enseguida se sintió culpable por estar separado de ellos. No era exactamente que los echara de menos, pero era del todo consciente de que estaba solo. No sabía bien cómo debía ser una familia. Como James y Sadie Goodenough no, eso lo tenía claro. Pero ¿qué otra cosa había ahí? Era como revolverse en la oscuridad, intentando encender una vela, sin saber bien dónde estaba, palpando cosas que no debía tocar.

A pesar de aquellos pensamientos, Robert durmió bien. Despertó al amanecer sintiéndose más él mismo de lo que se había sentido en muchas semanas.

La señora Bienenstock estaba de pie junto a la puerta de su casa, fumándose un puro. Lo apagó al ver que la carreta se detenía.

–Jesús, María y José –susurró la mujer–. Jesús, María y José.

Robert dio por sentado que estaba reaccionando ante la imagen de todos aquellos cubos apilados en la carreta. La barca llena de plántulas había llamado mucho la atención en el muelle, cuando habían llegado desde Oakland, y William Lobb no había querido dejarlos allí aunque fuera solo una noche por temor a que resultaran dañados o se los robaran (o, peor aún, a que alguno de los otros tres agentes los viera y supiera que estaban recolectando pinos de tronco rojo para la finca galesa). Así que se decidió trasladarlos a la casa de huéspedes hasta que, a la mañana siguiente, fuera el momento de meterlos en el *Star of the West*.

Pero la señora Bienenstock no se fijó siquiera en las plántulas.

–Te dije que en mi casa no me gusta el desorden ni los líos. Te lo dije el primer día que te vi, Robert Goodenough.

–Lo siento, señora, pero iremos con mucho cuidado cuando los llevemos atrás –le aseguró Robert–. Y si manchamos el suelo, yo mismo lo barreré después, y lo fregaré si hace falta.

Ella no parecía oírle.

–¿Tú sabes lo difícil que es quitar la sangre de un colchón?

Robert la miró fijamente y, al momento, apartó de la puerta a la señora Bienenstock. Subió las escaleras de tres en tres y corrió por el pasillo.

Molly estaba sentada en la cama, con la espalda apoyada en el cabecero. Tenía sendos almohadones a los lados y, sobre cada uno de ellos, un bebé que sujetaba con un brazo. Cada bebé mamaba de un pezón. No había ni rastro de sangre.

Molly le dedicó una sonrisa exhausta.

–Hola, cielo. ¡Sorpresa!

El asombro de Robert fue tal que se quedó muy quieto en el quicio de la puerta, mirando alternativamente a los dos bebés. Ese de ahí era Jimmy. Y el otro era... su hijo o su hija, no sabía qué. Solo se había marchado un día y al volver ya era padre.

–¿Cómo...?

Molly soltó una carcajada.

–Pues como siempre. Con mucho dolor y muchos gritos y mucho empujar. La verdad es que no ha sido tan malo. Todo ha pasado tan rápido que casi no he tenido tiempo de notarlo. Gracias a Dios que estaba Dody. De no haber sido por ella, si no me hubiera ayudado ella, habría nacido en el suelo de la cocina.

–¿Dody?

–La señora Bienenstock. Tu casera. ¿Es que no sabes cuál es su nombre de pila?

La señora Bienenstock había subido la escalera detrás de Robert y estaba apoyada en la pared del pasillo.

–No le digo mi nombre de pila a cualquiera –gruñó–. Prefiero mantener las formas, como digo yo. Aunque Molly, claro, me lo preguntó enseguida, para poder gritarlo mientras estaba de parto, todo el rato. Ahora, en la calle, todos lo saben ya.

–Dody, te debo una bandeja de galletas para agradecértelo... ¡Cuando estos dos me dejen levantarme! –dijo Molly, mientras cubría las cabecitas de los niños con las manos–. Y ahora... ¿Crees que podrías traerme una taza de café?

–Este... solo me da problemas –dijo la señora Bienenstock, ahogando una risita.

Al parecer, le gustaba que hubiera problemas. Cuando la señora Bienenstock se fue, Robert se acercó a la cama. Señaló al recién nacido.

–¿Niño o niña?

–Niña. ¿Qué nombre quieres ponerle?

Robert negó con la cabeza.

–Escógelo tú.

–No, pónselo tú. Ya va siendo hora de que empieces a nombrar las cosas. Tu pobre caballo ni siquiera tiene nombre. Lo menos que puedes hacer es ponerle uno a tu hija.

Robert se fijó en la mata de pelo oscuro que le cubría la cabeza: era todo lo que veía de ella, porque tenía la cara enterrada en el pecho de su madre.

–No sé qué nombre darle.

–Bueno, a Jimmy le pusiste el nombre de tu padre. ¿Por qué no le pones a ella el de tu madre?

Robert sintió un escalofrío.

–No puedo hacer eso.

–Robert, tu madre sigue siendo tu madre, hiciera lo que hiciese. ¿Cómo se llamaba?

–Sadie. –La mera mención del nombre impregnó la boca de Robert de un regusto amargo y, por un instante, temió no poder evitar vomitar en el suelo, fueran cuales fuesen las imposiciones de la señora Bienenstock sobre la limpieza de su casa.

–Sadie es un diminutivo de Sarah, ¿no? –insistió Molly–. Sarah es un nombre bonito. Más sobrio. Menos estridente que Sadie. Se parece más a ti.

–Sarah Goodenough. –Robert pronunció el nombre en voz alta y no le dolió, sino que más bien lo sintió como un bálsamo.

–¡Goodenough! ¿Vas a ayudarme con estos árboles o no? –gritó William Lobb, desde abajo.

Molly meneó la cabeza y se echó a reír.

–Ese hombre... Si yo trabajara para él, ya me habría largado hace tiempo.

–Voy a echarle una mano con los árboles y vuelvo enseguida.

Molly se despidió de él agitando la mano.

–De todos modos, nosotros vamos a dormir. Mira. –Los dos bebés empezaban a despegarse de sus pechos, saciados–. Antes de irte, mét:elos en la cuna, ¿quieres, cielo? Uno en cada punta.

Robert levantó a su hija con mucho cuidado, para que no se despertara. No sintió nada distinto a lo que había sentido al coger a Jimmy por primera vez. La depositó delicadamente sobre la colcha de los Goodenough, con la cabeza pegada al retal de seda verde, y sonrió.

A la mañana siguiente, William Lobb y él llevaron las plántulas de vuelta al embarcadero. Seguían en sus cubos, pues no disponían de los materiales para construir las ocho cajas de Ward que habrían hecho falta para meterlas y enviarlas. Ni tampoco habrían tenido tiempo para fabricarlas, como no lo tuvieron para empaquetar y sellar más de cuatro latas con piñas de secuoya.

—Estas se las enviamos a Veitch. Para ablandarlo un poco más —dijo Lobb—. Pronto sabrá lo de los pinos de tronco rojo, y se pondrá hecho una furia.

Soltó una risita, anticipándose a su reacción.

Molly ya se había levantado, estaba en la cocina amamantando a los bebés y dando instrucciones a la señora Bienenstock para preparar galletas.

—¡No golpees así la masa, Dody! —dijo Molly, desternillándose de risa—. ¿Quieres terminar con todos los dientes rotos? Dale unas palmaditas suaves, como si fuera un recién nacido. Así, mejor.

Robert solo había visto a su casera preparar café y huevos, y no creía que fuera a tomarse bien que le dijeran lo que tenía que hacer. Pero la señora Bienenstock parecía más que dispuesta a aprender y, en ese momento, estaba estirando la masa de las galletas sobre la mesa de la cocina para darle forma redondeada. Ninguna de las dos mujeres lo miraba siquiera mientras él iba del patio a la carreta con los cubos.

—Y ahora, toma esta taza —le ordenó Molly—, y haz círculos con la masa. ¡No le des vueltas! Si le das vueltas, la masa se sella y las galletas no suben bien. Presiona y levanta la taza, ya está. Y ahora ponlas en la plancha de hornear.

—Nos llevamos los árboles al puerto —anunció Robert.

—Claro, claro, cielo. Ya te hemos visto llevándolos de aquí para allá. Está bien. Doce minutos, Dody. El tiempo justo para que nos tomemos un café.

—Hasta luego entonces.

Robert salió y se fue hacia la carreta, donde lo esperaba William Lobb sentado junto al cochero. Estaba a punto de subirse él también cuando la señora Bienenstock apareció a su lado, con las manos llenas de harina y una mancha blanca en la frente.

−¡Tráigalo de vuelta! −dijo, dirigiéndose a William Lobb−. Si lo monta en ese barco pondré todas sus pertenencias en una pila y las quemaré, incluidas sus notas y sus mapas, aquí mismo, en plena calle. Y no volverá a entrar en mi casa. Eso se lo garantizo.

Robert no tenía ni idea de qué hablaba la señora Bienenstock, pero William Lobb dio un respingo.

−Tranquila, señora Bienenstock −le aseguró Robert−. Volveré dentro de un rato.

Sus palabras parecieron no causar la más mínima impresión en la señora Bienenstock, que dedicó una mirada severa a William Lobb al tiempo que este mantenía la vista fija en un punto indeterminado.

Por lo general, cuando enviaban especímenes a Inglaterra pagaban a uno o dos marineros para que los cuidaran, velaran para que las latas que contenían las piñas no se abrieran ni se mojaran y sacaran al sol las cajas de Ward. Con los años, William Lobb había llegado a conocer a muchos marineros en los que confiaba.

Pero en esa ocasión tenían tanta prisa por enviar los árboles que iban a usar un barco que no habían probado nunca, y no conocían a ningún miembro de la tripulación. Lobb había hablado con el capitán del *Star of the West*, que le había jurado que había cuidado de plantas en otras embarcaciones, incluidas las de Thomas, el hermano de Lobb, que también se dedicaba a recolectar plantas para Veitch en el Lejano Oriente. El capitán le había presentado brevemente a un marinero al que confiaría el cuidado de los árboles. Sin embargo, cuando llegaron, encontraron a ese marinero cargando unos sacos de correspondencia, y no pareció reconocer a Lobb. Tenía los ojos inyectados en sangre, apestaba a whisky y hablaba con cierta dificultad. Seguramente se habría dedicado a recorrer los salones de San Francisco antes de la travesía. Al fijarse en los árboles metidos en todos aquellos cubos, soltó una maldición. Al parecer, las cargas frágiles y poco usuales le preocupaban más que los pesados baúles y las cajas cuyo peso doblegaría a cualquiera.

–Ya le dije que habría cincuenta árboles... Bueno, cincuenta más otros tres. –William Lobb enviaba también las tres plántulas de secuoya gigante que Robert había traído del Bosque de Calaveras, un incentivo para el dueño de la finca de Gales–. Si quiere un bosque de pinos de tronco rojo, seguramente también querrá secuoyas –había explicado Lobb–. Así que lo que hago es adelantarme a sus deseos.

El marinero cargó cuatro baldes en cada mano, levantándolos por las asas, y se dirigió a la pasarela. En el momento de subir a bordo, estos chocaron contra el casco.

–¡Cuidado, hombre! –gritó Lobb.

Sus palabras, sin embargo, se perdieron entre el bullicio de los porteadores que iban de un lado a otro, gritando y mascullando, mientras subían la carga a cubierta: más sacos de correspondencia, barriles llenos de manzanas Gravenstein, tablones de madera de pino rojo, cajas llenas de oro custodiadas por agentes y guardias... Había caballos que empezaban a subir por la rampa, además de dos vacas y jaulas llenas de pollos.

Robert y Lobb recogieron también algunos cubos y siguieron al marinero, primero a cubierta y después a la bodega. Allí él soltó en un rincón los que llevaba. Uno de ellos se volcó y se le escapó algo de tierra. Hasta ese momento, Robert no había comprendido del todo lo vulnerables que eran los pinos de tronco rojo expuestos a las condiciones de una travesía en barco. Hasta ese momento, Lobb y él siempre habían enviado cantidades menores, y en cajas de Ward, donde quedaban más protegidos. Sin alguien que los cuidase convenientemente, había muchas probabilidades de que murieran durante el viaje. Era comprensible, pues, que William Lobb hubiera insistido en que recolectaran tantos.

Robert alargó la mano y enderezó el cubo con la plántula volcada, volviendo a meter en él la tierra que se había salido. A continuación siguió a Lobb y al marinero, que había regresado a la carreta. Debieron ir y volver varias veces para llevarlos todos a aquel rincón en penumbra.

Pero Lobb solo volvió una vez más a la carreta antes de tener que sentarse, porque le dolían las piernas.

—Espera un momento —le gritó al marinero, que acababa de soltar el último cubo y ya se iba—. No pienso pagarte ni un penique hasta que te quedes quieto y me escuches.

El marinero se detuvo y soltó una maldición mientras se volvía para mirar a Lobb.

—Voy a explicarte cómo hay que cuidar de estos árboles —empezó Lobb. Sacó un pedazo de papel de un bolsillo—. Además, lo he puesto todo aquí por escrito.

El marinero soltó una risotada.

—No sé leer. Además, ¿qué cuidados necesitan? Los árboles se cuidan solos.

—No en un barco. En un barco necesitan agua dulce, entre otras cosas.

—¿Qué tiene de malo el agua salada?

—No seas idiota, hombre. El agua salada los mataría, y lo sabes. Así que tienes que regarlos día sí y día no, y cuando haga buen tiempo sacarlos a cubierta para que les dé el sol.

—Eso no pienso hacerlo.

–Tu capitán dijo que te explicaría lo que había que hacer.

–A mí no me ha dicho nada de mover árboles de la bodega a la cubierta. Tengo otras ocupaciones, no pienso dedicarme a cargar cubos.

Estaba claro que al marinero lo asustaba la naturaleza delicada del trabajo.

–En ese caso, encontraré a otro –declaró Lobb–. Estoy seguro de que habrá muchos otros marineros dispuestos a ganarse diez dólares.

El marinero entrecerró los ojos.

–Deme el dinero ahora.

–No. Se lo entregaré al capitán para que te lo dé cuando hayan llegado sanos y salvos a Ciudad de Panamá y los hayáis llevado por el istmo hasta Aspinwall. Te quitará cincuenta centavos por cada uno que muera. Si mueren más de veinte, tú tendrás que empezar a pagarme a mí.

El marinero escupió y soltó otra palabrota, y a continuación salió corriendo. William Lobb también masculló una maldición.

–No es de fiar. Ese hombre no siente el menor amor por los árboles. Y no sabe leer. –Bajó la mirada y se fijó en las instrucciones que había escrito–. Aunque el capitán le insista, y nada me garantiza que vaya a ser así, a él le trae sin cuidado que esos árboles lleguen vivos, por más dinero que le ofrezca. Tendremos suerte si sobrevive alguno. Pero hay que intentarlo. No hay alternativa si queremos llevar pinos de tronco rojo a Gales antes de que lo hagan Beardsley o Bridges.

Robert volvió la vista hacia el bosque en miniatura que había brotado instantáneamente en la bodega. Los pinos de tronco rojo y las secuoyas eran los árboles de aspecto más sólido de todos los que existían: pertenecían a la tierra en la que se enraizaban. Costaba arrancarlos de ahí. Hasta los incendios los hacían más fuertes, y de los troncos muertos crecían nuevos brotes.

Pero aquellas plántulas en sus cubos se veían tan frágiles, tan fuera de sitio... Ya parecían haber empezado a marchitarse. Las abandonarían, se quedarían ahí a oscuras, rociadas por el vapor salado del mar, azotadas por fuertes vientos, pisadas por marineros indiferentes. A Robert le vino a la mente la canoa de John Chapman, con sus plántulas cuidadosamente dispuestas, en Ohio, hacía ya tanto tiempo, y los cuidados que su padre dedicaba a sus árboles, como si fueran sus propios hijos.

–¿Y no puede viajar usted con los árboles? –preguntó, aunque ya conocía la respuesta y, de hecho, la pregunta y la respuesta que vendrían después de aquella. La señora Bienenstock era la más lista de todos.

–A mí me duelen demasiado las piernas –dijo Lobb–. Me cuesta mucho andar, y no podría sacarlas a cubierta ni devolverlas a la bodega. Atravesar Panamá sería un infierno. Ya lo pasé mal montado en esa carreta hasta Oakland. No, yo estoy aquí atrapado.

William Lobb miró fijamente a Robert y desplazó la vista hacia la bahía y al ferri que navegaba por ella.

–Usted quiere que vaya yo –dijo Robert con voz neutra.

–Eso no puedo pedírtelo, muchacho. Tú ahora tienes familia.

Pero se lo estaba pidiendo, aunque no con aquellas palabras.

Hasta hacía poco, la vida de Robert había sido limpia, sin obligaciones. Ahora había tantas fuerzas en conflicto tirando de él en direcciones opuestas que le costaba pensar con claridad. Su mente era un batiburrillo de imágenes y sensaciones: John Appleseed remando río abajo en su canoa doble; la copa arrancada de la secuoya conocida como el Viejo Solterón; el sombrero de copa desastrado de Billie Lapham; los dedos de Jimmy separados en forma de estrella sobre el pecho de Molly, mientras lo amamantaba; Martha sentada, tan menuda, debajo de las secuoyas gigantes; la tos de Nancy Lapham; la risa ronca de su madre; el regusto a piña de la manzana Pitmaston Pineapple; su padre diciendo «uno de cada diez árboles da frutos dulces». Finalmente, su pensamiento se detuvo en el pañuelo lleno de semillas de Golden Pippin que Martha le había regalado y que seguía en un cajón de la cómoda de la habitación que compartía con Molly. ¿Dónde las plantaría?

–Será mejor que vuelva a casa de la señora Bienenstock –dijo al fin–. Y recoja mis cosas.

La señora Bienenstock lo esperaba junto a la puerta sin hacer nada, cosa muy poco habitual en ella, pues ni siquiera estaba fumándose su puro. Esperar era la tarea a la que parecía haberse entregado por el momento.

–No seas tonto, Goodenough –le dijo, cruzando los brazos y apoyándose en la puerta para impedirle el paso–. La verdad es que estoy muy cansada de los hombres que se dedican a hacer tonterías en esta ciudad.

–¿Cómo lo sabía?

La señora Bienenstock masculló algo.

–Es fácil adivinar lo que piensan los hombres. Para mí eso no es ningún reto.

Robert carraspeó.

–Le agradecería mucho que vendiera mi caballo y le entregara el dinero a Molly.

–¿Vender el caballo tordo? ¿Lo ves? Ahí tenemos otra estupidez. Nadie querrá ese animal sarnoso y malhumorado.

–Bueno, no importa, le pediré al señor Lobb que lo haga.

–William Lobb no tiene ni idea de caballos, y menos de cómo venderlos. Él vende árboles, no monturas.

–Si usted no quiere hacerlo, no me queda otra alternativa.

–No pienso hacer nada para ponerte las cosas más fáciles.

–¿Dónde está Molly?

La señora Bienenstock señaló con la cabeza.

–Cocina.

Robert dio un paso hacia la puerta, bloqueada por su casera, y esperó. La señora Bienenstock le sostuvo la mirada un largo instante. Tenía los ojos castaños, como los de él. Era la primera vez que Robert se fijaba, aunque los de la señora Bienenstock tenían unos puntitos más oscuros que parecían flotar en las pupilas. Al cabo de un rato, la mujer se apartó y escupió al suelo a su paso.

Molly estaba sentada a la mesa con un plato de las galletas de la señora Bienenstock. No se parecían en nada a las que hacía normalmente ella, ligeras y esponjosas; aquellas eran duras como piedras. Molly había untado la suya con miel, y en ese momento le daba un bocado. Los dos bebés estaban dormidos en un rincón, metidos en una cesta que la señora Bienenstock solía usar para cargar madera. Ya empezaban a apropiarse del espacio: Robert no sabía cuánto tiempo más lo soportaría la casera.

–Ya no me acordaba de lo bueno que es sentarse a comer sin tener a nadie que cuelgue de ti –comentó con la boca llena–. Podría comerme todo el plato de galletas. ¿Quieres una? –dijo, acercándole el plato.

–Molly.

–No son como las mías, lo admito. La verdad es que Dody no tiene buena mano para muchas cosas, y para la masa de las galletas menos. Pero no me importa. Las cosas siempre saben mejor cuando otro las hace para ti, ¿verdad? A mí siempre me ha gustado el café que me preparabas en French Creek..., aunque era café de buscador de oro.

Hablaba sin parar, como hacía siempre que su desesperación iba en aumento, aunque en ese momento no parecía desesperada sino todo lo contrario, incluso algo indiferente. Sin duda, debía de haberlo oído hablando con la señora Bienenstock junto a la puerta.

–Molly.

–¿Qué ocurre ahora, cielo? –dijo ella, más como una afirmación que como una pregunta.

Le dio otro bocado a la galleta dura y se le manchó la barbilla de miel.

–William Lobb quiere que viaje con los árboles hasta Gales para asegurarme de que sobreviven.

–Sí, claro que lo quiere. –Molly se limpió la barbilla–. La pregunta es: ¿tú quieres ir?

–No lo sé. Supongo que sí.

Molly soltó el aire por la nariz.

–Ese es el problema contigo, Robert Goodenough. Llevas años dando tumbos por el país, desde que eras niño. Pero no escoges ir a un sitio o a otro, simplemente terminas aquí o allí porque otros van, o porque se espera que tú vayas, y no porque tú pienses: «Eso, eso es lo que quiero hacer».

–Yo sí sabía lo que quería.

–¿Y era...?

–Ir hacia el oeste.

–Para alejarte de tu familia.

–Bueno, sí.

Robert se mordió el labio. El tiempo pasaba y el barco no tardaría en zarpar..., si es que no lo había hecho ya.

Molly levantó otra galleta y empezó a desmenuzarla con los dedos.

–Así que seguiste yendo hacia el oeste. ¿Y qué ocurrió?

–Que llegué al Pacífico. –Robert recordó la cola de la ballena alzándose sobre el agua–. Lo vi, y ya no podía ir más allá, así que tuve que dar media vuelta.

–¿Por qué?

–¿Cómo que por qué?

–¿Por qué parar? ¿Por qué no seguir?

–Porque... porque no sé nadar.

Aquella era una respuesta absurda a lo que para él había sido una pregunta absurda.

Pero Molly no era absurda.

–Puedes montarte en un barco. Montarte en un barco –repitió, y de pronto sus palabras se convirtieron en una orden.

–¿Tú quieres que vaya?

–¿Quién ha dicho nada de mí? ¿Sabes? Estas últimas semanas he estado pensando bastante, aunque tenía al niño o a la niña pegados a mí. ¿Cuánto tiempo pasaste buscando oro?

Robert frunció el ceño.

–Un año o dos. ¿Por qué?

–He conocido a muchos buscadores de oro. He visto cómo son. Tú no eres como ellos. No juegas, no bebes, no te gastas el dinero en mujeres... Bueno, en mí no te lo gastas, eso lo sé. Llevas siempre el mismo sombrero, las mismas botas, la misma silla para el caballo, montas el mismo caballo viejo. No vas por ahí con un reloj de bolsillo reluciente sujeto a una cadena reluciente. No posees tierras, ni casa, ni siquiera una cama. Pero estoy segura de que eras un buen buscador de oro. Insistías, no hacías caso de rumores, como otros. Así que estuve pensando en todo eso y finalmente me di cuenta de algo, y la verdad es que se me escapó la risa. ¿Quieres saber de qué me di cuenta?

Robert asintió, aunque era más que consciente de que todo un barco lo estaba esperando.

–Eras tú, Robert Goodenough. Tú eras el minero que yo andaba buscando, el que ahorraría el dinero que ganara con el oro para que yo pudiera dejar de trabajar. ¿Te queda algo de dinero de esos años buscando oro?

–Algo. También se gasta mucho siendo buscador. Pero algo ahorré.

–Bien. ¿Tienes suficiente para pagarle el pasaje a una mujer y dos niños en la travesía a Inglaterra?

Robert miró a los dos bebés que dormían en la cesta.

–¿Pueden ir en barco?

Molly se echó a reír.

–Cielo, hay niños que son concebidos en barcos, que nacen en barcos y que viven en barcos.

–Pero ¿tú no quieres quedarte aquí?

–¿Aquí? –dijo Molly, al tiempo que miraba a su alrededor y señalaba la cocina con la cabeza–. Podría. La señora Bienenstock es la única mujer de todas las que he conocido en California que me cae bien. Pero me pasé tres años en French Creek. No me importaría moverme un poco por el mundo, con niños o sin ellos.

Como si hubiera oído que hablaban de ella, Sarah empezó a gimotear, preparándose para ponerse a llorar a pleno pulmón.

–Pero la cuestión no soy yo, la cuestión es si tú quieres estar solo o con nosotros. No tenemos por qué ir contigo. Yo he recibido ofertas para trabajar en Murphys y arriba, en el Bosque de Calaveras. También podría quedarme en San Francisco y buscar algo por aquí, seguro que encuentro a una chica joven que se ocupe de los pequeños. Podría empezar una nueva vida en California y me lo pasaría bien sin necesitar siquiera a un buscador de oro que cuidara de mí. Así que no me digas que quieres que vaya contigo solo porque crees que es tu deber. Tienes que quererlo de verdad.

—Molly, a mí no se me da bien la familia.

—Pues con Jimmy y Sarah lo estás haciendo bien. —Como él no decía nada, ella añadió—: Tú no eres como tus padres, ¿sabes? Si eso es lo que te preocupa, no eres violento. Por ese lado yo tampoco estoy preocupada. Además, por lo que me comentaste en el Bosque de Calaveras, parece que tus padres no tenían la intención de matarse el uno al otro. Fue un accidente, un accidente doble. Me contaste que tu madre iba a talar el manzano, ¿no?

—Sí.

—Eso es muy distinto que salir con un hacha con la intención de matar a alguien. Ella apuntó al árbol, no a tu padre. Y me dijiste que se cayó sobre la estaca porque él la empujó. Bueno, eso es solo empujar a alguien, no quiere decir que quisiera matarla.

Robert permaneció un rato en silencio, reviviendo mentalmente la escena.

—Tal vez tengas razón —dijo al fin—. De hecho, yo soy un poco como mi padre.

«Si es que era mi padre», dijo para sus adentros, y entonces comprendió que podía escoger convertirlo o no en su padre, pues no había nadie que fuera a decirle lo contrario.

—Él era un hombre de árboles —añadió, porque podía.

—En ese caso, tu padre debía de ser un buen hombre..., porque tú eres un buen hombre, Robert Goodenough. No lo olvides. Puedes escoger ser distinto que tu pasado. Ya has escogido, ¿verdad?

—Supongo que sí.

—Ahora puedes escoger sobre otro asunto: ¿Quieres que los bebés y yo vayamos contigo o no?

Molly esperaba respuesta, y él sabía que su pausa había durado demasiado, a pesar de que al final de aquella pausa hubiera un sí, y de que fuera un sí sincero.

–Pues muy bien. ¿Cuándo zarpa el barco?

Si a Molly le decepcionó su vacilación a la hora de responder, no lo exteriorizó. Aun así, él sabía que ese momento permanecería siempre entre ellos dos.

Robert carraspeó.

–Ahora. Tenemos que irnos ahora mismo.

–¡Dody! ¡Tenemos que hacer el equipaje!

La siguiente media hora fue una vorágine de pánico, de meter cosas en baúles, de subir y bajar corriendo las escaleras para cargar una carreta conducida por la señora Bienenstock. Robert dejó de pensar y se limitó a hacer lo que Molly y su casera le ordenaban. Jimmy y Sarah lloraban sin parar, en medio de todo el lío, y a Robert le maravillaba que Molly fuera capaz de ignorarlos por completo cuando hacía falta.

Robert tenía muy pocas cosas que meter en el equipaje. Recogió algo de ropa, la colcha de los Goodenough, unos cuadernos llenos de notas sobre árboles, y el pañuelo con las semillas de las manzanas Golden Pippin. A la señora Bienenstock le vendió la escopeta, la silla de montar y algunos cazos con los que cocinaba cuando estaba de viaje. Le sorprendió sentir pena al vender su caballo, pero no sabía cuándo regresaría. No tenía ni idea de lo que iba a ser de él. De ellos. Debería mejorar en eso de pensar en plural.

Aunque no había tiempo, Molly le insistió a Robert para que se fuera al establo donde descansaba el caballo tordo y se despidiera de él. Robert protestó, pero ella se limitó a mirarlo fijamente.

–Es tu caballo.

Así que entró, se quedó a su lado unos instantes mientras el animal seguía comiendo su avena, sin hacerle ni caso. Pero cuando se volvió para irse, el caballo tordo alargó el morro y le mordió ligeramente el brazo.

–Está bien, lo acepto, es justo –dijo–. Supongo que me lo merezco.

De nuevo en la casa de huéspedes, le dijo a la señora Bienenstock que el caballo se llamaba *Pippin*.

–Eso no es verdad –replicó ella mientras hacía esfuerzos por bajar un baúl por la escalera–. Ahora es mío, hasta que lo venda. Así que el nombre se lo pongo yo. Se llama *West*.

Al llegar al muelle, un penacho de vapor salía ya del *Star of the West*, y la cubierta estaba llena de pasajeros que contemplaban por última vez San Francisco y a todas las personas que dejaban atrás. William Lobb se encontraba entre ellos y discutía con el capitán, apoyado en la barandilla.

–¡Ahí está! –gritó al ver la carreta cargada con aquella montaña de pertenencias–. ¡Goodenough! ¿Dónde diablos estabas? ¡Amenazan con multarnos por retener el barco más de la cuenta!

Y empezó a bajar tambaleándose por la pasarela, en dirección a ellos. Solo al ver que Molly se bajaba de la carreta con aquella cesta llena de niños llorones pareció percatarse de que Robert no estaba solo.

–¡Eh, usted! –le gritó la señora Bienenstock al capitán–. Si tanto le preocupa salir a la hora, pida a sus hombres que suban a bordo todas estas cosas. Quedarse ahí quietos como pasmarotes no sirve de nada. ¡Jesús, María y José! ¿Es que tengo que hacerlo todo yo?

Y siguió escandalizándose, encantada, mientras acompañaba a Molly a cubierta.

William Lobb las miraba.

—¿Estás loco, Goodenough? ¿Cincuenta y tres árboles, dos bebés y una mujer que cuidar durante tres meses a bordo de un barco?

—Es posible. En cualquier caso, haré llegar esos árboles a Gales y se los plantaré a ese caballero. Ya le informaré de cómo va todo.

William Lobb asintió.

—Sí, hazlo, muchacho.

Y entonces sonrió y los dientes, relucientes, se le recortaron contra la barba oscura. Era una visión tan poco habitual, sobre todo desde que Lobb había empezado a sentirse enfermo, que Robert no pudo evitar una sonrisa. Se dieron la mano.

—Cómete alguna Pitmaston Pineapple mientras estés allí —añadió—. No sé si lo sabes, pero Pitmaston está solo a cien kilómetros de donde crecerá el bosque de pinos de tronco rojo.

—¿En serio?

—El mundo no es tan grande, después de todo. Y no te olvides de reservar agua dulce para los árboles. Asegúrate de que haya suficiente durante todo el viaje. No dejes que el capitán te engañe con el agua de lluvia, porque esa se mezcla con el vapor salado del agua marina y mata las plantas.

Mientras Robert iba metiendo el resto de sus pertenencias en el *Star of the West*, Lobb seguía dándole instrucciones a gritos.

–¡No saques todas las plántulas a cubierta a la vez! Divídelas en dos grupos y sácalas en días alternos. Cuando cruces Panamá, asegúrate de que los árboles vayan en una carreta separada, no dejes que amontonen los cubos con otras cosas. Lo he visto hacer otras veces, y las cajas se mueven y aplastan las plántulas. Pero incluso si ocurriera eso, no tires los árboles... Todavía existe la posibilidad de que puedan recuperarse a la llegada. Y cuando estés en Cardiff, envía un mensaje para que el caballero sepa que vas a llegar con los pinos. Cuida de esos árboles –concluyó mientras Robert se detenía un momento y miraba hacia abajo, a su jefe–. No merecen morir en el mar. Búscales una buena orientación, plántalos con cuidado. Que se conviertan en estrellas en su nueva tierra.

La señora Bienenstock ya había instalado a Molly y a los bebés en un camarote. Antes de irse, le dio a Robert una palmada brusca en el hombro.

–Que Dios os ayude a todos –dijo en voz baja–. ¡Qué lío tan grande!

Pero al bajar por la pasarela iba silbando, y se quedó junto a William Lobb. Juntos esperaron a que el vapor zarpara para despedirse de ellos.

–¡Adiós, adiós! –gritaba Molly, aunque no podía agitar ninguna de las dos manos, pues las usaba para sostener a los bebés–. ¡Piensen en nosotros desde el otro lado del charco!

Por fin Molly conocía el mar. El *Star of the West* no tardó mucho en dejar atrás Seal Rocks y se adentró en el océano Pacífico. Mientras seguían en cubierta, contemplando las olas que se agitaban a su alrededor, Molly le pasó a Robert a los dos bebés, extendió los brazos y soltó un grito de alegría. Los demás pasajeros, a su lado, sonrieron.

—¡Cuánta agua! —exclamó, riéndose—. ¡No me habías dicho que era tan grande! ¿Y cuánto tiempo iremos por encima de toda esta agua?

—Dos o tres meses, menos una semana por tierra para cruzar Panamá. Desde ahí subiremos hasta Nueva York, cambiaremos de barco y nos subiremos a uno que vaya a Cardiff. El señor Lobb dice que nos cansaremos de tanta agua.

—Bah, tú no le hagas caso a ese inglés. Espero que en el país no todos sean como él. —Molly se apoyó en la barandilla y contempló el agua que se extendía frente a ella.

El barco inició su largo viraje hacia el sur, de modo que finalmente empezaron a reseguir la línea de la costa de California. Robert sintió un estremecimiento, como si se estuviera soltando por dentro y emprendiera un camino para el que la brújula no le serviría de nada.

Pero no pudo recrearse en aquella sensación porque Sarah lloriqueaba y le acercaba la carita al brazo, intentando encontrar algo que mamar. Nunca en su vida había conocido a ningún hombre, mujer o caballo tan exigentes como esas dos criaturas.

—¿Puedes darle el pecho a Sarah? —le preguntó a Molly, aliviado al saber que había alguien a quien podía preguntárselo.

Molly sostuvo a su hija en brazos y se la acercó al pecho sin apartar la vista del mar.

—¡Mira! —gritó.

A una milla hacia el oeste, aproximadamente, un chorro de agua se elevaba muy arriba, por los aires, y casi a continuación el lomo oscuro de una ballena trazó una curva sobre el agua. Era imposible no sentirse contagiado por su entusiasmo. Robert no conseguía apartar los ojos del mar, y se fijaba en la más mínima señal del avance del animal: los surtidores de agua, la joroba de la espalda, la cola curvada que centelleaba de vez en cuando antes de sumergirse... Cuando la veía gritaba, y entonces Molly se echaba a reír y lo abrazaba y lo besaba. El niño y la niña quedaban aprisionados entre los dos.

Después, cuando Jimmy y Sarah ya estaban dormidos en sus cunas y cuando Robert ya había ido a ver cómo estaban los árboles, Molly y él se apoyaron en la barandilla y vieron la puesta de sol. No estaba nublado, y casi no había neblina que lo difuminase mientras emprendía su descenso ardiente. Al menos él sabía a dónde iba.

–¿Qué te preocupa ahora, Robert Goodenough? –dijo Molly, que estaba estudiando su perfil mientras él seguía con la vista clavada en el océano embravecido.

Robert se encogió de hombros.

–En toda mi vida, nunca he ido hacia el este. No sé qué haré allí.

La luz anaranjada del anochecer le iluminaba la piel a Molly.

–Pues yo voy a decirte lo que harás. Plantarás cincuenta árboles...

–Cincuenta y tres –la corrigió Robert–. Hay cincuenta pinos de tronco rojo y tres secuoyas.

–Plantarás cincuenta y tres árboles en Inglaterra...

–En Gales.

–En Gales, y te asegurarás de que crezcan para que haya un bosque de pinos rojos tan bueno como cualquiera de los que hay aquí. Y después me llevarás a Londres a ver lo que hay que ver. Y después buscarás para mí una de esas Golden Pippin de las que tanto me has hablado...

–Pitmaston Pineapple.

–Una Pitmaston Pineapple, y yo la probaré.

A Robert empezaba a interesarle la lista de Molly. Se metió

la mano en el bolsillo y acarició las semillas de Golden Pippin que Martha le había traído. Seguían ahí. Las semillas se conservaban mucho tiempo. Lo único que necesitaban era el lugar idóneo para echar raíces. Cuando lo viera, Robert sabría que lo había encontrado.

Agradecimientos

La semilla de este libro la plantó el capítulo dedicado a las manzanas de *La botánica del deseo: el mundo visto a través de las plantas*, que ofrece una lectura alternativa del héroe popular Johnny Appleseed, así como de la diferencia entre las manzanas para comer y las que se cultivan para sidra. También me influyó la notable trilogía de Conrad Richter sobre la vida de los colonos en Ohio: *Los árboles* (1940), *Los campos* (1946) y *La ciudad* (1950).

Consulté muchos otros libros. Estos son los más útiles (por temática):

Sobre Johnny Appleseed, a quien en su tiempo llamaban tanto John Chapman, su nombre verdadero, como John Appleseed: *Johnny Appleseed: Man and Myth*, de Robert Price (1954); *Johnny Appleseed: The Man, the Myth, the American Story*, de Howard Means (2011); *Johnny Appleseed and the American Orchard*, de William Kerrigan (2012).

Sobre manzanas y manzanos: *The New American Orchardist*, de William Kenrick (1841); *The Fruits and Fruit Trees of*

America, de A. J. Downing (1845); *The New Book of Apples,* de Joan Morgan y Alison Richards (2002); *The Story of the Apple,* de Barrie E. Juniper y David J. Mabberley (2006); *Apples of Uncommon Character,* de Rowan Jacobsen (2014).

Sobre el Pantano Negro: *The Great Black Swamp: Historical Tales of 19th-Century Northwest Ohio,* de Jim Mollenkopf, vols. 1–3 (1999–2008).

Sobre pinos de tronco rojo y secuoyas: *The Mammoth Tree Grove, Calaveras County, California, and Its Avenues,* de Edward Vischer (1862); *The Wild Trees,* de Richard Preston (2007); *Calaveras Big Trees,* de Carol A. Kramer (2010); *The Enduring Giants: The Epic Story of Giant Sequoia and the Big Trees of Calaveras,* de Joseph H. Engbeck Jr. (2013).

Sobre William Lobb: *Hortus Veitchii,* de James H. Veitch (1906); *A Reunion of Trees,* de Stephen A. Spongberg (1990); *The Plant Hunters: 200 Years of Adventure and Discovery Around the World,* de Toby Musgrave, Chris Gardner y Will Musgrave (1998); *Seeds of Fortune: A Gardening Dynasty,* de Sue Shephard (2003); *Blue Orchid and Big Tree: Plant Hunters William and Thomas Lobb and the Victorian Mania for the Exotic,* de Sue Shephard y Toby Musgrave (2014).

Sobre la fiebre del oro en California: *Three Years in California,* de Rev. Walter Colton, editado por Marguerite Eyer Wilbur (1949); *Off at Sunrise: The Overland Journal of Charles Glass Gray,* editado por Thomas D. Clark (1976); *The World Rushed In: The California Gold Rush Experience,* de J. S. Holliday (2002).

Leer sobre árboles está muy bien, pero es aún mejor salir a verlos. El Bosque de Calaveras se puede visitar durante todo el año, aunque el glorioso «bosque sur» (los árboles «secretos» de Robert) resulta inaccesible entre noviembre y abril. Es posible subirse al Gran Tocón y ver el árbol llamado «De tal Palo tal Astilla». La bolera, el *saloon* y el viejo hotel desaparecieron hace tiempo. También hay secuoyas gigantes más al sur, en Yosemite, así como en los parques nacionales de las Secuoyas y de Kings Canyon. Hay pinos de tronco rojo en la costa norte y sur de California, protegidos en numerosos parques nacionales y estatales. En Reino Unido existe un número asombroso de secuoyas y pinos de tronco rojo que siguen creciendo en parques y en los jardines de mansiones señoriales, herencia del afán recolector de William Lobb. Y sí, realmente existe una plantación de pinos de tronco rojo en Gales, cerca de la frontera: el bosque de secuoyas rojas de Charles Ackers lo plantó en 1857 John Naylor, de Leighton Hall, aunque yo, como novelista, me he tomado la libertad de modificar algunos detalles sobre el encargo y el plantado de esos árboles.

Para quien sienta curiosidad por saber cuáles de los personajes de este libro son «reales», he aquí la lista: John Chapman (también conocido como Johnny Appleseed) y William Lobb existieron, y llevaron manzanos a Ohio e Indiana, así como plantas de América del Norte y del Sur a Gran Bretaña. Billie Lapham fue copropietario del Bosque de Calaveras. Tras la muerte en 1858 de Nancy Lapham, víctima de la tuberculosis, Billie se trasladó al lago Tahoe y desarrolló con éxito el turismo en la zona.

Dody Bienenstock sigue existiendo en la actualidad. Su hija obtuvo el privilegio de que un personaje de la novela se llamara como ella en una subasta destinada a recaudar fondos para Freedom and Torture, una organización sin ánimo de lucro con sede en Gran Bretaña que se dedica a tratar y rehabilitar a supervivientes de torturas. Dody, nos hacen falta más caseras como tú.

La mayor parte de los lugares son reales, como consta en el mapa que figura en las primeras páginas de este libro. Aun así, a los lectores más despiertos no se les escapará que existe un punto en ese mapa que es imaginario: se trata de Rancho Salazar, en Texas. Eso es lo que ocurre en las novelas: lo real y lo imaginario se mezclan hasta que las fronteras entre ambos mundos se difuminan.

Me gustaría dar las gracias a:

Tony Kirkham, de Kew Gardens, Londres.

Sue Shephard y Toby Musgrave por su ayuda con William Lobb.

Jill Attenborough y Stephen Taylor por llevarme a Lathcoats Farm, cerca de Chelmsford, Essex, permitirme recoger unas manzanas y responder a mis interminables preguntas sobre los manzanos.

Matthew Thomas y Nick Dunn, de Frank P. Matthews Trees for Life, en Worcestershire, por permitir con gran generosidad que probara por primera vez una Pitmaston Pineapple y descubriera su sabor.

Rebecca Trenner por explicarme cosas acerca de la personalidad de los caballos.

Mi equipo estelar de editores y agentes: Andrea Schulz, Katie Espiner, Cassie Browne, Jonny Geller y Deborah Schneider.

Mi mayor y mejor agradecimiento es para Jonathan Drori por ser el primero en despertar en mí un vivo interés por los árboles.

Tracy Chevalier creció en Washington. Se mudó a Inglaterra a los 22 años y trabajó durante un tiempo como editora. En 1994 se graduó en la Universidad de Anglia del Este con un máster de escritura creativa. Su novela *La joven de la perla* es un bestseller internacional. Fue adaptada al cine, con una película que estuvo nominada al Óscar y cuyos protagonistas son Colin Firth y Scarlett Johansson; también se llevó al teatro para el West End. Sus siguientes novelas han sido aclamadas por la crítica y gozan de un gran éxito entre los lectores, entre ellas *Las huellas de la vida* (Duomo, 2019). Duomo publicará en breve su nueva novela histórica.

Esta primera edición de *La voz de los árboles*, de Tracy Chevalier,
de la colección Duomo 10 aniversario, se terminó de imprimir en
Grafica Veneta S.p.A. di Trebaseleghe (PD) de Italia en junio de 2019.
Para la composición del texto se ha utilizado la tipografía Celeste
diseñada por Chris Burke en 1994 para la fundición FontFont.

Duomo ediciones es una empresa comprometida con el medio
ambiente. El papel utilizado para la impresión de este libro
procede de bosques gestionados sosteniblemente.

Este libro está impreso con el sol. La energía que ha hecho posible
su impresión procede exclusivamente de paneles solares.
Grafica Veneta es la primera imprenta en
el mundo que no utiliza carbón.

Otros libros de la colección
Duomo 10 aniversario

A través de mis pequeños ojos,
de Emilio Ortiz

El asesinato de Pitágoras,
de Marcos Chicot

El bar de las grandes esperanzas,
de J. R. Moehringer

Me llamo Lucy Barton,
de Elizabeth Strout

La Retornada,
de Donatella Di Pietrantonio

El cazador de la oscuridad,
de Donato Carrisi

Open,
de Andre Agassi

La psiquiatra,
de Wulf Dorn

La simetría de los deseos,
de Eshkol Nevo